BIBLIOTHÈQUE CONTEMPORAINE

AUGUSTE AVRIL

SALTIMBANQUES

ET

MARIONNETTES

PARIS

MICHEL LÉVY FRÈRES, LIBRAIRES ÉDITEURS

RUE VIVIENNE, 2 BIS, ET BOULEVARD DES ITALIENS, 15

A LA LIBRAIRIE NOUVELLE

1867

SALTIMBANQUES

ET

MARIONNÈTTES

LIBRAIRIE DE MICHEL LÉVY FRÈRES, ÉDITEURS

DU MÊME AUTEUR

L'ANGLETERRE

ÉTUDES

SUR LE SELF-GOVERNMENT

Un volume in-8°

CLICHY. — Impr. MAURICE LOIGNON et Cⁱᵒ ,rue du Bac-d'Asnières, 12.

SALTIMBANQUES

ET

MARIONNETTES

MPRESSIONS, DIGRESSIONS ET RÉCITS

PAR

AUGUSTE AVRIL

Un peu de chaque chose et rien
du tout, à la française.

MONTAIGNE Chap. xxv.

—

PARIS

MICHEL LÉVY FRÈRES, LIBRAIRES ÉDITEURS

RUE VIVIENNE 2 BIS, ET BOULEVARD DES ITALIENS, 15

A LA LIBRAIRIE NOUVELLE

—

1867

INTRODUCTION

Sterne et Xavier de Maistre ont démontré, celui-là par le *Voyage sentimental*, celui-ci par le *Voyage autour de ma chambre*, que les sujets les plus insignifiants en apparence peuvent fournir un texte inépuisable d'études et d'observations. L'humoriste anglais voyage avec un microscope; il étudie à la loupe les infiniment petits de la vie humaine. Prenez un homme, et puis un homme; parcourez toute la série; ayez le regard scrutateur : il en sera comme pour les feuilles, dont aucune ne ressemble à une autre.

L'homme, a dit Montaigne, est un être merveilleusement vain, ondoyant et divers. Pour le moraliste, il y a autant à étudier dans un pâtre que dans un roi. Xavier de Maistre, prisonnier dans sa chambre, n'ayant pour tout horizon qu'une lucarne ouverte sur la toiture des maisons voisines, trouve cependant un monde à explorer et à décrire. Il n'a qu'à regarder au fond de son cœur.

J'ai fait comme Xavier de Maistre.

Prisonnier, non pas dans ma chambre, mais dans une ville de province, j'ai étudié mon gîte. Puissance merveilleuse de la réflexion! Mon gîte qui m'apparaissait comme un lieu d'exil, la ville enfumée que j'envisageais comme

1

une geôle, a changé complétement d'aspect. Mes compagnons de captivité sont devenus des personnages extrêmement intéressants.

Je me suis placé au centre de ma prison, dans un carrefour où passent à peu près tous les locataires de la ruche que j'habite. J'ai choisi le théâtre comme poste d'observation. Toutes les physionomies et tous les types sont venus se poser devant mes jumelles. Il y a eu, dans cette salle transformée en observatoire, double spectacle pour moi, et celui de la scène n'a pas été le plus intéressant. Lorsque la salle était vide, lorsque la pièce était ennuyeuse, ou, chose plus commune, lorsque les acteurs étaient insupportables, j'ai fermé les yeux, je me suis bouché les oreilles, et j'ai laissé voyager mon esprit.

Il faut en prendre ton parti, cher lecteur, ce livre n'est point une œuvre didactique... et cependant tu y trouveras effleurées (je me sers à dessein d'une expression modeste) les questions les plus abstruses de la métaphysique. On peut être métaphysicien à coups d'in-quarto, ou bien avec un simple alinéa : j'ai choisi la seconde manière. J'ai consacré quelques lignes à la politique. Mais sur ce terrain, j'ai fait des efforts sincères pour parler à la façon des oracles, et j'ai visé à être parfaitement inintelligible. Puisse ce procédé ingénieux et ancien passer pour profond ! Je n'ai pas oublié que je parlais au peuple le plus spirituel de la terre : j'ai beaucoup compté sur sa pénétration pour illuminer mes réticences et mes demi-mots. Ami lecteur, tu me comprendras sans peine; si tu ne me comprends pas, tu me devineras. C'est convenu.

Je me suis principalement occupé de musique. Croiriez-vous qu'il y a des gens qui prennent la musique pour une sorte d'algèbre sans signification ? Pour moi, elle a été un véritabel *trucheman* : elle m'a enseigné la langue univer-

selle des arts : peinture, sculpture, voire même architecture !
elle m'a soufflé un mot sur toutes choses. Pendant que
mes oreilles étaient charmées, je donnais le vol à mon imagination. Si mes esprits animaux, comme on disait il y a
un siècle, prenaient le parti du recueillement, ma pensée,
d'un coup d'aile, franchissait le temps et l'espace à la recherche de quelque problème insoluble.

Sans faire un second *Roman comique*, — Scarron a été
le Callot de la gent dramatique, — j'ai dessiné çà et là
quelques profils d'acteurs et d'actrices, d'actrices surtout.
Ma préférence pour celles-ci a été tout esthétique. Les
acteurs, en province, à de rares exceptions près, sont géné-
ralement des hommes peu distingués ; au contraire, on y
rencontre souvent parmi les femmes de théâtre des créatures d'élite.

Je vous épargne la thèse banale de l'influence du théâtre
sur la moralité publique et sur l'éducation des masses.
Molière, dans une préface immortelle, a dit le mot juste et
définitif sur ce sujet. Il est certain que si l'on veut prendre
le contre-pied du bon sens, on peut écrire un volume ou
parler pendant cinq heures pour établir le contraire. Rousseau a bien soutenu la gageure de démontrer, en termes
éloquents, que la civilisation constitue un mal et que l'état
sauvage est l'idéal de l'homme. Les moralistes chagrins,
convaincus de la méchanceté native de l'homme, ont raison
de blâmer les représentations théâtrales, mais les hommes
d'État qui croient à la perfectibilité humaine doivent encou-
rager et développer cet instrument d'éducation. Les abus !
qui les ignore ? tout peut devenir abus en ce monde. On
peut mésuser de ses pieds, de ses mains, de ses yeux, est-
ce une raison pour mutiler l'homme ? Il en est du théâtre
comme de la presse. La presse a donné et donnera lieu à
des abus énormes, nous ne sommes pas tellement éloignés

de 1848 que nous ne puissions remuer encore des ordures et signaler de véritables crimes. Qu'est-ce que cela prouve ? Il n'en reste pas moins démontré pour tous les hommes de bon sens que les avantages de la presse sont de beaucoup supérieurs à ses inconvénients.

Ce livre est surtout une protestation contre Paris. On a si souvent accusé les provinciaux d'être de simples crétins, que j'ai senti l'esprit de révolte gronder en moi.

L'atmosphère intellectuelle s'est retirée tout entière sur Paris ; les provinces, soumises à l'action d'une machine pneumatique, ont laissé faire le vide autour d'elles. Notre air s'est raréfié : Paris est devenu riche de tout ce dont les provinces se sont appauvries. Nous sommes en présence d'un mal certain, d'une perturbation évidente dans l'économie nationale. La France ressemble à ces enfants qui arrivent au monde avec un corps grêle et une tête énorme. Le cerveau a tout absorbé chez ces individus monstrueux. Ils sont adultes avant l'âge, mais ils périssent avant l'heure. Notre pays est menacé d'une congestion cérébrale. Paris devient une ville chinoise et le reste de la France se transforme en un vaste mandarinat. J'ai voulu protester contre cet état de choses. J'ai fait de la décentralisation à ma manière ; de la décentralisation littéraire et philosophique.

J'aperçois avec bonheur quelques symptômes rassurants. Il se fait parmi nous un retour marqué vers la vie rurale. Paris, Lyon, les grandes villes exercent moins aujourd'hui cet attrait exclusif qui faisait déserter la campagne, de nobles esprits entreprennent la réforme des vieilles coutumes agricoles, des pratiques séculaires. Ils infusent peu à peu dans les populations rurales l'esprit de progrès et d'innovation. Ils font mieux : ils résident sur leurs terres la plus grande partie de l'année. Encore un effort, et ils finiront par établir leur domicile de prédilection au milieu des champs et la ville ne sera plus pour eux qu'un séjour passager d'affaires.

Ce sera là, si l'on veut, la décentralisation par les mœurs. En s'habituant à vivre à la campagne, les hommes de loisir et de fortune noueront des relations plus étroites avec les villes déshéritées de leurs départements. Avec le temps, ils en feront les centres de leurs projets et de leurs espérances. La politique complétera le travail des mœurs. Ils rechercheront les fonctions électives. En se sentant près du peuple, ils l'aimeront, et, par contact, en échange des services, ils s'en feront aimer. N'est-ce pas là un noble but?

Venez en province, vous que l'oisiveté dessèche ou que l'ennui dévore. Je vous ferai voir qu'elle n'est pas aussi déshéritée que le prétendent les commis voyageurs. J'ai choisi pour objet de mes études une ville qui ne brille ni par son atticisme, ni par son élégance. Le sol y est rude; le climat y est âpre, le ciel inclément. C'est une espèce de cité américaine bâtie par des pionniers qui ressemblent au sol et au climat. Eh bien! sous ces enveloppes grossières, je vous ferai découvrir des hommes de cœur et d'intelligence. Nous ne nous arrêterons pas à la surface du Francheville moderne; nous rechercherons le vieux Francheville qu'on badigeonne ou qu'on démolit; avec un peu de patience nous découvrirons des trésors pour l'archéologue et le philologue. Le français (je parle de la langue) submerge peu à peu le vieil idiome de nos pères : je vous ferai lire dans cette langue tombée en désuétude, les œuvres de deux ou trois poëtes qui peuvent supporter la comparaison avec les plus remarquables de tous les pays. Il y a dans cet envahissement du français dans le langage et de l'uniformité dans les costumes des avantages incontestables; mais c'est à la condition que la conquête ne produira pas l'aplatissement des caractères et l'abêtissement des intelligences. Il ne faut pas que Paris nous expédie par la poste des révolutions toutes faites et des gouvernements complets, comme les modistes envoient des chapeaux ou des robes à nos élégantes. Nous nous couchons monarchistes; nous nous réveillons républicains, impérialistes de par le caprice et la toute-puissance de Paris. C'est trop.

De toutes les doléances que je viens de faire entendre, il en est une que je voudrais rendre énergique entre toutes. Mon plus grand grief contre le pouvoir absorbant de Paris, c'est l'effacement des caractères qu'il produit en province.

Francheville a enterré il y a quelque temps le dernier des provinciaux. Je l'ai peu connu personnellement; je n'ai eu avec lui que des relations intermittentes. Je suis en mesure de le juger d'une manière tout à fait impartiale. Je l'ai étudié en artiste. C'était un caractère servi par une volonté énergique. La ville se partageait en deux camps passionnés, lorsqu'il s'agissait de cette personnalité vivace, les amis et les ennemis. Il était lui-même l'ami le plus dévoué ou l'ennemi le plus implacable. Possesseur assez jeune d'une fortune indépendante, le docteur X faisait de la médecine gratuite. Il aimait passionnément sa ville natale et, dans sa ville natale, le quartier du midi. On peut dire qu'il a fait littéralement refluer Francheville qui tendait par sa pente naturelle à glisser au nord.

Du temps de la monarchie parlementaire, alors que les élections passionnaient les provinces, on le voyait constamment sur la brèche, non pas pour lui, mais pour son candidat. On aurait pu le comparer à Warwick, le faiseur de rois; le docteur X faisait un député et refusait de l'être. Ceux qui ne l'ont point vu à l'œuvre se rendront difficilement compte de l'influence exercée par cet homme hospitalier; il tenait table ouverte. Les cordons de sa bourse se sont dénoués pour bien des nécessiteux et pour plusieurs débutants dans la vie.

Ses funérailles ont été splendides; une immense foule accompagnait à sa demeure dernière ce dernier survivant du vieil esprit communal.

Cet homme avait évidemment les défauts de ses qualités. J'ai entendu formuler contre lui bien des accusations, les unes fondées, la plupart calomnieuses. Qu'importe si la statue avait des pieds d'argile! Je constate que le docteur X n'était point un simple zéro dans une quantité; qu'il était un type; que les personnages de sa trempe s'en vont et que c'est un malheur.

Ce petit livre est, en dernière analyse, un spécimen des idées qu'un esprit résistant et réfractaire aux influences du milieu qu'il habite peut emmagasiner dans son cerveau. Son mérite le plus clair consiste à ne pas avoir été écrit sous la pression directe des habitudes littéraires. Les petits journaux et les petits livres apparaissent bien souvent comme un symptôme de l'état moral d'un pays: j'ai conçu le mien comme un instrument de guerre. Je ne suis pas de ceux qui portent dans leur poitrine un cœur découragé: je n'ai ni le tempérament ni l'humeur d'un Jérémie. Je laisse le découragement aux hommes blasés. Ce que j'aime dans le prophète, c'est le voyant.

Tournons nos regards vers l'avenir. Qu'importent les teintes sombres qui nous environnent! Il y a deux crépuscules, celui du soir et celui du matin. Je vous l'affirme, le crépuscule qui nous enveloppe voile le soleil, le soleil du progrès. Il se fait autour de nous un travail de décomposition et de rajeunissement tout à la fois. Nous sommes en proie à l'hiver; c'est la chute des feuilles et des abus. Les éléments déchaînés, luttent dans une apparente anarchie. Je sens un souffle avant-coureur du printemps. Encore un jour! encore un effort! Le soleil et la vérité se lèveront sur le monde.

Franchement, cher lecteur, j'aurais pu me dispenser d'emboucher la trompette à propos d'un petit livre qui parle d'un petit théâtre. J'ai l'air de convoquer le genre humain au rendez-vous de la vallée de Josaphat et il s'agit tout simplement de poser dans une balance microscopique les mérites d'une troupe de saltimbanques.....

Mes personnages, sauf les acteurs, sont des types et non des personnes, cela va de soi.

SALTIMBANQUES

ET

MARIONNETTES

Francheville, 10 octobre 186...

Notre troupe est aujourd'hui complète. Les débuts ont été laborieux. Grâce au ciel tout est fini. Nous avons une troupe de drame et une troupe d'opéra comique. Cette dernière avec des renforts accidentels, au besoin avec un peu de bonne volonté, pourra nous jouer quelquefois le grand opéra.

Le *Roman comique* n'est pas mort ; les comédiens de province ne voyagent plus, il est vrai, en charrette. Thespis a troqué son char contre un wagon ; mais les mœurs de ses pensionnaires ne se sont pas modifiées d'une manière sensible.

Croyez que le métier d'impresario d'une troupe de province n'est pas une sinécure. Il me rappelle l'existence des sergents recruteurs, alors que la conscription n'avait pas encore débarrassé le gouvernement du soin d'organiser l'armée. Quel travail ! choisir ses sujets un à un, sans les avoir étudiés ni jugés à l'avance, sur des bruits, des

1.

comptes-rendus de journaux, des appréciations intéres-
sées. La plupart du temps, il faut acheter chat en poche.
Ces préliminaires sont cependant la partie la plus facile
de la besogne. La véritable difficulté commence le jour où
il faut se présenter devant le public. Pendant la période
des débuts, l'impresario est sur le gril. Comment rem-
placera-t-il son tenor chuté ? Où prendre une prima
donna, une amoureuse sympathiques au public ? les autres directeurs sont pourvus ; ils ont écrémé. Heureusement la voie des échanges lui est ouverte : ce qui ne convient pas à Bordeaux fait merveilleusement l'affaire de
Strasbourg. C'est une question de chance et de latitude.
Peu à peu tout se classe, tout s'organise et tout marche.

On parle de la connaissance des hommes que la Providence aurait, dit-on, départie d'une manière toute spéciale aux diplomates. Je tiens, moi, qu'un directeur de
théâtre intelligent est un personnage supérieur à tous
les ministres plénipotentiaires ou non, responsables ou
non, aux administrateurs d'une ligne de chemin de fer
ou d'une ligne d'omnibus. Songez qu'il fait vivre en bonne
intelligence pendant dix mois une troupe de comédiens...
et que, parmi les comédiens, il y a des comédiennes.
Cet homme-là est bien plus fort, il sait gouverner les
femmes. Vous figurez-vous Lycurgue, Solon, Numa, les
auteurs de la loi des douze tables, etc., etc., obligés d'organiser une république féminine ! ils y auraient perdu
leur grec et leur latin. Platon, le divin Platon lui-même,
l'inventeur de l'amour platonique, aurait reculé devant
la tâche de gouverner le royaume des amazones.

La comédienne est une créature mixte, hybride, du

genre des sirènes et des satyres, moitié homme et moitié
femme. Elle accumule dans sa gracieuse personne les
qualités et les défauts des deux sexes, son cœur est un
carrefour où se rencontrent toutes les vertus et un certain
nombre de vices. Reine de théâtre, mais reine, elle ne
relève ici-bas que de deux puissances : le public et son
directeur. Mais comme l'autorité de celui-ci est frêle et
précaire!! Les Orientaux n'ont trouvé qu'un moyen de
dompter l'énergie féminine, c'est de la mettre en cage.
Un directeur de théâtre ressemble à un sultan que l'on
obligerait à présenter en public tous les jours, à heure fixe,
son harem. Je vous laisse à penser les ennuis du grand
roi Salomon lui-même après une pareille exhibition ; il y
eût perdu son hébreu et sa sagesse. Le directeur d'une
troupe de province trouve moyen de faire face à toutes
les difficultés d'une situation inextricable, un vers suffit
à rendre compte de son succès.

> Nourri dans le sérail, il en sait les détours.

On a joué *Zampa*. Ravissante musique !

Hérold est un maître délicieux, un maître français. Ses
mélodies ont le goût du vin de Bordeaux, quelque chose
de velouté et de délicat, avec un parfum de violette.

La musique envahit tout. Est-ce un bien ? est-ce un
mal ? — C'est un progrès.

Sans remonter jusqu'à Orphée, qui apprivoisait les
sauvages de son temps avec une lyre, il est bien certain
que la musique a exercé une influence salutaire sur les
mœurs. La musique, — comment pourrais-je bien exprimer
ma pensée ? — c'est la mesure, l'ordre, la raison, rendus

visibles et tangibles pour ainsi dire. Je sais qu'on peut en
dire autant de tous les autres arts. La poésie et la peinture
produisent un effet du même genre. La musique cependant leur est tout à la fois inférieure et supérieure. Elle
parle plus aux sens et moins à l'intelligence ; c'est ce qui
la place au second rang. Elle s'adresse à toutes les organisations cultivées ou incultes : c'est par là qu'elle se
relève et reprend la première place.

La musique est une langue universelle. Lorsque les
hommes se rassemblèrent pour construire la tour de
Babel — ce devaient être de fiers gaillards que ceux
qui entreprirent cette audacieuse construction : dans
notre époque mesquine, où l'initiative individuelle est si
faible, où l'esprit d'association est si étroit, il nous devient
impossible de concevoir et à plus forte raison de réaliser
de pareilles tentatives ; que sont nos canaux, nos chemins
de fer, nos ponts et nos docks, voire les percements des
montagnes et des isthmes, à côté de la construction de la
tour de Babel ? — lorsque les hommes, dis-je, se réuni-
rent pour construire la tour destinée à l'escalade du ciel,
ils parlaient évidemment tous la même langue. Or, cette
langue qu'on ne retrouve ni dans les hiéroglyphes ni dans
l'écriture cunéiforme, c'était la musique. Les construc-
teurs de la tour de Babel, pour qu'ils fussent si bien d'accord et pour que l'harmonie pût régner aussi longtemps entre eux, ne parlaient pas, ils chantaient. Ceci n'est point un
paradoxe. Les mondes roulant dans l'espace obéissent à
ses lois ; ils se meuvent comme les touches d'un clavier
sous les doigts de l'Éternel musicien qui joue avec les
sphères, ainsi qu'un enfant avec des osselets. Supprimez

le rhythme au ciel ou sur la terre, vous avez le désordre et l'anarchie. Voilà comment les premiers hommes ayant cessé de chanter et ayant été réduits à parler, en vinrent si facilement des paroles aux coups et furent obligés de se séparer.

Oui! la musique rassemble ceux que la discorde sépare. Elle crée des habitudes élégantes et distinguées. Un peuple artiste est un peuple doux; son esprit et son cœur s'ouvrent à toutes les nobles idées, à toutes les grandes aspirations. Je connais des villages dont la musique a transformé les populations. Des paysans grossiers, des ouvriers incultes sont devenus, par la pratique de cet art charmant, de véritables *dilettanti* de toutes les belles et bonnes choses. La musique les a conduits à l'instruction et presque à l'éducation.

La musique met de l'équilibre dans l'âme humaine. C'est une médecine morale, elle est à coup sûr une excellente hygiène. Je recommande ce traitement après un travail intellectuel opiniâtre.

La musique, dit-on, s'adresse à l'instinct. C'est vrai, mais elle recherche les nobles instincts. Je ne puis mieux comparer l'effet de la musique sur le cœur de l'homme qu'à celui du spectacle d'un acte de dévouement, d'un acte héroïque.

Avez-vous jamais analysé vos sensations à ce moment suprême où un homme risque sa vie pour sauver celle de son semblable? Il éclate dans tout votre être une puissance d'enthousiasme, une ardeur pour le bien, qui vous précipitent tout d'abord sur ses pas. Votre premier mouvement, c'est de le suivre ; pendant la délibération rapide et inconsciente qui se fait en vous, l'enfant qui se noyait est rapporté sain et sauf. Le sauveur vous apparaît comme une créature sublime. Vous éprouvez l'impérieux besoin de célébrer son héroïsme. Cet homme-là vous est saint, sacré. La foule se découvre et l'acclame. Le bien et le bon se sont révélés comme dans une lueur fulgurante, rapide et passagère : on les a entrevus. Cela suffit. Ils ont produit leur infaillible effet.

La musique agit sur les masses d'une manière analogue, je parle de la grande musique, bien entendu. Elle remue en elles tout ce qu'il y a de bons instincts; elle les fait jaillir à la surface. Les accents de *la Marseillaise* ont peut-être sauvé la France.

On a joué *Zampa* au bénéfice de M. Dègarron. M. Degarron est régisseur et acteur, M. Degarron a pour spécialité de représenter les traîtres. Pourriez-vous m'expliquer comment cette vocation, par une sorte d'antithèse bizarre, échoit presque toujours à des hommes d'une excellente nature? Je ne connais pas personnellement M. Degarron; je ne l'ai vu et étudié qu'avec mes jumelles. Mais il est impossible de remplir le rôle des monstres avec une figure plus honnête et plus sympathique.

M. Degarron est une espèce de Maître Jacques dramatique. Il fallait le voir, tout couvert de la poussière des combats, revêtu de ses habits de sacripant, au milieu des représentations orageuses des premiers débuts, présenter son honnête et calme figure aux spectateurs émus, faire les trois saluts d'usage, et débiter avec élégance et facilité un speach de circonstance. M. Degarron est presque un orateur. Quel sang-froid! quelle aisance! L'habit

noir des grands jours, les gants blancs officiels ne le
gênent pas plus que le pourpoint de l'estafier Gilbert ou
le manteau du mousquetaire. Homme utile avant tout,
homme indispensable, il commande le bataillon du
chœur, surveille le décor qui se détraque, la lampe qui
fume, et la clé forée qui montre son dard. — Il faut le
voir inspirant son ardeur à tous ces comparses qui sans
lui seraient de véritables automates! Je crois que M. Degarron sait tous les rôles : il serait capable de souffler
le souffleur.

— Le public de province éprouve, à la veille de la
réouverture de son théâtre, une émotion charmante :
c'est celle de l'inconnu. Cette troupe nouvelle dont on lit
les noms dans le journal renferme peut-être des merveilles.
Mademoiselle A., la première chanteuse, doit être une
ravissante créature; là-dessus se bâtissent des rêves, des
projets de roman. Les adolescents allument leur imagination comme une torche, les vieillards saluent un dernier
soleil qui va réchauffer leur cœur et leur mémoire. Faut-
il parler de ces personnages voisins de la maturité qui
remplacent l'imagination par la rouerie? Ils font le bilan
de leurs plaisirs plus positifs, et l'art, à coup sûr, n'est
pas leur principale préoccupation.

La Dugazon est-elle jolie? Évidemment cette question
précède dans toutes les bouches celle-ci : Est-ce une
artiste consciencieuse? J'ai un faible pour les Dugazons;
elles représentent au théâtre la grâce, l'esprit, le mouvement. On n'est pas disposé tous les jours à chausser le
cothurne ni à grimper sur des échasses.

J'ai bien envie d'être indiscret jusqu'au bout et de

scruter les impressions de la plus belle moitié du genre
humain qui fréquente le théâtre de Francheville.

Il est certain que toutes les femmes de Francheville
sont vertueuses. Tout homme qui parle de sa mère ou de
sa sœur (et de sa femme), commence par déclarer qu'il
les tient chastes comme Lucrèce. Or, je suppose que
toutes les dames de Francheville sont de ma famille; jé
me porte garant de leur vertu. Mais la vertu, pour mériter
ce nom, implique le combat... Il n'y a point de mérite à
ne pas prendre cent sous dans la poche d'un malheureux
lorsqu'on a cent mille francs de rente, ou à respecter
l'étalage d'un boulanger lorsqu'on sort de chez Véfour
(vieux style). Donc, je soutiens que la vertu des dames
de Francheville est achevée parce qu'elles ont navigué
quelquefois sur l'orageux océan de la passion, en habiles
pilotes, je le confesse, évitant avec une admirable dextérité
tous les écueils, je suis forcé de le reconnaître. Pour
sortir de cette métaphore, j'admets, je dois supposer
qu'elles ont été tentées par le fruit défendu et qu'elles
ont résisté à la tentation. — C'est là ce qui fait qu'elles
sont vertueuses dans l'acception vraie du mot. — Eh bien!
quel genre d'émotion leur fait éprouver la lecture dans
le journal des noms de la nouvelle troupe? Évidemment,
leur pensée glisse sur les actrices! elles ont à craindre
des rivales de beauté. Il faut bien que je reconnaisse,
pour obéir aux lois de la logique, qu'elles se demandent,
tout comme leurs maris et leurs frères se le sont demandé
à eux-mêmes, mais en suivant la pente de leur sexe, si
le ténor est joli garçon, si le premier amoureux a une
tournure agréable.

La musique doit éveiller dans le cœur des femmes des sensations qui nous sont inconnues. Ces créatures impressionnables, aux prises avec l'idéal, luttent comme Jacob contre l'ange. Qui sondera les profondeurs de l'âme féminine? Voyez comme l'extase envahit peu à peu cette sensitive frissonnante sous le souffle harmonieux. Sainte Thérèse, noyée dans les profondeurs de l'amour divin, n'éprouvait pas de béatitude plus énergique que cette spectatrice dont j'étudie et cherche à surprendre les émotions. Elle est immobile, elle est pâle, il n'y a de vivant en elle que les yeux. Les effluves harmonieuses l'enveloppent comme des ondes. De temps à autre un mouvement de ses lèvres, un pli sur son front, trahissent une émotion plus forte. — On dit qu'il y a des courants sous-marins qui parcourent l'Océan comme des fleuves et dont l'existence ne se révèle que par de légers bouillonnements à la surface.

Évidemment ces créatures enchanteresses ont des relations qui nous échappent avec un monde meilleur que le nôtre. Toute femme porte en soi quelque chose des dons de la sibylle. Pendant que nous tous, grossiers personnages, nous tenons nos front inclinés vers la terre et les préoccupations sordides, ces anges exilés lèvent leurs yeux vers la patrie céleste : la musique est le pont jeté pour elles entre la terre et le ciel. Contemplez plus attentivement cette spectatrice de plus en plus immobile : son âme a pris son vol; elle est allée butiner dans les Champs-Élyséens. L'air est fini, son visage s'éclaire : on dirait une lampe dont on ravive la lumière après l'avoir baissée. La voyageuse céleste est rentrée dans sa demeure et

répand le jour, le mouvement autour d'elle. Les femmes
sont charmantes après ce genre d'émotion. Je recommande ce genre de spectacle aux délicats.

Francheville, 20 octobre 186...

La province existe-t-elle encore ? Cherchons bien. Mon
département, auquel on a donné un beau nom de rivière,
s'appelait depuis quinze cents ans le F..... On l'a débap-
tisé, la révolution, devant elle je m'incline et je la glorifie
dans ses principes tout en demandant la permission de la
blâmer dans ses extravagances, l'a traité comme un conscrit qui entre au service ; elle l'a dépouillé de son costume
traditionnel et l'a affublé d'un uniforme. C'était un être
vivant, une personne ; elle en a fait un numéro. Affaire
de discipline et de bonne administration.

Et cependant ma province a toute une histoire. En
fouillant dans les fondations de ses vieux murs, je
trouve des médailles romaines, et plus bas des ustensiles
gaulois. Je sais très-bien que je suis Français et que je
dois être fier en regardant la colonne. Mais ce noble sentiment de patriotisme national ne devrait pas étouffer le
patriotisme local. Comment voulez-vous que je sois
patriote, si mon patriotisme repose sur le vide ? Il faut
de toute nécessité que je lui donne une base quelconque.
La France pour certains esprits ressemble à la peau de
chagrin de feu M. de Balzac ; elle se rétrécit tous les jours.
C'est tout au plus si elle s'étend aujourd'hui jusqu'au
mur de l'octroi de Paris. Il y en a même qui prétendent
qu'elle commence au boulevard des Italiens et qu'elle
finit à la Madeleine. J'en connais qui la font tenir tout

entière dans l'Opéra. Pour mon compte, je n'ai pas la
même ressource, j'ai fiché les quatre piquets de ma
tente dans le pays où je suis né. Je ne déteste pas Paris,
tant s'en faut ; mais je pense qu'il ne contient pas tout
l'air respirable et qu'on peut vivre dans sa banlieue,
c'est-à-dire dans le reste de la France, sans être absolument asphyxié par le vide.

Le pays où je suis né c'est comme ma famille agrandie. Nous, les enfants de ce sol bien-aimé, tous ceux qui
ont tété le lait campagnard, nous parlons une langue
particulière, un dialecte, un patois enfin, qui est toute
notre histoire. Cette langue a passé par les lèvres de
vingt générations de nos ancêtres, depuis Vercingétorix
jusqu'au colonel Combes tué devant Constantine ; elle est
pleine de saveur ; elle a un goût de terroir ; elle est
transparente ; elle laisse voir au fond de son réservoir de
mots des idées et des tendances qui ne craignent aucune
comparaison ; à telles enseignes qu'elle a produit des
poëtes supérieurs, des poëtes comme la France n'en a
jamais eu, si j'excepte Mathurin Regnier ; une langue
disant le mot juste, le mot net, arrivant à la poésie sans
périphrase. Notre patois ressemble au grec et au latin :
il est noble, il n'a point d'expressions roturières et
son plus humble substantif est aussi fier qu'un gentilhomme.

Il n'y a pas jusqu'à ce moyen âge tant calomnié par
les uns et tant exalté par les autres avec une égale exagération, qui ne fournisse son contingent à notre patrimoine provincial. Nos nobles ont disparu comme les
neiges d'autan : je ne sais vraiment pas comment ils se

sont évanouis. Ils nous ont laissé des ruines magnifiques que nous entretenons avec amour, au point de vue de notre histoire, persuadés que nos pères, dont la roture est authentique et montre ses parchemins avec orgueil, n'étaient ni des serfs ni des laquais, et qu'ils ont vécu fièrement, librement, à côté des gentilshommes. Nous avons les mains pleines des preuves de la dignité de leur attitude et de la fermeté de leur langage. Leurs cahiers des états-généraux prouvent qu'ils n'empruntaient pas leurs paroles au répertoire des esclaves : ils étaient fiers et ils n'étaient pas jaloux.

Et vous voulez que je ne regrette pas la décomposition de cette grande famille? Je cherche autour de moi ; nous sommes une douzaine de Cassandres qui pleurons la chute de notre Ilion minuscule. Je vois bien des artistes, des photographes qui préparent des albums où ils reproduisent les sites et les monuments que j'aime. Je connais deux ou trois plumes vaillantes qui écrivent des monographies, des histoires même, qui, au besoin rééditent nos vieux auteurs. Je suis très-heureux de ce mouvement, de ce bruit; mais cela ressemble à un défilé autour d'un convoi funèbre, aux fleurs que l'on dépose sur une tombe. J'ai beau chercher, je ne retrouve plus mon vieux Francheville ; on l'a badigeonné à neuf; il ressemble à ces maisons banales blanchies tous les dix ans par ordonnance. Il est mieux aligné, mais il est insupportable. C'est comme si on remplaçait la forêt de Fontainebleau par une plantation de buis et d'ifs agréablement entremêlés.

Les vieilles coutumes ont disparu avec les vieilles

mœurs, le vieux langage et les vieux habits. Le chapeau
rond a remplacé le chapeau long. Mes paysans, mes amis,
mes camarades portent des redingotes ; plus de ceintu-
res rouges ; plus de ces fêtes (vogues) où la jeunesse se
donnait rendez-vous, comme aux jeux olympiques, pour
faire assaut de force, d'adresse et de grâce. Plus de ces
foires où la province tout entière se réunissait dans un
véritable Champ-de-mai et où le patriotisme local se
retrempait, en frappant du pied le sol et en choquant
les verres. Plus de carnaval, plus de feux de joie, plus
de ces pyramides de charbon faisant monter jusqu'aux
nuages une colonne de flamme et de fumée, servant de
pivot à des rondes joyeuses où les bonnes langues chantaient des noëls salés et des complaintes patriotiques.

Je sais bien tout ce que les avocats du progrès me dé-
biteront comme fiche de consolation. Au fond je suis de
leur avis. Je voudrais cependant sonder le passé et l'avenir. Le présent me paraît triste ; donnons-lui du mouvement et n'en faisons pas une simple planche destinée au
passage d'une génération.

Je me livrais à ces réflexions mélancoliques pendant
la représentation de je ne sais quel drame idiot. Je cher-
chais à ressusciter dans ma mémoire ces beaux types
provinciaux aujourd'hui disparus dont j'ai pu contempler
au commencement de ma jeunesse quelques débris remarquables, un entre autres, un simple paysan. Je le
vois : c'était un vieillard qui avait près de six pieds. Une
longue chevelure lui descendait sur les épaules ; un costume simple et sévère rehaussait sa taille majestueuse.
Sa famille nombreuse vivait sur ses terres, et formait

un clan. Il possédait la moitié de sa commune. Ses
magnifiques garçons, ses filles superbes l'entouraient et le
vénéraient comme un patriarche. Je vous assure que ce
montagnard octogénaire portait avec une remarquable
dignité la croix de la Légion d'honneur que lui avaient
bien mérité des services de tous genres rendus à tout le
monde, voire même au département.

Il m'avait semblé le voir entrer au théâtre. Réduit à
ruminer, je crayonne une physionomie que j'ai là sous
les yeux, un vrai type. Le drame touche à sa fin. On va
jouer l'opéra; un vieux musicien vient prendre sa place
à l'orchestre. C'est le premier basson. Je m'en empare. Il y
a tout un poëme dans cette existence ignorée qui s'écoule
au fond d'une mansarde le jour, et la nuit au théâtre; on
se demande quelle est la chose dominante dans cette association d'un homme avec un instrument de musique. Il y
a pour ainsi dire incrustation de l'un avec l'autre. C'est
la tortue et sa carapace, l'huître et sa coquille, le dard et
le serpent, le rayon et l'étoile, le parfum et la fleur, la
grâce et la femme; cela ressemble à toutes ces choses
gracieuses ou bizarres qui s'accouplent par une association d'idées invincible. On ne peut les concevoir séparées. Quel est son nom? je l'ignore. Ce nom n'ajouterait
rien du reste à la poésie du personnage. C'est, si vous
voulez, cet être multiple, inconnu, anonyme, qui s'appelle la foule; qui vit, qui aime, qui rêve, et dont les
rêves et les amours ne se distinguent pas plus dans le
torrent des générations qui s'écoule que le flot ne se
distingue du flot sur la surface de l'Océan; force collective qui renverse tout sur son passage, mais dont chaque

élément fait à peine grincer le sable du chemin par son propre poids; chœur des souffreteux et des misérables dont l'ensemble est grandiose, mais dont les souffles isolés n'agitent pas même le brin d'herbe.

Voyez-le assis en face de son pupitre! Sainte Cécile n'a pas une attitude plus extatique; les anges doivent faire leur partie avec cet enthousiasme dans l'orchestre céleste.

Que n'ai-je la plume de Nodier! je tenterais de vous rendre cette figure et ce costume. Ses cheveux plats, ses petits yeux ronds, son nez ivre de tabac, son menton fait comme un promontoire constituent une charge digne de Callot. Eh bien, malgré tout, quoi que vous en ayez, cet homme commande le respect et inspire un sentiment qui n'est pas celui de la pitié.

Il vous est impossible de rire, vous éprouvez un attendrissement sympathique. On devine derrière ces traits sans harmonie la présence de l'hôte immortel. La beauté de l'âme, la beauté morale illumine cette figure ridicule. Quiconque n'a pas été témoin d'une transformation de ce genre ignore un des plus curieux phénomènes de la psychologie. On a vu des hommes d'une laideur repoussante modifier leur figure par l'action latente de la pensée et la pratique de certaines vertus. L'âme, aux prises avec la matière, agit à la façon d'un mineur et pénètre à travers son enveloppe. Elle l'éclaire, pour ainsi dire, d'un jour intérieur, elle la transfigure. Tout le monde connaît l'histoire de saint Vincent de Paul.

Ai-je besoin de vous dire que notre musicien est un vieillard? Je vous l'ai représenté assis sur une chaise, fai-

sant sa partie avec la ferveur d'un ange, je dois ajouter :
avec le courage d'un martyr. Je m'explique : son instrument, vieux comme lui, usé par un travail sans relâche, est à un demi-ton trop bas. Comprenez-vous le supplice de ce musicien consciencieux condamné à jouer
faux, de cette oreille délicate déchirée depuis sept heures
du soir jusqu'à minuit; il est trop pauvre pour acheter
un instrument neuf. L'autre jour, il nous disait avec une
candeur ineffable : A force de poumons et d'énergie dans
le souffle je rattrape mon demi-ton. La révélation de cette
souffrance épouvantable, de ce supplice nouveau pour
Dante lui-même, a ému un des habitués de l'orchestre. Il
a ouvert immédiatement une souscription pour acheter
l'instrument rédempteur. La collecte a produit 47 fr. le
premier soir.

Lorsque notre musicien est assis en face de la partition,
le monde extérieur semble ne plus exister pour lui. La
musique est l'échelle de Jacob par laquelle les mélodies,
messagères radieuses, descendent vers lui. Voyez : sa
figure exprime une extase divine. Que se passe-t-il dans
le cœur de cet homme? qui dira les trésors que recèle
cette âme d'élite ! ce vieillard habite évidemment une
sphère supérieure : on dirait qu'il remue des perles et
des diamants ; l'harmonie, tour à tour vestale et odalis-
que, le berce dans son hamac. J'entends dire quelquefois : le pauvre homme! Venez donc marchander les
trésors de ce malheureux? comme il prendrait en pitié
votre or! J'en suis sûr, il n'échangerait pas son monde
de poésie, le monde de ses rêves, contre toutes vos richesses. Vous buvez dans des coupes de cristal les vins

les plus généreux; vous avez des chars rapides : lui, il s'abreuve à la source divine de l'idéal, il a des ailes.

— Respectez cet homme : c'est peut-être un voyant.

Francheville, 10 octobre 186...

J'ai vu jouer au moins cinquante fois *la Favorite*. Je l'ai entendue dans des dispositions d'esprit bien différentes; adolescent, jeune homme, homme mûr; à Paris, à Lyon, à Francheville. Lorsqu'une pièce de théâtre s'est pour ainsi dire incorporée à notre existence, elle nous devient sacrée; je ne l'avais pas revue depuis plusieurs années. Je craignais de perdre une illusion, de voir s'évanouir un rêve de ma jeunesse, aussi est-ce avec une certaine émotion que je suis allé entendre cette musique qui a toujours trouvé le chemin de mon cœur, bien qu'il fût en proie à des sentiments fort opposés. *La Favorite* est sortie victorieuse de l'épreuve. Cette pièce est éternellement jeune; ses mélodies sont toujours fraîches; sa passion est toujours brûlante. Comment expliquer l'influence de cette musique sur toute une génération? J'en atteste mes contemporains : ils sont tous venus boire, à pleine coupe, à cette source de la passion. La passion, oui, voilà la véritable cause de son succès persévérant. La musique de *la Favorite* est une musique qui parle aux sens, et son langage n'a rien de grossier; il remue les fibres sans les ébranler. Il y a dans cette partition quelque chose qui ressemble à un souffle ardent du midi, tempéré par la fraîcheur d'une forêt vierge. Voyez *Lucie*, c'est l'amour pur, idéal; c'est l'amour jusqu'à la mort.

2

Lucie plaît aux délicats, aux organisations fines et nerveuses. Sa musique éthérée traduit dans un langage divin le poëme des tristesses inconsolables et des profonds désespoirs. — *La Favorite*, ardente et passionnée, s'adresse aux hommes jeunes. Elle vient bourdonner dans vos oreilles à l'heure des ardeurs enivrantes et mystérieuses qui montent du cœur au cerveau de l'adolescent. C'est comme un monde inconnu, Éden flottant, îles enchantées, que l'imagination à son réveil peuple de fantômes gracieux et de célestes apparitions.

Qui de nous, à vingt ans, n'a entendu ces voix, ces bruits confus? Ondines, fées, sirènes, nos cœurs vous écoutaient sans vous comprendre. Donizetti est venu, il a trouvé l'expression vraie de tous ces sentiments vagues de notre jeunesse. Il a traduit, dans un langage mystique et voluptueux tout à la fois, la mélodie des jeunes amours et des brûlantes aspirations de la jeunesse qui s'ignore. — Je le répète, ce chef-d'œuvre, qui a vieilli avec nous, sera éternellement jeune, parce que éternellement il réveillera dans le cœur des générations qui se succèdent un écho sonore et vibrant.

Un théâtre de province est un microcosme qui résume toute une ville. Il ressemble à un carrefour où les citadins passent successivement pour voir ou pour être vus. La comédie humaine s'y déploie en face de la comédie littéraire.

Tournons le dos à la scène. Les places se garnissent peu à peu. Si j'avais comme Lesage un diable borgne ou boiteux à mon service, je lui demanderais le pourquoi et le comment de toutes les existences ignorées. Il n'y a pas d'homme dont la vie n'offre un certain intérêt. Il n'y a pas de femme qui ne soit en mesure de raconter au moins un roman. Quelqu'un a plus d'esprit que Voltaire, c'est tout le monde. Ce même personnage collectif offre plus de variété, plus d'imprévu, plus de piquant dans sa vie que Louis XIV et Napoléon ensemble. Il ne lui manque qu'un Dangeau ou un Saint-Hilaire : vous voyez bien ce vieillard qui vient de s'asseoir aux premières? On m'a raconté sur son compte un fait à rendre fades les chroniques les plus invraisemblables de Brantôme. C'était en 1815. Le général Mouton, comme Ney, comme Lavalette, comme Labédoyère, cherchait, en se cachant, à dérober sa tête à la proscription. La police le traquait comme une bête fauve. On le savait caché dans une zone déterminée aux environs de Francheville, et on ne négligeait aucune recherche, aucune perquisition. Un beau jour, ou plutôt une belle nuit, le vieillard en question, alors fringant jeune homme, avait reçu dans sa maison de campagne une femme mariée, sa maîtresse. Un commissaire de police se présente tout à coup escorté d'une gendarmerie imposante. — Le général Mouton est caché chez vous. — La villa est envahie. On fouille de la cave au grenier; on ouvre les armoires; on démonte les meubles. A force de ruse et de manœuvre, M. ***, pendant longtemps parvient à dérober aux regards la porte de la chambre où s'était réfugiée sa maîtresse. Le commissaire, fin limier, finit cependant par l'apercevoir. Il demande à être introduit. M. *** parlemente, jure sur l'honneur que le général n'est pas plus dans cette pièce que dans les autres. — Raison de plus pour qu'il ne s'oppose pas à ce qu'on y pénètre. — Il y a une femme, une femme mariée. On lui passera plutôt sur le corps. — Discussion violente; un éclair, une inspiration traverse l'esprit de M. *** aux abois. — Vous êtes un galant homme, un chevalier français, fait-il en s'adressant au commissaire de police; vous ne tenez pas à compromettre inutilement une femme. Il vous suffit d'être convaincu que la personne cachée dans mon lit est une femme et non pas le général. — Évidemment, répond le commissaire. — Entrons ! s'écrie le jeune homme. Ils pénètrent dans la chambre, tous les meubles sont fouillés avec une scrupuleuse attention. Reste à constater le sexe de la personne cachée dans le lit. Cher lecteur, tu es un homme d'esprit : aux gens d'esprit on peut tout dire. Le roi Candaule faisait voir sa femme toute nue à son ministre. Notre homme n'alla pas aussi loin. Il déroba la tête de sa maîtresse aux regards du commissaire de police et se contenta de lui exhiber un torse féminin qui eût fait pâlir de jalousie la Vénus Callypige elle-même.

Le commissaire de police, impassible et chaste comme la justice, après avoir mis sa conscience en repos, rejeta la couverture sur ces charmes anonymes. L'histoire ajoute qu'il poussa l'héroïsme jusqu'à ne pas se permettre la plus légère plaisanterie égrillarde.

Il eut bien raison : c'était sa propre femme.

On peut recueillir dans la foule par boisseaux des faits de la plus piquante originalité. Ils retombent dans l'oubli avec les milliers de héros dont l'histoire dédaigne ou n'a pas le temps d'enregistrer les faits et gestes. Je confesse un faible pour tous ces inconnus. C'est une sympathie égoïste qui m'attache à eux; je sens qu'ils sont de ma famille, j'aime les personnages obscurs, dont la vie recèle néanmoins des actes éclatants ou originaux. Car enfin nous ressemblons un peu au lion de la fable, condamné à une admiration perpétuelle des batailles et des victoires de l'homme. Nous avons le droit de nous plain-dre de la partialité des peintres et des historiens; on nous fait jouer constamment le rôle sacrifié. Écrivons, peignons à notre tour. Vous allez voir un changement à vue. Le lion populaire n'aura plus cette attitude soumise qui courbe sa noble tête. *Anche io son pittore.* Parlons des humbles et des petits. Depuis six mille ans l'histoire s'occupe d'une manière exclusive d'une centaine de personnages fort grands, fort spirituels, je l'accorde; mais ils n'ont pas rempli l'espace à eux seuls; s'ils paraissent si grands, c'est que nous les avons portés sur nos épaules; s'ils ont été spirituels jusqu'à ce point-là, c'est qu'ils ont soutiré l'esprit des autres. Nous sommes des ânes et nous portons des reliques.

Viens, mon pauvre baudet; tu portes le bât depuis six mille ans. Cela n'est pas juste. Je veux te réhabiliter, toi, la bête utile. Sans doute, tu ne vas pas en guerre avec ce brillant coursier dont les narines résonnent comme une trompette de combat; tu ne manges pas l'avoine dans une auge d'acajou, tu vis de chardons et de ce que produit la marge des chemins. Ton frère porte des housses magnifiques; il piaffe, il parade; tu es la bête de somme, et tu reçois des coups en guise de caresses!

Le royaume des baudets est le nôtre... Apulée, lorsqu'il devint un âne d'or, avait conservé l'intelligence

2.

d'un homme; il raisonnait de tout en véritable philosophe... Je trouve que depuis quelques années, un demi-
siècle, les ânes de France et de Navarre ont presque autant d'esprit que celui-là. A quoi cela tient-il? à une
transformation radicalement contraire; ils sont en train
de devenir des hommes.

Puissance de la digression! je passe d'un commissaire
de police à la monographie d'un baudet. Je reviens sur
mes pas et je salue ce noble manchot qui a laissé un bras
dans une aventure terrible; ce bras, il l'a sacrifié à l'honneur d'une femme. Notre premier héros s'est tiré d'affaire avec de l'esprit; celui-là avec sa vie qu'il a héroïquement risquée. L'histoire n'a que deux lignes, il a fait
un saut de cinquante mètres; il y a un dieu pour les ivro-
gnes et pour les amoureux.

Si j'étais la sultane Scheerazade et si vous étiez aussi
faciles à amuser que le sultan des Mille et une Nuits, je
vous en raconterais de cette force pendant mille et un
jours, et jugez de ce que j'ignore par ce que je sais.

La salle de notre théâtre est presque neuve, sa déco-
ration ne manque pas de goût. La coupe des balcons est
d'une extrême élégance.

Tiens, la salle s'est peu à peu remplie. Ici j'ouvre encore
une parenthèse.

Lorsque vous visitez, à Rome, le Colysée, on vous montre sur chacun des gradins du magnifique amphithéâtre
de Titus la place occupée par les grands corps de l'État :
au fond les siéges de l'Empereur et de la famille impériale; à droite et à gauche, à des étages différents, ceux
des sénateurs et des chevaliers; en face, partout, le

peuple, le peuple romain. Vous reconstruisez facilement, par le souvenir, toute cette société romaine qui a laissé une si forte empreinte dans notre langue et dans nos lois. Tout à coup la voix du cicerone prononce ces simples paroles : Le banc des vestales. Cette rude nation vous apparaît sous un jour tout nouveau. Vous vous rappelez que c'est elle qui la première a respecté la femme. Vous évoquez ces beaux types de matrones qui ont façonné les grands citoyens de Rome, et vous vous dites qu'il n'y a qu'un pays où l'on pratique un pareil culte qui puisse produire des hommes d'une trempe héroïque. La vestale explique la matrone. Je ferme ma parenthèse semi-historique.

Les vestales de Francheville n'ont de commun avec celles de la Ville éternelle (style de M. Prud'homme) que le banc réservé. Elles y sont reléguées par ordre du préteur et soigneusement tenues à l'écart des matrones. Étudions ces figures...

Francheville, 10 novembre 186...

— *La Tour de Nesle !* Je me suis frotté les yeux lorsque j'ai vu flamboyer ces quatre mots sur l'affiche. Vous dire que j'ai couru au théâtre éperdu, haletant, c'est vous rendre avec des mots une émotion indescriptible. *La Tour de Nesle !* Serions-nous revenus au bon temps de la querelle des classiques et des romantiques ? — Or çà ! maître Orsini, tavernier du diable, apporte-nous un flacon de ce vieux bourgogne que tu caches dans ta cave ; pose deux gobelets sur cette table ; fais vite, si tu ne veux pas que je traite tes côtes comme les douves d'une vieille

futaille. — Quel style ! quelle verve ! quelle passion ! et
surtout quels personnages ! Marguerite de Bourgogne,
courtisane couronnée, noyant ses amoureux en véritable sirène ; Buridan, capitaine d'aventures, cœur de
mère et main de brigand ; Gaultier d'Aunay, sorte de ché-
rubin gothique , amoureux d'une Messaline et dont
l'amour chaste jette comme un parfum sur ce cloaque de
sang et d'immondices. Tout cela vivait, marchait, se
tordait, hurlait. Le rayon d'or, le rayon immaculé de la
poésie, dorait toutes ces fanges.

Voilà bien *la Tour de Nesle* de la grande époque.
Mademoiselle Georges et madame Dorval, ces deux
cariatides de l'art romantique, l'ont portée tour à tour
sur leurs puissantes épaules. Ces deux lionnes l'ont par-
courue comme une cage, frémissantes, passionnées, l'œil
en feu, les narines en sang. C'était superbe ! nos mains
battaient, nos cœurs battaient encore plus fort que nos
mains.

Je le répète, j'éprouvais une émotion indicible lorsque
la toile s'est levée. Allions-nous assister à une résurrec-
tion ou simplement à une exhumation ?... Hélas ! il nous
est arrivé à tous de perdre de vue pendant plusieurs
années une femme que nous avions passionnément aimée ;
une rencontre fortuite nous met inopinément en présence ;
quel triste spectacle ! Qu'est devenu ce visage frais
et gracieux ? Les yeux ont éteint leurs flammes et la
bouche son sourire. Le temps imprime peu à peu sa terrible griffe sur les tempes. L'embonpoint est arrivé,
adieu l'enchantement ! le charme s'est évanoui !

Vous avez l'impression exacte que m'a produite *la*

Tour de Nesle. Eh bien, malgré tout, il faut reconnaître
que nous sommes bien loin de cette admirable époque
qui a vu grandir les Victor Hugo, les Vigny, les Musset
et les George Sand. Un audacieux succombait ; vingt lut-
teurs prenaient sa place. Comparez notre plate époque à
cette fiévreuse période, la jeunesse de notre temps à la
jeunesse de ce temps-là. Nos cœurs battaient alors pour
de nobles choses, pour l'amour, pour la gloire, pour la
liberté. Demandez à ce gandin, dont la raie au milieu de
la tête et le binocle dans l'œil constituent un si divertis-
sant spectacle, à quoi il pense, à quoi il rêve. Il vous
montrera du doigt une fille maquillée qui passe et vous
invitera à une partie de baccarat pour le soir. Les nobles
jouissances de l'art, il les ignore, que dis-je ? il les mé-
prise. Son regard ne cherche rien au-delà du paysage
en carton du dernier ballet, et encore faut-il que la
jambe de mademoiselle X.. y dessine sa silhouette. Ces
personnages-là ne sont pas des hommes.

J'ai promis de faire comme Œdipe et de demander à
ce sphinx qui porte un masque de courtisane le mot de
son énigme. Énigme terrible ! problème redoutable ! il y
a pour les âmes généreuses une inénarrable douleur à
scruter ces existences flétries. La société les traite en
véritables parias. Les grandes villes ont organisé des mala-
dreries pour cette lèpre morale. Des milliers de créatures
humaines vont s'enterrer vivantes dans ces bourbiers
immondes qui donnent le vertige aux esprits résolus
lorsqu'ils veulent en sonder les profondeurs.

Soyons juste, la civilisation n'a pas inventé la courtisane ; on les rencontre dans les sociétés les plus rudi-

mentaires. Chez les Grecs, cette profession, car c'était une véritable profession, n'était pas avilissante : elle constituait l'une des formes de l'émancipation de la femme, et celle-ci faisait échapper au régime abrutissant du gynécée. Aspasie marchait l'égale de Périclès : certains historiens prétendent même qu'elle a été sa compagne légitime.

Le christianisme est venu avec sa mansuétude et sa charité. Le Christ a jeté son indulgence comme un manteau, sur les épaules de la femme adultère. Enseignement admirable qui nous dicte la conduite à tenir vis-à-vis de ces malheureuses victimes de la dépravation humaine. Il a livré ses pieds à la Madeleine pour qu'elle les baignât de parfums et qu'elle les essuyât avec sa belle chevelure. Après cet exemple et pour peu qu'on réfléchisse, on se sent pris au cœur d'une immense pitié pour ces vierges folles, victimes d'une destinée terrible. Car enfin s'il y a parmi ces créatures des Messaline et des Marguerite de Bourgogne, il y a aussi des Madeleine et des filles séduites. Je sais parfaitement que la fatalité n'explique rien et surtout ne justifie rien, mais qu'il me soit permis de plaider les circonstances atténuantes pour les malheureuses qui ont été lâchement trahies, qui ont cru à la parole humaine et à la sainteté des serments. Pitié pour celles-ci! pitié pour les faibles, pitié pour les cœurs sincères. Il serait plus juste de réserver nos colères et nos indignations pour ces hommes sans cœur qui pratiquent la traite des blanches en véritables négriers et se font les pourvoyeurs du minotaure des grandes villes.

Il y a deux catégories parmi ces femmes-là, les brunes

et les blondes, brunes et blondes non-seulement par le teint, mais encore par le tempérament moral et par le cœur.

Voyez-vous cette grande fille aux allures sculpturales. Sa marche est un balancement perpétuel. Son œil noir, ses cheveux noirs, ses lèvres rouges, tout révèle une organisation merveilleuse de vigueur et d'élasticité. La séve déborde dans cette magnifique créature. Le sang court en bouillonnant dans ses veines bleues : on dirait un marbre pentélique rayé par des filets d'azur. La nature exubérante de la zone torride, la nature des bêtes fauves et des forêts vierges a condensé dans cet être splendide toutes ses énergies et tous ses trésors. C'est une explosion de vitalité et de force à faire croire présentes encore ces époques lointaines où la nature, aux prises avec la matière en fusion, luttait contre le chaos et façonnait ces êtres étranges dont les débris étonnent nos regards. Puisant d'une main prodigue dans le réservoir de la vie, elle donnait à toutes ses créations une grandeur démesurée. Les éléments nouveaux s'agrégeaient dans des combinaisons dont le sens nous échappe. Il y avait alors une atmosphère et une chaleur capables de faire vivre les géants et les monstres.

Telles nous apparaissent de loin en loin ces Èves brunes qui semblent appartenir au monde antédiluvien. Que cherchent-elles dans la vie? le plaisir. Qu'apportent-elles? la volupté. On dirait ces cavales de Thrace bondissantes, échevelées, que les mythologues nous représentent cherchant l'amour et la fécondité à travers la tempête.

Leur histoire n'a rien de bien tragique ni de bien
lamentable. Elles ont rencontré sur leurs pas un homme
jeune ou vieux, peu importe. Jeune, il a parlé le langage
de la passion ; vieux, il a montré de l'or. Avec le premier,
elles se sont enivrées comme des bacchantes ; avec le
second, le vice leur a paru un métier.

Impéria est arrivée de son village en 186... sa chute a
été une première étape. La voilà lancée dans le monde
comme un corsaire muni de ses lettres de marque et de
ses pavillons de rechange. Elle court sus à l'ennemi.

J'ai passé de longs moments à déchiffrer ces hiéroglyphes vivants. J'en vois une là à quelques pas de moi.
C'est bien le masque de l'hétaïre, quelque chose de calme
et de fort. Elle promène avec une indomptable assurance
un regard circulaire. L'éclat de ses yeux est métallique.
Elle me fait éprouver une espèce de fascination. Il
me semble voir une magnifique panthère accroupie sur
le bord de son antre, les pattes en avant, la tête sur ses
pattes, promenant sa lèvre rose sur son mufle bordé
de roux ; quelle admirable bête ! Je pourrais dire indiffé-
remment : quelle admirable femme !

Comment finit l'histoire de ces panthères apprivoisées ?
Lugubre destinée en somme. La sanction du désordre
arrive tôt ou tard avec son implacable logique. Il faut
aller mourir dans un de ces asiles que la charité publique
ouvre aux invalides de la débauche.

Détournons nos regards de ce spectacle navrant, con-
templons un spectacle plus gracieux — Sur le même
chemin, vous avez rencontré cent fois une autre fille de
formes toutes différentes, mince, svelte, plus gra-

cieuse, plus distinguée. Sa chevelure blonde, plutôt cendrée que blonde, ses grands yeux bleus, sa bouche délicatement ourlée vous ont rappelé les plus suaves peintures de Lesueur. C'est l'Ève blonde, c'est le prototype de la seconde catégorie. Créature divine qui n'éprouve qu'un besoin et n'exprime qu'un seul désir, le désir de plaire et le besoin d'aimer. Aussi, l'amour a été l'écueil sur lequel elle est venue se briser. Son cœur a été plus fort que sa raison. Un homme s'est présenté les yeux caressants, des paroles douces aux lèvres. C'était un larron. Il s'est enfui après lui avoir dérobé son amour. .

. . . .

Je supprime une tirade contre l'engeance si nombreuse des séducteurs. Du reste, ils se divisent en espèces et en genres si compliqués, que ma philippique pourrait fondre au travail de l'analyse. On les classe néanmoins en trois variétés principales, suivant qu'ils recherchent les jeunes filles, les femmes ou les veuves. La seconde variété admet deux sous-genres, les coureurs de femmes mariées proprement dites, et les poursuivants des femme séparées de corps et de biens. J'ai entendu des scélérats émérites professer une préférence marquée pour cette dernière classe de gibier. Ils appellent cela du gibier ! A les entendre, et pour continuer leur figure empruntée à l'histoire naturelle, la femme séparée de corps et de biens réunit tous les avantages de ses trois congénères et en exclut tous les inconvénients.

Mais laissons le séducteur..... aux prises avec sa conscience, et suivons la victime. Son odyssée arrache des larmes, la pauvre fille s'en va cherchant à panser son cœur brisé. Chaque halte est pour elle une station douloureuse, un nouvel amour est une nouvelle souffrance : il amène invariablement une déception. Pitié pour cette victime de l'amour, elle a répandu sur sa route tous les parfums de son cœur. Son cœur a été cet arbre merveilleux du nouveau-monde dont chaque blessure fait couler une substance odoriférante ; elle s'est laissée cueillir comme un beau fruit ; elle s'est épanchée comme une source, et lorsque nos lèvres ne lui ont plus demandé l'étanchement de leur soif, elle est morte. Morte avec pudeur, dans quelque réduit caché, en ramenant les plis de sa robe sur ses pieds. Donnez-lui une larme, vous tous qui avez respiré la fleur de sa jeunesse et de sa beauté.

Francheville, 20 novembre 186....

Les Pirates de la Savane; *le Courrier de Lyon*; *le Pont rouge*, tel est le bilan littéraire du mois.

Si la province jugeait la littérature contemporaine sur des productions du genre de celles-ci, elle devrait la considérer comme morte. Cependant notre théâtre exerce encore une grande et légitime influence en Europe. Nos principaux auteurs sont traduits ou représentés dans toutes les langues.

M. Scribe, ce piètre écrivain, s'il faut en croire les mameluks du romantisme, fournit des inspirations et des sujets à une foule de plagiaires. On le pille et on l'insulte. C'est un procédé qui dispense de la reconnaissance. Évidemment M. Scribe n'est pas un Shakespeare.

M. Scribe ne creuse pas bien profond dans le cœur

humain. Ce n'est pas un anatomiste, et son théâtre ne
ressemble pas à un amphithéâtre. Il n'a pas de prétention à la thèse philosophique. Loin de là. Les grandes vertus, les grands crimes, il les ignore. M. Scribe est le dramaturge de la société moyenne, bourgeoise, telle que l'avait
faite le gouvernement parlementaire de 1815 à 1848.

J'ai été du nombre de ces enfants mutins et indociles
qui abusent de la bonté et de la facilité de leurs maîtres,
et qui au besoin leur jettent des pierres quand ils le
peuvent faire impunément. Leur justification est la
mienne : ils ne savent pas ce qu'ils font. Plus tard, lorsque
les écoliers se trouvent aux prises avec les réalités sévères
de l'existence, ils se prennent à regretter ces pédagogues
rébarbatifs, ils en regrettent jusqu'à la férule relativement
si légère. Autrefois, j'ai jeté la pierre à cette monarchie
qui avait entrepris de nous rendre sages, de nous faire
heureux, en nous enseignant la modération et la liberté ;
et parmi les hommes de cette époque, un de ceux que
j'ai le plus vilipendés dans mon for intérieur, c'est
M. Scribe, dont le théâtre résume les innombrables
qualités et les défauts si peu nombreux de cette même
monarchie. Je le regrette aujourd'hui.

Le style, c'est l'homme, a dit Buffon. Cette admirable
idée est encore vraie lorsqu'on l'étend à une période
historique. On peut dire : le théâtre, c'est la société.

Corneille, dans *le Cid*, dans *Cinna*, exprime admirablement les impressions, les sentiments, les vertus et les vices
de la première moitié du dix-septime siècle, époque de
transition. La féodalité s'écroule sous la main de Richelieu.
La royauté émerge. Sera-t-elle absolue ou limitée dans ses

prérogatives? grave question que la Fronde n'a pas su résoudre dans le sens de l'intérêt national, à cause de l'inintelligence et de la cupidité de la noblesse. Transformez cette levée de boucliers en une guerre véritablement patriotique, tendant à constituer la liberté du pays; faites que les Condé, les Montmorency, les Chevreuse, agissent comme les champions du peuple; qu'ils en deviennent les chefs et les initiateurs; admettez que la Providence a fait éclore dans le cœur de La Rochefoucauld les vertus d'Hampden, quel spectacle! quelle fortune pour la France! La monarchie représentative aurait peut-être été constituée sous la régence d'Anne d'Autriche, avec Mazarin pour premier ministre. Le compatriote de Machiavel possédait l'intelligence et la finesse nécessaires pour jouer ce grand rôle, et il n'eût pas mieux demandé d'être un grand citoyen plutôt qu'un politique habile dans sa patrie adoptive.

Quoi qu'il en soit, comme Corneille exprime avec grandeur, dans *le Cid* surtout, le côté chevaleresque, batailleur de la noblesse de son temps! Les grands coups d'épée flamboient dans son vers espagnol. L'honneur, ce mobile des gouvernements monarchiques purs, suivant Montesquieu, remplit l'âme de ses personnages. On sent circuler un souffle généreux dans ses drames; ils ont des proportions héroïques.

Racine est bien le poëte de Louis XIV et de la monarchie absorbante. Le maître ayant dit : L'État c'est moi, Racine taille ses personnages sur ce modèle. L'amant de mademoiselle de La Vallière et de madame de Montespan devient le prototype de tous ces héros tragiques dont

l'amour, la guerre et la politique se partagent l'existence.
Avec quelle exquise délicatesse, le délicat Racine a su
peindre les passions du monarque qui sont à ce moment
les passions de la France. Le roi-soleil penche vers son
déclin. Versailles est devenu une succursale de la Trappe.
madame de Maintenon a remplacé madame de Montespan. Racine évolue comme l'astre royal : il écrit *Esther*
et *Athalie* pour les oreilles dévotes de la cour réformée.

Le dix-huitième siècle appartient à la controverse, à la
philosophie. Voltaire est son poëte. Le théâtre de Voltaire est une perpétuelle discussion où les thèses du
droit naturel sont exposées à la grande satisfaction de ses
contemporains et au grand ennui de ses arrière-neveux.

M. Scribe a écrit pour une époque qui croyait avoir résolu les grands problèmes sociaux et réalisé dans l'ordre politique les conquêtes essentielles. Entre les gens rai-
sonnables, il s'agissait d'une question de plus ou de moins.
Le principe de la libre discussion ne paraissait plus con-
testé par personne. La société, remise des secousses, se
reposait dans une sécurité pleine d'espérance. Dans un
milieu pareil, il ne se produit ni grandes vertus ni grands
vices ; les individualités absorbantes, les grands hommes
n'y abondent pas. Lorsque je parle des grands hommes,
ma pensée s'arrête sur ces personnages qui demandent
beaucoup à leurs semblables et qui leur rendent peu en
échange. A défaut, ce que le dix-septième siècle appelait,
dans une langue si exacte, l'honnête homme, y abonde ;
l'honnête homme, c'est-à-dire l'homme distingué. Quelle
réunion d'hommes supérieurs pendant cette période de
trente-cinq ans, dans la philosophie, dans la littérature,

dans les arts! Les noms qui viennent au bout de ma plume sont dans toutes les bouches. M. Scribe a été le dramaturge de cette éclatante période. Comme il la reproduit, comme il la photographie avec exactitude, avec complaisance! Je prends deux de ses personnages typiques, le colonel d'abord, par exemple. Le colonel de M. Scribe est une création qui fait sourire les sceptiques. Étudiez-le de près. Vous serez émerveillé de tous les défauts qu'il n'a pas. C'est un simple colonel : il y a progrès à mon sens. Il n'est pas traîneur de sabre. Il se comporte comme vous et moi. Il parle, aime et souffre comme un simple bourgeois; sa bravoure est sans emphase. Vous avez le soldat de cette admirable armée d'Afrique qui n'a fait la guerre qu'aux barbares. Et le diplomate de M. Scribe! C'est peut-être son personnage le mieux réussi. La diplomatie, au théâtre successivement de Madame et du Gymnase, se présente comme une science négative. L'auteur nous apprend mieux ce qu'elle ignore que ce qu'elle sait. Il y a parti pris et système. Le peintre emploie volontiers les demi-teintes, les nuances transparentes. Il procède par insinuations, par demi-mots. Cette manière implique un auditoire doué d'une intelligence fine et pénétrante. Mais lorsque l'entente est devenue intime entre l'auteur et le public, quel courant électrique! On se devine comme entre gens de bonne compagnie.

Si la langue était chez M. Scribe à la hauteur de la conception et de l'arrangement, je le mettrais sur la même ligne que Molière.

La langue seule fait les écrivains immortels. C'est pour cela que M. Victor Hugo, dont le théâtre absurde repose

sur un parti pris systématique, nous a tenus si longtemps
sous le charme. A l'heure qu'il est, je réagis énergiquement contre mon enthousiasme de vingt ans ; je place
dans les deux plateaux de la balance M. Scribe et
M. Victor Hugo, ils se tiennent en équilibre. L'invention
du premier balance la forme du second. Que dira l'infaillible postérité ? Nos grands hommes contemporains purement littéraires doivent faire quelquefois des retours
mélancoliques sur eux-mêmes. Le passé fait comprendre
l'avenir. Il y a des écrivains des deux derniers siècles dont
l'œuvre est haute comme une pyramide ; leurs noms sur-
nagent à peine. De tout le fatras de l'abbé Prévost, on ne
lit plus que *Manon Lescaut*.

Le plus grand écrivain de notre siècle, c'est George
Sand. J'en demande pardon à Chateaubriand, à Byron
et à Gœthe, mais je n'en démords pas. Je ne partage
aucune des idées morales, politiques et philosophiques de
madame Sand. Ce que j'admire sans réserve chez elle,
c'est la forme. Je ne crois pas que dans aucune langue
depuis Rousseau, les sentiments du cœur humain aient
été rendus avec une puissance égale. Je ne raisonne
pas en moraliste, mais en artiste ; j'apprécie une œuvre
d'art non une doctrine. J'établissais tout à l'heure un
rapprochement entre Scribe et Victor Hugo : j'invite
les dilettanti à faire la même expérience avec celui-ci et
madame Sand. Lisez une page de l'un et une page de
l'autre dans le même moment, la comparaison est écra-
sante pour le poëte, qui ne se relève que dans quelques
passages vraiment sublimes.

Madame Sand est un écrivain véritablement humain.

Je me retrouve chez elle tout entier, sans parti pris, sans exagération. Elle est un miroir net, simple et clair, qui ne m'embellit pas, mais qui ne me fait pas grimacer. La qualité fondamentale du génie littéraire, c'est la sérénité, l'impartialité, la hauteur dans la vue. Rien ne trouble ce ferme et impassible regard. George Sand en est, comme Raphaël, à sa troisième manière. Son talent s'est dépouillé de toutes les scories de la jeunesse; le lingot ne contient que de l'or pur.

On disait autrefois que dans toute *la Henriade* il ne serait pas possible de faucher une provision d'herbe suffisante pour nourrir un cheval. C'était là une critique spirituelle de notre ancienne littérature pour laquelle le monde extérieur n'existait pas, et dont les évolutions dramatiques s'accomplissaient sous un péristyle, entre deux soleils, selon les règles formulées par Aristote. Rousseau avait fait brèche timidement à cette enceinte continue de prescriptions placées entre l'homme et la nature. Chateaubriand a des paysages incomparables; mais il peint encore à la manière de Claude, c'est-à-dire qu'il arrange et embellit. Avec madame Sand, nous sommes entrés dans l'herbe jusqu'au cou, nous respirons l'odeur des foins, l'odeur de la vendange. Ça été une véritable révolution. Il s'est trouvé que dans un chemin creux, dans une haie, un tronc d'arbre, un effet de lumière, le moindre accident de terrain, il y avait une poésie incomparable. Et comme les arts sont solidaires : les paysages littéraires de madame Sand ont créé la peinture paysagiste, ce côté de Claude et du Poussin que j'admire avec transport; nous avons vu surgir des artistes qui reproduisent la nature vraie, non conventionnelle, retrouvée par madame Sand.

Puisque je suis en train de mettre de l'ordre dans mes idées littéraires, il faut que je parle un peu de Shakespeare.

Nous avons pris depuis quelques années l'habitude de jurer par Shakespeare, comme les anciens juraient par les dieux inconnus. Pour nous, c'est bien un dieu inconnu. Nous jurons sur la parole du maître : *Magister dixit.* M. Victor Hugo a proclamé Shakespeare dieu, et il s'en est constitué le prophète. Les disciples ont ouvert la bouche comme il convient à des gens qui sont faits pour obéir et non pour discuter : ils ont crié du même coup de gosier : *amen* et *hosannah!*

Personne n'admire plus que moi Shakespeare. Je lui ai rendu justice en plusieurs circonstances. Mais mon culte n'est pas du fétichisme. Shakespeare est venu au monde à une époque où la langue anglaise était à peine formée, où la société anglaise était grossière et licencieuse. Il écrivait pour un auditoire de matelots et de portefaix, sur l'intelligence desquels il fallait frapper fort plutôt que juste. Son génie inculte a trouvé moyen de se faire jour dans ce milieu défavorable et de prendre un merveilleux essor, malgré les entraves dont l'embarrassaient les hommes et les circonstances. Mais voir dans le poëte du siècle d'Élisabeth un homme complet, achevé, un Homère, c'est tomber dans l'exagération. Shakespeare ressemble au lion du *Paradis perdu*, s'agitant dans la matière chaotique, moitié vie, moitié fange. Il a des passions sublimes, il en a de basses ; vouloir ramasser tout

3.

cela, le systématiser, en faire une théorie, c'est trois fois absurde. Vous faites l'œuvre de ces prêtres indiens qui prêtent à Brahma leurs vertus et leurs vices, et qui ont la dextérité de faire croire au vulgaire stupide qu'ils leur viennent du dieu. C'est un échange de bons procédés. Allons, messieurs les romantiques, il est plus facile d'être trivial que sublime ; c'est pour cela que vous mettez le grotesque sur un piédestal.

Je suis bien loin des *Pirates de la Savane* et du *Pont rouge*. Tout à l'heure je démolissais Victor Hugo, en le comparant à George Sand. Un moyen bien simple de le relever dans notre estime littéraire, c'est d'assister à la représentation des drames dont je parle. Nous avons fait une bien lourde chute depuis 1848. Je regarde autour de moi : des pauvretés sans nom, des inepties, ni forme ni fond ; une langue empruntée à l'argot, des sentiments qui viennent du bagne, la violence et la luxure : on se demande comment des estomacs humains peuvent absorber un pareil vitriol.

De loin en loin, on voit apparaître une œuvre raisonnable, qui se tient sur ses jambes. Mais le public trouve la chose fade. Je le crois bien, on lui a brûlé le palais avec du trois-six dramatique. Allons, M. Victor Hugo, faites-nous encore des *Hernani*, des *Angelo*, des *Triboulet*. Nous aurons la fièvre : mieux vaut la fièvre que le *delirium tremens*. Mais si vous deviez tailler dans les *Misérables* un pourpoint théâtral à Jean Valjean, je vous répéterais le mot du poëte à Denys de Syracuse : Qu'on me ramène aux Carrières !...

Francheville, 30 novembre 186...

Parlons de notre première chanteuse : cette artiste éminente rend la critique bien scabreuse. Pourquoi? — Elle est remarquablement belle. La beauté, cette musique des formes, fascine les yeux et fait hésiter le jugement. La beauté enivre le jeune homme et réchauffe le vieillard. L'homme mûr, lorsqu'il subit son ascendant, sent vaciller sa raison. Jugez donc une belle femme! Souvenez-vous de Phryné déchirant sa tunique devant le tribunal d'Athènes. Une simple échancrure dans la robe suffit ici : Adieu le sang-froid! Adieu l'impartialité! Devant cette neige teintée de rose, devant ce satin vivant, bouchez-vous les yeux : il y va de votre repos, sans parler de votre judiciaire.

Je voudrais avoir le pinceau du Titien pour vous peindre en pied madame Bailly. Il est très-difficile de rendre par des mots son genre de beauté. Ne pensez pas à la Vénus de Médicis ni à celle de Canova; oubliez celle du Capitole. Madame Bailly a des formes flamandes. Pour trouver des termes de comparaison plus exacts, il faut parler des chefs-d'œuvre robustes dans le genre de la Niobé et surtout de la Vénus Callypige, descendue de son piédestal, revêtant le costume moderne, sans oublier la crinoline : voilà madame Bailly. — Sa chevelure, opulente et dorée, à la manière des Vénitiennes, ombrage un front pur et poli comme le marbre; ses grands yeux bleus ressemblent à des étoiles de seconde grandeur; sa bouche est une grenade entr'ouverte. Admirable chose que ces formes robustes lorsqu'elles semblent avoir été pétries par un artiste ami de la grâce! On dirait un Rubens, retouché par Vintcrhalter.

Les artistes douées de cette manière, subjuguent facilement leur public. C'est bien simple ; elles comptent autant d'amoureux que d'auditeurs. Elle paraît : vous diriez qu'une comète vient de se montrer à l'horizon ; tous les télescopes sont en l'air. Elle marche ; ses mouvements s'accomplissent avec l'harmonieuse précision d'un rhythme. Elle s'arrête : la statuaire antique n'a pas su trouver des poses plus gracieuses ni jeter ses draperies d'une manière plus élégante. Elle chante : que chante-t-elle? Que m'importe! Je suis tout yeux! Comment chante-t-elle? C'est à peine si je l'entends : elle est si belle! La soirée se passe sous ce charme et dans ces enivrements. Bref, il arrive à l'auditeur ce qui vient de m'arriver : je voulais vous parler de l'artiste, je ne vous ai entretenu que de la femme.

Il y a un autre genre de femmes au théâtre, qui exerce également une grande influence sur les spectateurs. Celles-ci parlent moins à leurs sens, mais plus à leur esprit. Elles sont, pour ainsi dire, obligées de conquérir le public. Mademoiselle Barde appartient à cette dernière classe de vaillantes artistes. Son portrait est bien plus difficile à dessiner que celui de madame Bailly-Labat. Il faudrait, pour réussir dans cette tâche délicate, une expression sûre qui ne bronchât jamais. Mademoiselle Barde est l'antithèse de madame Bailly. Petite, mince, elle ressemble à une de ces statuettes que les artistes du moyen âge ont sculptées aux frontons des cathédrales. En elles, toute la vie semble s'être réfugiée dans la tête.

Il ne faut pas néanmoins vous méprendre sur ma pensée : mademoiselle Barde, bien qu'elle n'ait pas des formes sculpturales et un profil grec, n'en est pas moins une personne charmante. Elle a des yeux d'une douceur infinie, un nez dans le genre de ceux qu'adoraient nos grands-pères. Sa voix est d'un timbre merveilleux. Cette voix est au service d'une âme ardente qui sait exprimer toutes les passions et rendre tous les sentiments dans leurs nuances les plus fines et les plus délicates. Il faut voir cette charmante enfant aux prises avec un rôle difficile. Comme elle sent ce qu'elle exprime ! quel feu ! quels élans ! sa figure rayonne, ses yeux si doux lancent des éclairs. Le spectateur oublie la femme, il ne voit que la pythonisse dont le Dieu a pris possession. *Deus, ecce Deus.*

La voix de mademoiselle Jeanne Barde va chercher au plus profond du cœur ces fibres délicates et ténues qui rattachent l'âme à la terre... comme un ballon captif. En vérité, je vous le dis, cette jeune fille sera une grande artiste.

Francheville, 5 décembre 186...

Un théâtre de province est une officine de cancans. Toutes les personnes de la ville qui ont une histoire ou même une simple notoriété, y font au moins une apparition. Cela suffit. Le vieil abonné, il y a toujours un abonné qui tient registre des menus événements de son époque ; — Le vieil abonné parle. Historiographe du temps, Dangeau de la bourgeoisie, il débrouille les arbres généalogiques les plus touffus. Il vous expliquera comment les B.. se sont alliés aux C.. et comment ceux-ci se sont entremêlés avec les A.. Il démêle les écheveaux les plus savants et tient note, dans son implacable mémoire, de toutes les aventures et de tous les scandales qui se sont produits depuis un quart de siècle.

Usez de cet homme avec précaution : il vous apprendra les choses les plus divertissantes. Il va sans dire que je ne garantis pas une seule de ses paroles. L'expérience nous apprend qu'il faut faire un rabais des trois quarts dans tous les racontages. Les conteurs embellissent les faits réels; souvent ils puisent dans leur imagination; lorsqu'il y a doute, ils affirment; au besoin, ils mentent. Sous le bénéfice de ces réserves, écoutons le vieil abonné. Voici madame X.., deuxième loge à gauche, madame X... a vécu pendant vingt ans entre deux maris. — C'est une veuve? — Pas le moins du monde. J'ai dit *entre* et non pas *avec*. — C'est impossible. — Les deux hommes, ses deux maris, passent pour une contrefaçon d'Oreste et de Pylade. Sa famille est panachée comme une glace : ses enfants sont blonds et bruns avec alternance dans les couleurs. Le ménage X. est une société en participation dont les statuts ne sont pas déposés au greffe. Ce ménage, un et double tout à la fois, est peut-être le plus uni, le plus harmonieux de la ville. M. Y. marche comme une ombre sur les pas de M. X. et tous les deux ne désertent jamais la crinoline de madame X. Voyez : ils prennent place dans la loge. Le mari, c'est son droit, sur le devant; M. Y, c'est son devoir, dans une pénombre discrète.

Ah! la veuve Z. La loge en face. — Celle-ci est une femme de cœur et d'esprit. — Qui vous dit le contraire?

Mais elle a aussi son petit roman sur la conscience! — Je ne sache pas qu'elle ait rien écrit. — Écrire! Ce seraient des Mémoires alors! — Vous êtes impatientant. — Voulez-vous que je parle? — Allez. — Je prends au hasard. Une jolie aventure, ma foi, qui s'est dénouée par un mariage, à sa barbe, car elle commence à en avoir — le vieil abonné ne respecte rien. — Deux femmes se partageaient le cœur d'un jeune homme. Elles s'y succédaient sans jamais s'y rencontrer. Figurez-vous l'apparition alternative du soleil et de la lune. Chacun des astres avait son heure d'audience, l'un le jour et l'autre la nuit, naturellement. Je ne sais par suite de quel incident, la belle de nuit prolongea outre mesure sa station et se trouva face à face avec la belle de jour. Il y eut conflit, deux comètes qui se rencontrent ne peuvent faire autrement que de mêler leurs chevelures. Jetons un voile sur cette équipée dont les détails ne sont pas bien connus. Ce qu'il y a de certain, c'est que l'Endymion jugea prudent de déserter le champ de bataille et que, peu de jours après cette scène grotesque il prit femme, sans se soucier de nos Arianes. Madame Z.., regardez-la, est parfaitement consolée.

— Quel est ce monsieur bien peigné, dont la chevelure contraste si énergiquement avec le teint? — C'est un vieux beau. Sa chevelure est jeune : elle ne lui appartient pas; son teint est vieux : personne ne le lui conteste. M. R... avant de sortir de chez lui, se plonge dans un bain de Jouvence. Un valet de chambre, peintre et décorateur, le récrépit tout à neuf; il lui badigeonne les cils et les moustaches. M. R. est une peinture à fresque qu'il faut voir dans son jour et à distance. Le soleil et le gaz lui sont meurtriers : celui-là le déteint, celui-ci le couperose. Sa microscopique personne, emprisonnée dans un corset, a la raideur d'une momie égyptienne. C'est un revenant auquel on a donné les couleurs de la vie. M. R... a fait la banque et l'amour. Doubles furent ses succès, et des yeux aujourd'hui éteints, jadis brillants, le revoient encore dans un lointain favorable, lui, l'arbitre des élégances de 1835. Il représente l'ardente saison de nos douairières. Il n'a qu'un tort : c'est de ne pas savoir franchement vieillir. Ce financier papillon a touché à tout : il a fait de petits vers, *l'Écho* de 1830 recèle une demi-douzaine de ses sonnets. Sa bibliothèque occupe un vaste appartement. On dîne très-bien chez lui. — Je parie que vous êtes un de ses convives les plus assidus? — C'est mon contemporain et mon camarade.

M. G. au théâtre! Qu'est-ce que cela veut dire? Le défenseur du trône et de l'autel! — Je me retournai à cette fusée d'exclamations qui partaient coup sur coup des lèvres de mon voisin, et j'aperçus un homme de quarante-cinq à cinquante ans, d'une tenue grave, dans la loge du préfet. Il était évidemment là pour ses affaires et non pour son plaisir. Bien que M. G. ne relève pas directement de ma plume, je ne puis pas l'omettre dans ma galerie. C'est un personnage, et ils sont rares parmi nous.

M. G. est un négociant, un simple bourgeois, et cependant il porte une bannière. Il groupe autour de lui une faction. A Francheville, les légitimistes ne sont pas fils des croisés; mais, par je ne sais quelle tendance instinctive, les parvenus comme partout s'y pavoisent de cou-

leurs aristocratiques. D'abord ils allongent leurs noms,
les raccourcissent ensuite et finissent par les transformer.
Il est de bon goût, il est du meilleur ton d'envoyer ses
fils en pèlerinage à Goritz et à Rome. Ce sont les petits
esprits de la secte. A côté de ces personnages futiles, il
y a le corps respectable des croyants sincères ; ceux-ci,
plus préoccupés de religion que de politique, aiment
la royauté, surtout parce qu'ils la considèrent comme le
boulevard du catholicisme. Les traditions de famille de
notre vieille bourgeoisie remontent à une époque où la
France n'avait pas encore divorcé avec la foi catholique
et la religion monarchique.

M. G. est le chef de cette Église. Le clergé séculier
prête serment à toutes les dynasties au fur et à mesure
qu'elles se succèdent. M. G. vit en parfaite intelligence
avec ce corps respectable, mais son cœur est autre part.
Il est avec le clergé régulier. Il lui demande ses prêtres
et ses apôtres, purs de tout contact et de tout compromis.
Il a rassemblé pour eux les capitaux qui ont servi à la
construction d'un vaste collège. Il leur a bâti une chapelle sur les hauteurs. Le mouvement religieux se fait
par lui. Homme admirable, du reste, faisant un noble
usage de sa fortune, la dépensant au profit des pauvres
et de ses convictions; chrétien judicieux, cherchant par
malheur à concilier des choses inconciliables ; méritant,
en somme, l'estime de tous les hommes de cœur.

Notre grande fourmilière industrielle se prête peu aux
retours monarchiques et religieux. Les hobereaux proprement dits s'y sentent mal à l'aise. Aussi abandonnent-ils
rarement leurs gentilhommières. On en voit cependant

apparaître quelques-uns dans les loges de nos pseudo-légitimistes. Ce sont des colonels sans régiments. Ils sont mélancoliques et dépaysés. C'est leur faute. Pourquoi n'ont-ils pas pris la tête du mouvement moderne comme en Angleterre? — qu'ils rattrapent le temps perdu, qu'ils se retrempent, qu'ils épousent les filles de la boutique; qu'ils donnent leurs sœurs à ces courtauds ambitieux de noblesse. Tout peut s'arranger encore. Il faut être de son temps et faire vite.

Les médailles frustes ne manquent pas dans notre collection; mais elle est surtout riche en médailles neuves. Le parvenu est là dans son centre, comme le poisson dans l'eau. On le rencontre à toutes ses étapes, larve, chrysalide et puis papillon éblouissant. Les femmes, surprises par la fortune à trente-cinq ou quarante ans, offrent un spectacle des plus gais. Le goût et le tact leur manquent. Elles affichent des toilettes composites pleines de solécismes. Leurs filles sont infiniment mieux : elles ont passé par le couvent qui les a dégrossies. A la seconde génération, les angles disparaissent et tout devient conforme à la symétrie. Triomphe de la civilité puérile et honnête !

J'allais oublier le type le plus original peut-être de la galerie : Don Juan. En province, le métier d'homme à bonnes fortunes n'est pas une sinécure; je m'explique, afin qu'on ne se méprenne pas sur le sens de mes paroles. Je veux dire que la profession est rude, parce qu'il faut l'exercer sous la surveillance du public dont les regards scrutateurs et oisifs plongent dans toutes les existences comme le glaive d'un douanier dans les ballots du mar-

chand. Le don Juan de petite ville est doué d'une
musculature puissante, il a des pectoraux énormes, des
épaules d'athlète. Il est grand, avec les hautes couleurs
de la santé. Il lui faut tout cela pour suffire à sa besogne.

Le voilà dans la rue. Il est en chasse. Une bouche
féminine vient de lâcher un mot significatif : Le bel
homme ! tout est là. C'est un bel homme ! Le bel homme
est l'idéal de certaines femmes. Prenez-les toutes, jeunes
et vieilles, prudes et coquettes, elles penchent invinciblement de ce côté. Le joli homme a moins de succès. Il
se rapproche trop d'elles. Le bel homme promet des
réalités énergiques. Il va sans dire que l'homme d'esprit
ne doit pas entrer en lutte : Il ne s'agit pas là d'un
combat d'intelligence. Alcibiade lui-même, le gracieux
et spirituel Alcibiade, cède la place à Milon de Crotone.
Ce sont là des vérités de tous les temps. La Bruyère ne
reprochait-il pas aux femmes de son époque leur préférence pour le belluaire aux biceps invincibles ?

Il vient de faire son entrée au théâtre. Lovelace a mis
sa peau de lion. Il ressemble à ces figures de cire que les
coiffeurs exhibent derrière leurs vitrines. Il est à lui-
même sa montre et son enseigne. Il tourne sur un pivot,
comme un miroir : Les alouettes tourbillonnent autour
de lui.

Mon vieil abonné boit du lait. Il grille de me conter les
cent nouvelles nouvelles de la chronique scandaleuse.
Malheureusement il s'agit d'exploits où les muscles
remplacent l'intelligence. Je n'aime pas ces histoires de
portefaix. Pour moi la quantité ne remplace pas la qualité.
Ces hercules de la galanterie me paraissent tout au plus

dignes de la foire. Qu'on les y exhibe! C'est toute
l'apothéose qu'ils méritent. Ou bien qu'on les envoie dans
les concours d'animaux reproducteurs : on les primera!

Francheville, 10 décembre 186...

Madame Cambardi a chanté au passage *Lucie* et *le
Trouvère*. Madame Cambardi a galvanisé notre troupe. Sa
grâce et son charme ont opéré plusieurs miracles et le
plus remarquable n'a pas été de ramener la foule à notre
théâtre, mais bien de transformer notre premier ténor.
Ce changement tient du prodige. Avant l'arrivée de
madame Cambardi, M. Van-Trapp se traînait péniblement
à travers des représentations orageuses, où les chuts
alternaient, à la manière bucolique, avec des applaudissements suspects. Madame Cambardi est fée, elle a
vaincu le mauvais génie qui paralysait la voix et le jeu
de M. Van-Trapp. Celui-ci a chanté *le Trouvère* d'une
façon supérieure.

Plus j'entends Verdi et plus je me persuade qu'il n'est
point Italien : autrefois je le prenais pour un Allemand ;
je ne le connaissais pas encore d'une manière suffisante.
Je suis parvenu à le déchiffrer. Sa véritable patrie, c'est
la Hollande. Sa famille, c'est celle de Rembrandt. Il a
pour aïeul Spinosa.

Permettez-moi une théorie musicale. Voici ce que
j'appelle sans vergogne ma philosophie de la musique.

Il y a deux sortes de musique à mon avis, la musique
des sens et la musique de l'intelligence, celle qui nous
charme et celle qui nous fait penser.

Dans la première catégorie, en remontant la chaîne
d'or, anneau par anneau, il faut ranger Rossini, Donizetti,

Bellini, Mozart, Cimarosa, etc. ; dans la seconde, je classe
par ordre de date Verdi, Meyerbeer, Beethoven, Haydn.

Rossini, Bellini *et tutti quanti* chantent pour chanter,
comme les rossignols, comme les cascatelles. Leurs
émules de la seconde manière cherchent l'inspiration
dans le travail. Leurs mélodies sont filles du calcul. Leur
harmonie épuise les combinaisons les plus savantes.
C'est l'algèbre appliquée à la musique. Leur méthode est
une mathématique transcendante. L'ode rossinienne déploie ses ailes d'or comme un grand cygne qui flotte sur
un lac d'azur. Quelle verve ! quelle inépuisable cascade
d'harmonie !

Etudiez *le Barbier !* vous y trouvez condensés tous les
bruits de l'Italie, toutes les clameurs de cette heureuse
ville de Naples. Le Napolitain ne parle pas, il chante ; il
ne marche pas, il court. Cette admirable partition vous
fait entendre les cris et voir les mouvements de toute la
population des lazzaroni.

Verdi, je le répète, c'est le Rembrandt de la musique.
Il est panthéiste comme Spinosa. Sa muse, c'est la nature
naturante.

Je me contente pour aujourd'hui de vous faire digérer
ma philosophie de la musique. Préparez-vous à absorber
un de ces jours la philosophie de la peinture, et cela
sous le fallacieux prétexte que la peinture et la musique
sont sœurs consanguines de la poésie. Il n'y a pas de
raison, allez-vous dire, pour que je ne vous fasse pas
subir la philosophie de la sculpture, de l'architecture, etc.
Vous m'y faites penser. Prenez note de l'engagement.

Mon maître Hegel a fait sur toutes ces intéressantes
questions un ouvrage indigeste ; je tâcherai d'être plus
clair et surtout plus court.

Or, Rembrandt sert depuis quelques années de prétexte à une théorie singulière. C'est tout simplement
l'application du panthéisme aux arts. Rembrandt, disent
les adeptes, est le peintre de la nature vivante, vivante
non pas dans le sens de la vie isolée, locale, spéciale,
celle de l'homme, des animaux, des plantes, etc. ; mais
de la vie universelle, sans limites. Le monde est un
être vivant, animé. Vos faibles yeux vous ont persuadé
que l'existence, le mouvement, s'arrêtent au minéral.
Erreur profonde ! descendez ou remontez cette spirale
immense, infinie qui s'appelle l'univers, en haut comme
bas, au milieu comme aux extrémités, vous rencontrez
la chaîne ininterrompue des êtres dont le premier et le
dernier anneau se soudent par delà l'invisible. Parcourez
tous ces cercles concentriques dont le centre est partout
et les circonférences ne sont nulle part, sur tous les
points, la vie, la circulation, le mouvement. Partout vous
sentirez battre les artères du Grand Tout, partout vous
rencontrerez le battement de son cœur, les pulsations de
son pouls. Inclinez-vous avec respect : vous venez de
pénétrer dans le sanctuaire de la nature naturante.

Eh bien, cela va peut-être vous surprendre, le pinceau
de Rembrandt exprime toutes ces idées. Voyez quelle
étrange lumière il fait luire sur tous les objets. Au lieu
de ce soleil banal qui nous éclaire depuis six mille ans,
il fait surgir des profondeurs inconnues qui donnent le
vertige à la pensée, un fluide vivant qui enveloppe les

choses comme un vêtement et leur donne un aspect
étrange, fantastique. Vous sentez que vous n'avez devant
vous qu'un rideau qui vous sépare de l'invisible.

Prenez ses deux chefs-d'œuvre : la *Leçon d'anatomie*
et *la Ronde de nuit*, *la Ronde de nuit* surtout. Que signifient ces grotesques bourgeois affublés de costumes guerriers? C'est une patrouille de ces héroïques gueux qui
chassèrent l'Espagnol et fondèrent la République batave.
Ils se présentent tous en ligne, on dirait qu'ils vont sortir
du cadre. Tout cela est vulgaire d'aspect, commun d'allure; néanmoins cela vous émeut comme un grand acte
d'héroïsme qui s'accomplirait sous vos yeux. C'est que
derrière ces plates figures néerlandaises, à travers la lumière splendide de Rembrandt, comme dans une apothéose, vous voyez poindre la figure radieuse de la
Liberté !

Verdi trouve comme Rembrandt des effets complète-
ment nouveaux. Il vous emporte, à la façon des hippo-
griffes, dans le monde de l'étrange et du fantastique.
Étudiez attentivement de ce maestro les trois ou quatre
œuvres principales : *Nabucco, Jérusalem, Il Trovatore,
Rigoletto*. Livrez-vous à une sorte d'opération alchimi-
que, et puis demandez-vous quelle est l'essence de cette
musique? Vous n'hésiterez pas à répondre comme moi :
Cette mélopée est cousine-germaine de la couleur de
Rembrandt.

Il y a des rapports étroits entre les sons et les couleurs. Une hypothèse chimique consiste à dire que la
matière se résume dans un atome unique, et que tout
le dynamisme de l'univers se réduit à une force simple.

C'est avec cette économie de moyens que le Grand Géo-
mètre aurait organisé le monde. L'oreille et l'œil sont
comme deux véhicules chargés de porter à la même des-
tination les sensations de l'ouïe et de la vue. Serait-il
donc étrange que, parvenues à ce point de conjonction,
les impressions des sens se confondissent et produisissent
un résultat identique?

Quoi qu'il en soit de ces raisonnements plus ou moins
conjecturaux, je prie tous les admirateurs de Verdi de
bien analyser ce que leur a fait éprouver n'importe laquelle de ses grandes partitions. Dans cette musique serrée comme des mailles d'acier, dans ce cliquetis de notes
qui s'entre-choquent comme des épées, dans toute cette
harmonie qui rappelle la ferraille remuée dans un tonneau,
n'ont-ils pas reconnu l'inspiration panthéiste qui prête
la vie à tout, et donne une âme même aux éléments?
Encore un coup, cette teinte sombre, monochrome, bien
que violente, ne rappelle-t-elle pas les partis pris, les
oppositions heurtées d'ombre et de lumière qu'on admire
chez Rembrandt, cette ombre surnaturelle qui jaillit de
l'invisible, cette lumière vivante qui éclaire l'impalpable?

Francheville, 20 décembre 186...

On vient de nous donner coup sur coup *la Juive* et
le Juif errant. — Parlons des Juifs, c'est un sujet singulièrement riche et qui me tente. La légende s'en
est emparée, et la légende a fait mieux que l'histoire
et mieux que le roman : elle a créé un type. Cette lugubre odyssée du Juif errant, racontée en vers burles-
ques, restera comme une création splendide.

La race sémitique semble prédestinée à la vie errante : l'Arabe, ce bâtard du Juif, vit sous la tente ; l'Israélite est nomade à sa manière, il nous apparaît comme la réalisation la plus complète du cosmopolitisme. Répandu sur toute la surface du globe, par tribus, par familles, à l'état de simple monade, il garde inviolables sa foi, sa langue et sa personnalité. En vain le moyen âge l'a broyé sous son talon de fer : il a traversé vivant ce laminoir implacable. Que dis-je ? il en est sorti vainqueur. Semblable à ses trois ancêtres qui priaient dans la fournaise, il a vaincu tous les supplices et résisté à toutes les exterminations. Cet être de bronze a usé les chevalets des bourreaux et les tenailles des tortionnaires. Étrange destinée !

Aussi l'imagination populaire, qui exprime ses impressions avec une naïve grandeur, l'a-t-elle conçu et le représente-t-elle comme un vieillard immortel, subissant une condamnation sans trêve. Rappelez-vous la légende : le Prométhée sémitique, Israël, est parti du pied de la croix. Il avait insulté le Christ dans sa pénible ascension sur le Golgotha ; il accomplit un voyage d'expiation qui durera autant que la route qui s'allonge indéfiniment devant lui, c'est-à-dire autant que le monde. Une voix implacable lui crie sans cesse : Marche ! marche !

Qu'est-ce à dire ? Si le vieillard est une création légendaire, ses enfants sont des êtres vivants que nous coudoyons tous les jours et qui, eux, accomplissent réellement les lugubres étapes imposées à leur aïeul. Sans doute, il s'est fait une éclaircie dans le ciel de plomb qui emprisonne cette race maudite. Quelques-uns des

4

fils du vieillard deux fois *millenaire* semblent faire une
halte définitive dans la civilisation moderne.

Personnages d'élite pour la plupart, ils ont conquis
les postes les plus éminents. La littérature, la science,
l'art, leur ont été comme des oasis dans ce désert brûlant que leur faisait une société ennemie. La plupart,
obéissant à un instinct de race qui a quelque chose
de fatal, ont tourné vers la possession de l'or leurs
aptitudes et leurs facultés remarquables. Il s'est trouvé
parmi eux une famille prédestinée, qui a étendu une
main infaillible sur le métal et qui a fait souche de po-
tentats. C'est, à l'heure où j'écris, quelque chose comme
une dynastie qui se partage l'Europe. Salomon envoyait
ses vaisseaux dans toutes les directions pour lui rapporter
les objets précieux que recèle le monde : le triumvirat
ou le duumvirat israélite, suivant les temps, a des comp-
toirs sur tous les continents; il met la main dans toutes
les affaires du globe, sa parole est respectée dans tous
les conseils des souverains. Ceux-ci règnent, celui-là
gouverne par la toute-puissance du capital.

Eh bien, malgré tout, la barrière morale qui s'élève
entre le juif et le chrétien s'est à peine abaissée. Le juif,
même après avoir conquis une patrie, un état civil; le
juif, devenu citoyen français, ne se cantonne pas moins
dans sa religion comme dans une forteresse. Il y a encore
au fond de bien des cœurs un vieux levain qui fermente
et que l'avenir fera seul disparaître. Cet avenir, que les
yeux myopes prennent pour un mirage, sera la véritable
terre promise du juif et de l'humanité. C'est l'Éden qui
se déplace.

Les peuples enfants se désolent, parce qu'ils croient
s'en éloigner ; les peuples virils le reconstruisent chaque
jour par leurs progrès en moralité, en science, en
liberté. Encore quelques efforts... Ce sera alors, et seulement alors, que le vieux juif de la légende déposera sa
besace et son bâton. Le chrétien sera devenu son frère.
Il n'y aura plus de races ennemies ; il n'y aura plus que
des hommes acceptant la vie comme une épreuve et marchant, appuyés les uns sur les autres, vers l'idéal.

C'est avec peine que j'abandonne ces grandes considérations pour parler du drame de M. Eugène Sue. Je le
confesse, la littérature socialiste me donne des nausées.
Après le bouillonnement de l'école romantique, il faut
descendre comme par degrés des hauteurs d'*Hernani*, de
Ruy-Blas, des *Harmonies*, des *Comédies et Proverbes*, de
Valentine, d'*Indiana*, à *Madame Bovary*, à *Monsieur
Auguste*. La transition n'a pas été aussi brusque que cela ;
il y a eu des dégradations intermédiaires. Le roman d'Eugène Sue marque comme un point de repère la hauteur
de la chute. Avec lui on est encore dans une région
moyenne. On peut encore rencontrer dans *les Mystères
de Paris*, dans *le Juif errant*, quelques nobles sentiments,
quelques passions élevées. Mais déjà vous sentez qu'une
main audacieuse a remué la sentine humaine. Il vous arrive de ces romans d'âcres senteurs, des effluves fétides
qui dénoncent l'égout et précèdent le cloaque. Aujour-
d'hui nous sommes en plein bourbier.

La création de Rodin est une de celles qui me révoltent d'une manière toute particulière. Cette méchante
parodie d'une grande conception, cette plate copie du

type immortel de *Tartufe*, signale mieux que toute dé-
monstration la différence qu'il y a entre un peintre et un
barbouilleur d'enseignes.

Le vice dans *Tartufe* éclate d'une manière imperson-
nelle. La sérénité intellectuelle de l'artiste se répand
comme un voile sur les plaies morales du scélérat. Vous
éprouvez une émotion de dégoût et non de haine, vous êtes
touché dans les hautes régions de l'âme et non dans ses
parties basses.

Le rôle de Rodin est une machine de guerre. Ce vil
scélérat, vous l'avez revêtu d'un costume, vous lui avez
donné les allures de personnes honorables que nous ren-
controns tous les jours. La platitude de son langage n'établit qu'une insaisissable différence pour le vulgaire. Voulez-vous que je vous dise toute ma pensée : au lieu de
créer un type, vous avez fait de la dénonciation calomnieuse. Je flétris cet appel aux passions viles et basses
de la multitude. Cet homme que vous avez traîné sur les
planches avec la transparence du langage d'Aristophane,
vous l'avez désigné du doigt à la vengeance de l'émeute.
Cela, encore un coup, n'est pas de l'art, mais de la dénonciation calomnieuse.

Et que m'importe ce prêtre que vous présentez comme
une antithèse de Rodin ! la populace à laquelle vous arra-
chez des applaudissements en flattant ses instincts, com-
prendra-t-elle cette distinction? le beau triomphe,
lorsque dans ces esprits incultes qui ne savent pas
dégager l'idée du symbole, la personne du costume, vous
aurez provoqué l'éclosion du mépris et de la haine ! demain ils mépriseront et profaneront la religion. Je ne suis

pas suspect : ce que j'ai dit des juifs démontre que je ne me préoccupe pas d'une formule religieuse à l'exclusion d'une autre; ce dont je demande le respect, c'est du sentiment religieux sous quelque forme qu'il se produise. Quel idéal offrirez-vous aux malheureux, lorsque vous aurez éteint toute croyance? Sera-ce Adrienne de Cardoville ? Inclinons-nous devant l'incarnation idéalisée des rêves socialistes du dramaturge. Saluons cette seconde édition de la déesse Raison ! ! !

Ces saturnales à la Robespierre m'inspirent un profond dégoût. Je comprends la littérature armée en guerre ; mais lorsqu'elle touche aux choses saintes, lorsqu'elle trouble la notion du divin dans les âmes, il est du devoir de tout honnête homme de protester et de lui barrer le passage.

J'arrive aux acteurs.

M. Edward est un artiste consciencieux qui travaille comme un Hercule et porte comme Atlas sur ses épaules, sans plier, tout le monde du mélodrame. Je ne puis songer sans appréhension à tout ce qu'il faut d'efforts et d'énergie à un grand premier rôle de province pour retenir ce qu'on lui fourre dans la tête. La mémoire de Pic de la Mirandole y suffirait à peine. Toujours en scène, M. Edward paraît accomplir ces tours de force avec la plus complète facilité. Il se grime admirablement. Sa voix, après avoir exprimé la tendresse la plus délicate, passe au rugissement le plus sonore et atteint le hoquet le plus tragique. C'est un homme complet. Les artistes de la trempe de M. Edward sont une mine d'or pour un directeur. Il a donné au personnage de Dagobert une physionomie saisissante de vérité.

Madame Patrat a prêté au personnage si sympathique de la Mayeux son organe pénétrant et musical. Elle a rendu avec une poignante émotion les joies et les souffrances de la pauvre bossue. J'éprouve un sentiment indéfinissable de pitié, je dirais même d'affection, pour tous ces êtres que la nature a traités en marâtre, les boiteux, les bossus, les aveugles, les sourds, les muets. Voilà des âmes véritablement emprisonnées dans l'existence ; voilà des cœurs condamnés à battre dans le vide ; voilà des lépreux réduits à l'isolement. Au moins la maladrerie soustrayait ses malheureux hôtes à la vie commune. Mais les êtres difformes qui vivent au milieu de nous ne peuvent ni fermer leurs yeux, ni boucher leurs oreilles. Je sais qu'il y a parmi eux des exceptions heureuses : On en a vu qui ont fait naître des dévouements admirables. Malheureusement c'est l'exception. La plupart sont voués à une existence triste et solitaire. C'est là, à mon sens, un des plus redoutables problèmes posés par la vie ; qui sondera le cœur de ces pauvres délaissés ? qui dira les trésors de tendresse amoncelés dans leurs poitrines jusqu'à les faire éclater ? Les uns deviennent méchants ; d'autres, et ils sont nombreux, acceptent la vie comme une immolation et se dévouent avec une sorte d'enthousiasme.

Je remercie Eugène Sue de m'avoir présenté ce consolant spectacle au milieu des scélérats qu'il a rassemblés comme à plaisir dans son étrange drame. Je remercie madame Patrat de m'avoir fait pénétrer à force de talent dans l'un de ces abîmes de tendresse et d'héroïsme qui honorent l'humanité, en nous consolant de ses misères.

Et Rose et Blanche, c'est-à-dire mademoiselle Denelle et mademoiselle Victoria, ce sont les deux perles de ce fumier. Élégantes, gracieuses, sentimentales, elles méritent toutes les épithètes et tous les compliments.

Il serait injuste de ne pas mentionner M. Tony, qui a joué le rôle de Rodin. Une fois la donnée admise, je dois convenir que cet acteur consciencieux nous a rendu avec une horrible vérité le plus abominable drôle qu'il soit possible de rêver. Aussi a-t-il été récompensé de son talent par les huées du public. C'est un véritable triomphe : il était entré dans la peau de son personnage. Le taureau de Francheville mugissait à la vue du comédien.

J'ai gardé pour la fin mademoiselle Adèle Maurice, qui ne doit pas seulement à la couleur de ses cheveux, mais surtout à son intelligence, d'avoir été chargée de rendre la physionomie et la grâce un peu artificielles d'Adrienne de Cardoville. Mademoiselle Maurice est une espèce de Protée. Elle a eu deux marraines en pénétrant dans le monde dramatique, Thalie et Therpsychore. Elle danse et elle joue la comédie tour à tour. Voilà bien des séductions réunies chez la même personne. Aussi le parterre de Francheville se comporte-t-il comme le lion de la fable, et se laisse-t-il couper les ongles par cette charmante jeune femme : il en est amoureux. Cela me paraît tout naturel.

Francheville, 31 décembre 186...

On a joué cette semaine le *Caprice* et *Il faut qu'une porte soit ouverte ou fermée*. Grâce à M. et à madame Chatillon, il nous a été donné d'applaudir ces délicats

chefs-d'œuvre, véritables perles dans notre fumier mélo-
dramatique.

Le spectacle ainsi composé avait attiré un couple
voyageur qui se trouvait placé derrière ma stalle. Pendant
les entr'actes, mes deux voisins ont joué pour moi et
pour moi seul, un délicieux proverbe. Si j'avais eu une
plume, j'aurais pu sténographier une conversation extrêmement piquante. Vous allez en juger. Je donne le sens
plutôt que les termes du dialogue. Ma bonne fortune a
été complète : la discussion, interrompue une première fois
par le lever du rideau, a été reprise au deuxième entr'acte
et renforcée d'un troisième interlocuteur, humoriste
jovial, jouant du paradoxe comme un bâtonniste du bâton.

J'ai saisi au vol les noms de baptême de mes personnages. C'est tout ce que je puis donner de renseignements
biographiques sur leur compte. Il m'a été plus facile de
deviner leurs situations respectives.

CAROLINE, 28 ans. Costume sobre d'une femme en voyage.
Tournure distinguée, figure charmante. Regard un peu hardi.

HENRI, même âge. Manières de gentleman, pose légèrement sentimentale.

JULES, même âge. Masque railleur.

PREMIER ENTR'ACTE

SCÈNE PREMIÈRE

CAROLINE, HENRI ET JULES

JULES

Je sors. Je vais fumer un cigare.

SCÈNE II

CAROLINE, HENRI

CAROLINE

Cette madame... m'agace d'une façon particulière. Je ne comprends pas qu'on soit aussi niaise et qu'on pardonne avec une pareille facilité. M... ne mérite pas de pardon.

HENRI

Mais M... n'a pas trompé madame de... Il en avait peut-être l'intention; mais...

CAROLINE

L'intention de M. de... est aussi outrageante qu'une infidélité matérielle. Ah! si les hommes, si les maris étaient tenus en bride par la perspective du divorce, on ne les verrait pas se jouer ainsi du mariage et le prendre pour un hôtel des invalides.

HENRI

Vous y tenez donc bien à votre thèse du divorce? Vous y revenez à tout propos.

CAROLINE

Il me semble que ma thèse, comme vous dites, vous est particulièrement antipathique; refuseriez-vous de m'épouser, par hasard, si je devenais libre?

HENRI

Chère Caroline, vous savez combien je vous aime.

CAROLINE

Sans doute, vous m'aimez. Je ne suis pas une vieille femme. Je suis une maîtresse commode. Vous trouvez chez moi toutes les douceurs du mariage sans en subir aucun des ennuis... Croyez-vous que je ne sens pas les inconvénients de ma position? Je suis une femme mariée sans mari. Un jugement m'a déliée sans me rendre libre. J'ai là devant moi, dans ma vie, un personnage que je n'ai pas eu la force de ne pas aimer... Je dis, moi, que cela est odieux, je dis que la loi qui me place dans une semblable situation est une infamie.

HENRI

Chère Caroline, calmez-vous. Raisonnons, puisque les proverbes de Musset vous poussent à discuter. Vous avez cent mille fois raison : si le divorce était permis, vous seriez ma femme au lieu d'être... mon amie. Mais le divorce est une chose grave, qui ne va pas toute seule. Je comprends que le législateur, retenu par des considérations graves, recule devant une institution dont les conséquences sont mélangées de bien et de mal.

CAROLINE

Diplomate! Je suis convaincue que si vous étiez législateur, vous particulièrement, vous voteriez contre le rétablissement du divorce. Je ne souhaite pas la mort de

mon mari, non, mille fois, mais je voudrais pouvoir le
tuer pendant vingt-quatre heures afin de rendre l'expérience possible : « Henri, voilà ma main. Je suis libre :
embrassez votre femme. » Je gage mes deux chevaux *rouan*
que vous tomberiez à la renverse, foudroyé. Les hommes !
vous êtes tous les mêmes, vous n'avez point de cœur...
Mon mari ne m'a pas prise en traître, lui ; il s'est adressé à
ma famille ; il était immensément riche. On a cru que devenant si riche, je deviendrais heureuse à proportion... J'étais
une pensionnaire inexpérimentée ; tous les hommes
m'étaient un. Je consentis ; je me trompai ; — mais vous,
serpent cauteleux et sans sonnettes, vous vous êtes subrep-
ticement glissé dans mon cœur ; vous y étiez installé
que je vous croyais encore dehors. Vous m'avez surprise
avec des serments plein la bouche. Vous m'avez juré
d'être mon mari, à la vie à la mort... Le bon billet qu'a
La Châtre ! Monsieur, un gentilhomme, laisse protester
sa signature comme un simple courtaud de boutique !

HENRI

Chère Caroline, mes serments je suis prêt à les tenir.
Je suis votre époux devant Dieu, dans mon for intérieur.
Mais, de grâce, laissez-moi avoir une opinion sur le divorce qui ne soit pas montée jusqu'au lyrisme. Madame
Sand est de glace à côté de vous. Je vous aime, je vous
le jure, sur ma foi et mon honneur de gentilhomme. Je
ne me fais pas un mérite de mon amour : tous ceux qui
vous connaissent, tous ceux qui vous voient, en sont là
  Croyez simplement ceci : c'est que je suis un honnête
homme. Sous le couvert de cette déclaration, laissez-

moi vous dire avec franchise : je ne suis pas partisan du divorce.

CAROLINE

J'en étais sûre.

HENRI

Permettez. Ne donnez pas à mes paroles un sens qu'elles n'ont pas et faites-moi l'honneur de croire que je ne les accommode pas à mes passions et encore moins à mon intérêt, en supposant qu'il pourrait être contraire à mon intérêt de vous épouser. J'ai juré que je n'aurais pas d'autre femme que vous. Je vous répète que je repousse le divorce, non parce qu'il est contraire, mais bien qu'il soit favorable à mon intérêt, mon intérêt d'accord en cela avec mon amour étant de vous épouser, vous que j'aime plus que moi-même, plus que la vie.

CAROLINE, d'une voix émue.

Mais, cher Henri, si j'étais votre femme légitime, combien nous serions plus heureux. Nous cachons notre amour comme des malfaiteurs; nous le dérobons aux regards de nos familles, aux regards de nos mères. Songez-vous à cela?

HENRI

Je comprends tout cela et j'en souffre autant que vous. Néanmoins ma conscience, ma raison me disent : le divorce est un mal. Voulez-vous connaître mon sentiment en quelques mots? Le voici.

CAROLINE, d'un ton sec.

Je vous défie de me démontrer que je ne suis pas une victime de la loi et que, dans ma situation, le divorce ne serait pas une chose raisonnable et légitime.

HENRI

La loi n'est pas faite pour les cas particuliers, exceptionnels. Elle est générale et statue pour tout le monde. Malheur au grain de sable que le rouleau broie sur son passage.

CAROLINE

Le grain de sable, s'il est une créature vivante, a le droit de crier et de protester. Votre comparaison juge la loi. Comment! vous condamnez à la vie commune des êtres que tout sépare, le tempérament, le caractère, l'âge, d'irréparables injures, peut-être. La loi est hypocrite : elle relâche le lien, elle donne un certain jeu à la chaîne, comme s'il s'agissait de deux forçats qui doivent marcher ensemble. Elle a inventé, chose monstrueuse, le célibat dans le mariage. Et, comme si ce n'était pas assez des rigueurs de la loi, il faut que les injustices de l'opinion s'y sur-ajoutent et écrasent comme toujours le plus faible, la femme, parce qu'elle est la moins résistante. Les préjugés du monde permettent au mari une conduite qu'ils qualifient sévèrement lorsqu'elle est celle de l'épouse. Car, enfin, je suis votre maîtresse, et comme telle obligée de me cacher, de vivre souterrainement. Mon mari porte la tête haute et fait élever ses bâtards dans

5

mon ancien domicile. Vous trouvez cela juste, et conforme
à la morale ?

HENRI

Tout cela est vrai, mais d'une vérité relative. Vous
êtes une victime du mariage, je l'accorde. Les préjugés
du monde vous accablent, c'est une injustice. Mais veuillez réfléchir. Vous n'avez jamais été mère. Vous n'avez
pas d'enfants. C'est là qu'est le nœud de la difficulté. Les
enfants dans le mariage sont tout; les parents peu de
chose. Ma conviction profonde est qu'il ne faut pas chercher le bonheur dans le mariage, mais l'accomplissement
d'un devoir. — Je sais tout ce qu'il y a de contradictoire
entre ma conduite et mon langage. Mais vous avez l'esprit
trop droit, le cœur trop haut pour ne pas me comprendre.
Je suis jeune, je vous aime : voilà mon excuse. — Mais,
la vérité est la vérité. Le mariage a pour but la procréa-
tion et l'éducation des enfants. Le mari et la femme,
unis par un lien indissoluble, se doivent tout entiers à
cette noble et difficile tâche. Ils ont reçu la vie pour la
transmettre à d'autres. Ils doivent veiller sur ce dépôt
sacré au détriment de leur propre existence. Pour eux, il
ne peut être question ni de plaisir, ni de satisfactions
personnelles.

CAROLINE

Le divorce n'est point un obstacle à l'accomplissement
de ce devoir dont vous tracez le programme avec tant de
chaleur. Loin de là. Il le rend possible et légitime pour

les malheureux à qui le mariage n'en fournit pas l'occasion.

HENRI

Chère amie, vous en revenez toujours par une pente fatale aux situations exceptionnelles, à la vôtre principalement.

CAROLINE

Cela me semble juste. Si vous y tenez absolument, je n'accorderai le divorce qu'à ceux qui n'ont pas d'enfants.

HENRI

C'est impossible. La loi ne peut pas avoir deux poids et deux mesures. J'en reviens à mon unique argument, l'intérêt des enfants. Admettez pour un moment que vous êtes fille d'un père et d'une mère divorcés. Vous avez suivi votre mère chez son second époux; de loin en loin, on vous a permis d'embrasser votre père à qui vous connaissez une autre femme. Vous avez des frères et des sœurs dans ces deux nouvelles familles. Je vous prends à ce moment-là. Je mets ma main non pas sur votre conscience, mais sur votre cœur, et je vous dis : prononcez !

CAROLINE

Je n'en suis pas moins condamnée à vivre comme un paria dans la société.

HENRI

Non, ma chère amie, dans la société moderne, il n'y a pas de parias. Nous connaissons tous les deux des individualités éclatantes qui ont su faire respecter en elles des situations délicates et difficiles. Le monde est bien sévère, il est bien épilogueur ; mais au fond il est juste. Il sait respecter les personnes respectables. Votre tenue, votre dignité, finiront par tracer autour de vous un cercle infranchissable au pied duquel viendront tomber les injustices et la calomnie.

DEUXIÈME ENTR'ACTE

SCÈNE UNIQUE

CAROLINE, HENRI ET JULES

CAROLINE

Jules, vous allez être juge. Nous avons discuté pendant votre promenade et, comme souvent, comme toujours, nous ne sommes pas d'accord.

JULES, railleur.

Heureux mortels! La mélancolie, la monotonie, la monochromie ne peuvent jamais se glisser entre vous. Votre harmonie résulte de votre désaccord, comme chez les Allemands la sagesse philosophique est la résultante de deux antinomies. Il y a encore dans le contre-point...

HENRI

Voyons, Jules, trêve de plaisanteries germaniques. Il s'agit d'une question sérieuse.

JULES

Les questions sérieuses sont ma spécialité; seulement je les traite par le procédé d'Héraclite, par le rire. Cela est plus sain et tout aussi sérieux..... De quoi s'agit-il?

CAROLINE

Du divorce.

JULES

N'allez pas plus loin. Je devine; Henri est un partisan forcené du divorce. Cela se comprend : il suffit d'avoir des yeux pour deviner ses meilleures raisons. Vous, madame, en votre qualité de Parisienne, j'allais dire de Romaine, les deux épithètes sont ici à leur place; à cause de votre esprit et de votre beauté sculpturale, vous en êtes un adversaire résolu.

CAROLINE

C'est justement le contraire.

JULES, avec aplomb.

Cela ne me surprend pas. Les opinions des hommes et celles des dames, lorsque l'amour est de la partie, vont au rebours de la logique. Nous admettons le divorce. Quand je dis nous, c'est pour parler avec une certaine emphase. Ceux qui s'aiment sont époux; la Providence, rééditée par Saint-Just et par Robespierre, donne la pâture aux enfants des oiseaux et aux petits des hommes.

HENRI, riant.

Sois donc sérieux.

JULES

Tu vas voir que je le suis énormément. Je propose une troisième opinion. Si j'avais l'honneur d'être consulté, je remplacerais le divorce par la claustration. Je ferais du mariage une prison cellulaire, comme les anciens, comme les Turcs.

HENRI

Vous le voyez, ma chère Caroline, il n'y a pas moyen de raisonner avec ce gaillard-là.

JULES

Je te trouve plaisant de ne pas me trouver sérieux. Écoute-moi, tu vas voir. Mes raisons sont tout aussi bonnes et tout aussi spirituelles que celles de M. de Bonald ou de M. Victor Considérant. (s'inclinant devant madame Caroline.) La femme est une intelligence servie par des nerfs irritables, un malade, pour parler comme M. Michelet. Or, pour une créature ainsi organisée, quel est le milieu le plus favorable ? l'intérieur du gynécée ou du harem. La femme doit fleurir et répandre ses parfums dans un lieu solitaire, comme la violette, comme tout ce qui est pur, délicat et sensitif.

CAROLINE, souriant.

Je vous écoute.

JULES

Je parlais tout à l'heure de prison cellulaire ; ce serait
un peu dur. J'admets, dans mon système, la polygamie
comme correctif et pour arracher les dames cloîtrées aux
ennuis de la solitude. La polygamie vous paraît drôle? Si
le bon sens présidait aux déterminations humaines, on ne se
marierait que le jour où l'on aurait déposé un million à la
banque. A quoi bon fabriquer des pauvres et des bâtards?
Article unique : Il n'est permis de se marier qu'à partir
de cinquante mille francs de rente. On peut épouser autant de femmes qu'on peut en nourrir. (*Coran*, chap. X).
Ah! la polygamie vous révolte! Je ne fais pourtant que
régulariser et légaliser un fait général dans notre belle
France. D'un scandale, je fais une institution, au grand
profit des mœurs. J'arrache le masque à un vice et je
rétablis une vertu patriarcale.

Croyez-vous que les anciens fussent de purs imbéciles ?
Ils voilaient leurs femmes, et ils avaient raison. Ils
n'avaient pas une pudeur partielle, localisée. Ils avaient
une vraie pudeur. Nous montrons le visage, les épaules
et la gorge de nos femmes. Les danseuses montrent le
reste et fournissent le supplément aux imaginations paresseuses. Est-ce suffisamment immoral? Ah! vous trouvez
que je suis plaisant! Je vous dis moi que le mariage avec
le divorce en perspective est un cheptel dont on partage le croît à la dissolution. Lire Lamennais pour être

édifié sur ce point. Je dis moi que le mariage, tel qu'il se pratique sous nos yeux, à Paris, est une commandite qui a pour gérant responsable le mari et pour fonds exploitable la femme. Nous n'avons pas la polygamie, nous avons mieux, la polyandrie!!! Ah ! vous voulez que je devienne sérieux... je...

HENRI, éclatant de rire.

Nous avons ouvert l'écluse aux paradoxes. Nous allons être inondés.

JULES

Mais aussi, que diable! en voyage, dans un théâtre, mettre la conversation sur le chapitre du divorce, il faut avoir divorcé soi-même avec la gaieté française. Ce sont les proverbes de Musset qui vous poussent à ces extrémités.

CAROLINE, à Jules.

Vous n'admettez pas d'exception.

JULES

Ah! si .. je remplacerais, dans le monde, les honnêtes femmes par celles qui ne le sont pas... je ferais un triage; je rétablirais la ceinture dorée... je...

Ces braves Turcs, les a-t-on assez calomniés! du reste, le divorce, la polygamie, affaire de climat. Salomon, lequel a proclamé qu'il n'y avait rien de neuf sous le soleil, avec ses trois cents femmes et ses quinze cents concubines, ferait une piètre figure sous le méridien de l'Observatoire. Transportons-le dans la brumeuse Allemagne, ce sera bien pis : il sera obligé de licencier son sérail légitime pour ne garder qu'une simple gouvernante, et s'il rencontrait Pangloss, il finirait par ouvrir une chaire de philosophie où il enseignerait l'optimisme extrait de l'*Ecclésiaste*, avec Candide comme professeur suppléant.

Heureusement pour vous, l'orchestre prélude. Vous m'avez tellement agacé les nerfs avec votre question du divorce, que je me sens capable de vous submerger dans ma faconde.

Francheville, 10 janvier 186...

J'ai rencontré l'autre soir un singulier personnage. Il était mon voisin de stalle. On jouait je ne me rappelle plus quelle détestable pièce qui paraissait lui agacer singulièrement les nerfs. J'éprouvais pour ma part les mêmes sensations désagréables. Le malheur rapproche. Au premier entr'acte, par une sorte de sympathie involontaire, nous nous trouvâmes penchés l'un vers l'autre avec les mêmes paroles sur les lèvres.

— Quelle horrible machine! monsieur, me dit-il !

— Quelle horrible machine ! fis-je presque en même temps.

Après quelques paroles échangées sur la pièce, nous remontâmes à des considérations générales sur le théâtre, sur la province..., etc. Je vis tout de suite que j'avais en face de moi un homme d'une véritable distinction et parfaitement étranger à Francheville. Je lui proposai sans façon de venir fumer un cigare sur la place et d'abandonner le drame à sa moisson d'inepties et de crimes.

5.

— Nous rentrerons, ajoutai-je, pour entendre l'opéra-comique. Nous avons une délicieuse chanteuse. Nous prendrons un bain de musique : cela nous lavera de toutes ces éclaboussures dramatiques.

— Bien volontiers, reprit-il. Votre franchise hospitalière me gagne : j'accepte votre proposition avec reconnais-sance. Je suis venu dans votre ville pour des affaires importantes : je saisirai cette occasion pour vous deman-der un certain nombre de renseignements. Du reste, pour vous mettre tout à fait à votre aise, voici ma carte ; de plus je suis adressé à MM...

Il s'appelait George Lachal. Il était recommandé à deux ingénieurs connus de notre pays.

— Je me félicite, monsieur, de ces relations improvi-sées. Faites fonds sur moi ? MM... sont mes amis.

Nous nous promenâmes pendant plusieurs heures. A chaque pas que nous faisions, il s'établissait entre nous une véritable intimité, cette intimité qui repose sur la ressemblance des goûts et la parité des opinions. La conversation de M. Lachal était un magasin inépuisable des connaissances les plus variées. Philosophie, politi-que, histoire, littérature, arts, il avait tout abordé, tout étudié ! ses idées étaient larges, ses vues hautes. J'avais rencontré décidément un esprit supérieur.

— Permettez-moi, lui dis-je dans un moment de pause, de vous exprimer mon étonnement, je devrais dire ma stupéfaction. Comment cela se fait-il ? Je trouve en vous, derrière l'homme d'affaires, un poëte, un philosophe et un politique. Vous êtes une énigme pour moi.

— Le mot de l'énigme est bien simple, mon cher

monsieur : ce mot est impuissance, ou plutôt insuffi-
sance.

— Permettez, je ne veux pas vous faire de compliments : vous me paraissez trop au-dessus des paroles
banales, la courte conversation que je viens d'avoir avec
vous me démontre, je le dis avec une entière sincérité,
que vous êtes une intelligence hors ligne. Vous avez une
immense lecture, vous avez voyagé, vous possédez plusieurs langues, vous êtes au courant, autant que personne, de tout ce qui se passe dans le monde. Vous
avez un goût passionné pour les grandes et belles choses.
Vous aimez la poésie, les arts, la liberté, franchement
c'est être d'une modestie absurde, passez-moi le mot, que
de dire : je suis un impuissant !

— Oui, Monsieur, je suis un impuissant. Faut-il vous
dire le fond de ma pensée? Je suis l'ébauche mal venue
d'un grand homme. J'ai apporté en naissant des aspirations excessives. Jeune, j'ai voulu étreindre le monde
dans mes embrassements. J'avais peur de ne pas rencontrer assez d'espace pour la vie intense qui débordait de
mon cœur et pour les rêves grandioses qui hantaient
mon cerveau... Eh bien! est-ce fatalité? Pourquoi ne
pas être net, la force des choses a fait couler ce fleuve
aux vagues indomptables, comme un léger filet d'eau, dans
un tout petit canal : il serait à peine capable d'ar-
roser une pelouse. Cet aigle, au vol démesuré, chemine
pédestrement comme un oiseau de basse-cour, avec des
ailes insuffisantes à lui faire perdre terre. Olympio s'est
transformé peu à peu en homme d'affaires.

— Cher monsieur, contez-moi votre histoire. Vous

êtes un type. Il y a chez vous, sans compter le roman
de tout homme d'une certaine valeur, un véritable filon
psychologique. Votre existence doit ressembler à un
poëme.

— Mes romans se réduisent à quelques aventures où les
sens ont eu plus de part que le cœur. — Mon histoire
est l'histoire banale de tous les hommes de ma trempe.
Il m'a manqué, il me manque le fameux : *fiat lux*. Je suis
une intelligence moyenne avec des aspirations supérieures. Je ressemble à un musicien sourd et muet, il me
manque l'oreille et la voix. J'entends chanter dans mon
âme des mélodies divines et je suis sans expressions pour
les traduire. Si vous y tenez absolument, je suis un
homme de génie avorté.

— Je proteste, m'écriai-je en proie à une sorte d'enthousiasme involontaire. Il y a des individus qui pèchent par
excès de timidité comme d'autres par excès d'orgueil ;
e vous connais bien peu, mais je suis prêt à soutenir que
vous appartenez à la première catégorie, à cette catégorie
d'intelligences exquises qui s'enveloppent de leur réserve
comme une femme de sa pudeur; natures virginales, qui
fleurissent à l'écart; sources mystérieuses qui coulent
dans l'ombre : mais qu'une main amie, ou même qu'un
simple accident les mette en pleine lumière, la vierge devient femme ! la source devient fleuve !

— Illusions bienveillantes, mon cher monsieur! J'ai fait
sur moi-même toutes les expériences. Je ne suis pas une
nature virginale, pudique, voilée. Je suis un être parfaitement viril de corps et d'esprit. J'ai fait des actes de virilité
dans plusieurs occasions et par un étrange concours de

circonstances, il me répugne de couvrir mes infirmités
d'un nom sonore, j'ai subi des échecs parfaitement authentiques. Je vous l'ai dit, je pèche par l'expression, je
conçois aussi grand que n'importe qui... cela ne suffit
pas... je sens dans ma poitrine la chair et le sang qui font
vivre et palpiter les grandes œuvres... la main chez moi
est rebelle à la pensée... je sens en moi une source d'activité inextinguible... J'ai cherché des dérivatifs à ce besoin
d'action. J'ai été avocat, financier, homme d'affaires dans
la large expression du mot, c'est-à-dire créateur et orga-
nisateur de grandes entreprises... j'ai coupé les ailes à la
muse : je lui ai fait apprendre la table de Pythagore et je
l'ai installée derrière les grilles d'un comptoir.

— Vous êtes dans l'erreur ! une sorte de voix intérieure
me crie que vous avez pris un mauvais chemin. Je demande
à vous juger avec connaissance de cause. Il fait un temps
superbe, j'ai une provision de cigares. Nous voilà sur un
boulevard, j'aperçois des bancs disposés de loin en loin,
contez-moi votre histoire, je vais vous mettre tout à fait
à votre aise : rendez-moi le service de couvrir la voix de
cet abominable acteur qui hurlait dans le mélodrame... Je
demande à juger votre vie. J'en appelle de vous à moi.
Vous vous ignorez ou plutôt vous doutez de vous-même...
exhibez-moi votre dossier, comme on dit au palais. Je
vous dirai franchement mon opinion.

— Une autobiographie ! mais, cher monsieur, c'est banal comme les rues ! Depuis René et Child-Harold, on ne
rencontre que cela dans les cabinets de lecture... Au
fait, reprit M. Lachal après une courte pause pendant
laquelle il aspira voluptueusement la fumée de son ci-

gare, je ne parle pas au public, je m'adresse à un
homme bienveillant et sympathique, je remplace un
mauvais mélodrame par des confidences médiocres... Je
vous aide à passer une soirée sans emploi... je vous
fournis un sujet d'études psychologiques... J'y consens,
mais à une condition : mon récit marchera comme une
locomotive. Je prends pour sabler la cendre de mon
cigare. Lorsque celui-ci sera éteint, je compte sur votre
obligeance pour interrompre ma narration.

— Parlez, cher monsieur, je suis tout oreilles.

— Vous y tenez absolument ! Je suis né dans un
village. Je suis de l'avis de Charles Nodier : il plaignait
avec une sorte d'attendrissement les hommes assez
malheureux pour avoir vu la lumière du jour dans une
ville, entre deux bordures de maisons, loin des senteurs
de la campagne. A l'entendre, c'était entrer dans la vie
par la porte la moins favorable.

I

J'ai vécu mes dix premières années sous la main ferme,
sous le regard vigilant d'une vieille grand'mère, femme
supérieure. Elle faisait l'école à une vingtaine de petits
paysans, par charité d'abord et en second lieu pour me
créer un centre d'émulation. Je suis venu au monde avec
un tempérament diabolique ; j'ai apporté, au lieu de cette
humeur mélancolique dont parle René, une provision je
ne dirai pas de mauvais instincts, mais d'appétits violents, suffisants pour servir de viatique à plusieurs scélérats. Heureusement j'étais dans les mains d'une femme
énergique. Elle me dompta. Ce qu'il fallut de patience,

de dévouement à ma pauvre grand'mère pour accomplir
ce miracle est impossible à dire. Caresses et corrections,
elle a tout employé et tout usé sur mon corps en rébel-
lion. Elle m'a littéralement pétri : j'étais une argile réfractaire, elle a fait de moi une créature humaine. Si je sens
encore gronder parfois dans les profondeurs de mon être
une meute d'instincts violents, désordonnés, je ne les
crains plus : ils ont été châtrés. Laissez-moi m'attendrir
en pensant à cette femme admirable, ma véritable mère.
Ma mère selon le sang était une tendresse vivante,
fondante. Je la faisais souffrir, je la faisais pleurer. Elle
n'avait que son cœur pour me commander et c'était une
faible ressource contre la bête fauve qui rugissait en moi.
Avec le même cœur, mon aïeule avait une cervelle
d'homme. Je la vois encore avec sa coiffe blanche, sa
robe noire, et sa guimpe de religieuse négligemment
nouée derrière le dos. Je ne sais pas si elle avait été
coquette dans sa jeunesse : elle avait dû être remarquablement jolie. A soixante ans, elle n'avait pas une ride. Les
yeux étaient encore magnifiques. Nette, propre comme
certains vieillards savent l'être, elle agissait continuel-
lement. Lorsque son troupeau d'écoliers étudiait, elle se
reposait en cousant ou en tricotant. Ah! c'est un grand
spectacle que celui offert par une femme qui accepte la
vie comme une tâche laborieuse, et qui fait rouler toute
son existence sur deux pôles : le devoir et la charité.

L'influence de ma mère fit décider que je serais mis
entre les mains des prêtres pour mon éducation. Je suis
resté neuf ans dans une de ces maisons qui rappellent les
couvents par la discipline et les pratiques religieuses. Ma

pauvre mère croyait prendre des arrhes avec le ciel en me confiant à des hommes pieux. J'ai vécu ce long temps à rêvasser. Le grec et le latin constituaient le fond de notre nourriture intellectuelle. Après avoir broché mes devoirs et les avoir suffisamment polis pour obtenir un rang passable, souvent le premier, je me réfugiais dans le monde de l'imagination. La couche religieuse dont on nous badigeonnait tous mordait difficilement sur un personnage aussi peu ductile que moi. Je passais pour un mauvais esprit. Je me pliais avec difficulté à la règle, et l'obéissance n'avait chez moi qu'un mobile, l'orgueil : j'obéissais pour échapper à l'humiliation du châtiment. J'avais obtenu très-vite une espèce d'ascendant sur mes camarades. Aussi me rendait-on volontiers responsable des mouvements d'insubordination qui éclataient de temps en temps malgré la main despotique que l'on faisait peser sur nous. Je rongeais mon frein; mais l'amour-propre arrêtait sur mes lèvres toute demande de grâce vis-à-vis de mes maîtres, ou de libération vis-à-vis de ma famille. Mon père faisait d'inutiles efforts pour obtenir de moi une manifestation quelconque de mes véritables sentiments, j'aimais mon père et je me taisais avec lui. Mon affection était un mélange de crainte ombrageuse et de timidité orgueilleuse, fond de mon caractère qui me rendait la supplication impossible.

Quoiqu'il en soit, je grandissais derrière les barreaux de ma prison. Mes sens s'éveillaient; la puberté montait à mon cerveau. J'ai peur d'être prétentieux. Vous l'avez voulu; je me représente *in naturalibus*. Figurez-vous l'éruption d'un volcan. Le séve ascendante faisait palpiter le jeune chêne. Je sentais venir de je ne sais quel coin de l'horizon des effluves chaudes. Vingt fois, j'ai essayé, comme un plongeur, de me précipiter à corps perdu dans l'océan de la vie religieuse où l'on nous trempait tous les jours pour éteindre nos ardeurs adolescentes. J'ai toujours cherché Dieu, et toujours Dieu m'est apparu au bout de tous les chemins dans lesquels je me suis engagé. Mais la dévotion conventuelle, la dévotion avec des rites et des cérémonies, m'a toujours laissé froid, quand elle ne m'a pas fatigué.

Nos maîtres étaient pour la plupart des hommes excellents. Je ne me souviens pas d'avoir rencontré parmi eux un esprit supérieur ; mais j'ai été assez heureux pour trouver des cœurs délicats et aimants. L'un d'eux, surtout, personnage maladif et d'une sensibilité presque féminine, s'était pris pour moi, effet du contraste, sans doute, d'un véritable attachement. Il a fait bien des efforts pour faire dévier vers Dieu la sensibilité dévorante qui me transportait. Il était quelque peu poëte : je le suivais un moment dans son vol, mais pour retomber plus lourdement sur la terre à la poursuite d'une vision ou d'une réalité à peine entrevue.

Nous n'étions pas si bien gardés qu'à travers nos barreaux nous ne pussions de temps en temps jeter un coup d'œil rapide et brûlant sur les joies de la terre. Les dimanches, nos familles venaient ordinairement assister aux offices qui précédaient les heures où nous obtenions la permission de les voir. Plusieurs d'entre nous avaient des sœurs, quelques-unes très-jolies. Nous avions à peine le temps de les entrevoir : vous pouvez être sûr que l'aigle ne se dirige pas sur sa victime avec autant d'énergie que nos regards sur ces fleurs vivantes. Nos yeux brillaient, nos cœurs battaient à rompre nos poitrines. Le ciel s'ouvrait comme un rideau. Nous emportions, à la façon d'une proie, ces images charmantes, pour alimenter nos rêveries paresseuses de la semaine.

Ce n'est pas tout. Il fallait bien nous entretenir du mouvement littéraire contemporain. Nous étions tous des fils de famille destinés à jouir, pour la plupart, d'une certaine fortune. Je dois rendre cette justice à nos professeurs : leur enseignement était sans préoccupation cléricale ; ils cherchaient à faire de nous des chrétiens bien plus que des savants ; mais ils ne nourrissaient aucune arrière-pensée de nous transformer en recrues... Bref, on mettait dans nos mains quelques écrivains modernes, Chateaubriand tout d'abord, à cause du *Génie du christianisme*, Lamartine, un peu Victor Hugo. Tout cela était émondé, expurgé consciencieusement. On bâtonnait avec une encre épaisse tous les passages scabreux où il était question de femmes et d'amour. Malheureusement les excellents prêtres ne pouvaient pas tout condamner. Soit distraction, soit inexpérience, ils épargnaient certains passages. Nous découvrions de loin en loin des échappées de vue qui nous ouvraient des horizons splendides sur la terre promise. Les écoliers sont industrieux. Nous nous cotisions entre nous pour que les jours de sortie celui qui était favorisé pût acheter le volume mutilé : il avait pour mission de recopier les passages supprimés et de les rapporter au gîte. Nous étions parvenus à reconstruire Lamartine tout entier. Dieu sait quelle saveur nous trouvions à ces fruits défendus ; nous les dévorions à belles dents.

Je suis sorti de cette espèce de séminaire avec une instruction très-incomplète, comme un prisonnier qui a fait son temps. Le résultat moral le plus clair de mon séjour dans cette maison, ce sont les amitiés que j'y ai contractées. Mes meilleurs amis sont encore mes camarades d'études.

Me voilà rentré chez mon père. Mon père exerçait une profession héréditaire dans notre famille. Il y tenait comme à un fief. Il caressait l'espérance de faire de moi son successeur. Après avoir mené pendant sa jeunesse une existence assez orageuse, il était revenu comme l'enfant prodigue et se proposait de faire servir à son fils une ample provision d'expérience. Malheureusement, il y avait toujours entre lui et moi une barrière. Jamais père n'a plus aimé son enfant ; j'éprouvais une sorte de passion pour lui. Chose bizarre ! Nos conversations avaient quelque chose de contraint ; elles étaient banales : nous parlions de la pluie et du beau temps, quelquefois des événements politiques, jamais de l'objet principal de nos préoccupations mutuelles. Il y avait entre nous un point difficile sur lequel, par un accord tacite, nous évitions de discuter. Je connaissais par la voix publique les intentions de mon père à mon égard. Il avait deviné mon ardent désir d'aller à Paris compléter mes études, étudier le droit. Mon père s'affligeait de ma résolution. Il me faisait faire des représentations par des tiers. Je répondais en homme avisé que rien ne me pressait, que j'attendrais son jour, son heure... L'existence des gentilshommes campagnards n'avait aucun attrait pour moi : je me croyais appelé à des destinées éclatantes.

J'ai passé deux ans dans cette lutte sourde, mon père espérant toujours que je renoncerais à mes folles visées, moi, attendant, sans la demander, l'heure du départ.

C'est une chose incroyable la fascination que Paris exerçait sur moi à cette époque. J'ai passé dix ans à désirer ce voyage. Je me tournais chaque matin de ce côté, comme le mahométan du côté de la Mecque. C'était là mon pèlerinage ambitionné.

Sous l'Empire et au commencement de la Restauration, le collégien aspirant à la gloire, faisait une tragédie. En 1844, le romantisme était en pleine floraison. Les cervelles poétiques, imbibées de Lamartine et de Victor Hugo, se répandaient en odes et en élégies. J'avais ébauché quelques vers sur les bancs ; j'employai les deux années de séjour chez mon père à composer une espèce de poëme, moitié vers et moitié prose, où j'avais la prétention de rivaliser avec Chateaubriand et Lamartine en mariant, sous une forme nouvelle, leurs deux chefs-d'œuvre, *René* et *les Méditations*. Vous apercevez sans peine que la modestie n'était pas ma qualité principale. J'ai fait bien des courses dans les espaces sur l'hippogriffe qui loge dans mon imagination. J'avais pour confident de mes essais un personnage dont je veux vous dire un mot. Il était employé chez mon père. Cet homme avait eu une existence des plus accidentées. Appartenant à une vieille famille où l'on adorait Dieu et le Roi, il avait fait le coup de feu dans la Vendée de 1832. Plus tard il s'était battu pour don Carlos en Espagne. Toutes ces pérégrinations

ne l'avaient pas enrichi. Il avait essayé de la peinture
ensuite et fait en même temps la folie, devenue un véritable acte de sagesse, d'épouser une jeune fille pauvre
mais de la plus exquise beauté. Père de famille, artiste
insuffisant, officier sans soldats, il avait dû demander
à un emploi modeste le pain de sa famille.

Cette espèce d'aventurier, brave comme le Cid, m'en-
courageait dans la résistance. Il avait surpris quelques-
unes de mes pages et les avait trouvées excellentes ; nous
passions de longues heures à causer ; nous faisions d'interminables promenades. Il en était à cette époque de la
vie où nous sommes parvenus vous et moi. C'était un
vaincu, lui aussi ; mais il avait vraiment le droit de se
plaindre de la destinée. Supposez don Carlos vainqueur,
il devenait pour le moins grand d'Espagne. C'était
un soldat dans la véritable acception du mot. Il avait
écrit ses Mémoires comme Montluc. Je me rappellerai
toujours sa phrase courte et tranchante, une lame d'épée.
Il affectionnait le costume brun et le béret espagnol ;
cet homme-là était un type.

Mais je me perds dans des digressions interminables ;
vous m'écoutez avec tant de patience que j'ai peur de vous
endormir.

— Continuez, je ne perds pas un mot.

— Pendant que je rêvais ainsi, continua M. Lachal,
j'eus le malheur de perdre coup sur coup, à quelque
mois d'intervalle, ma mère et mon père ; j'éprouvai une
douleur profonde ; je les pleurai sincèrement. Mais j'avais
vingt ans !!! A cet âge la vie est si débordante que la
douleur la plus intense fait bien vite place aux attractions

du monde. Au bout de six mois, après avoir arrangé mes affaires, qui étaient parfaitement simples (j'étais fils unique), je m'élançai vers Paris.

II

Paris ! On a épuisé toutes les formules de l'admiration et de la critique à son égard. J'ai à vous rendre compte de mes impressions de vingt ans ; je penche du côté de l'enthousiasme.

Je pouvais donc circuler librement dans cette espèce d'Éden dont la tendresse inquiète de mon père m'interdisait l'accès ; je respirais à pleins poumons, je m'épanouissais en plein soleil. Ma vie jusqu'à ce moment n'avait été qu'un long exil ; j'étais enfin chez moi. J'avais vécu dans le désert comme une caravane juive ; je pouvais donc porter sans contrainte à mes lèvres les fruits succulents de la terre chananéenne. Je vous fais grâce de la fin du dithyrambe... Si ces impressions m'étaient tout à fait personnelles, je les passerais sous silence ; mais elles ont été ressenties par tous mes contemporains, et l'espèce de mirage auquel j'ai été en proie n'a encore rien perdu de sa puissance sur les yeux de la jeunesse.

A cette époque, le vieux quartier latin avait conservé sa physionomie originale ; c'était une ville à part, avec une population étrangère. Je m'installai dans une rue voisine du Luxembourg ; je m'établis là comme dans une aire, prêt à fondre, les ailes déployées, sur toutes les joies de la vie. J'étais exactement dans les dispositions d'un jeune lionceau qui fait sa première course dans la forêt, *quærens quem devoret.*

Saint Augustin raconte en gémissant ses folies de jeunesse ; Jean-Jacques Rousseau les étale avec complaisance ; je n'imiterai ni l'un ni l'autre. Il est certain que la puberté de l'homme vivant en pleine civilisation se heurte à bien des écueils et se voit exposée à bien des naufrages. Je ne vous ferai pas le récit de mes aventures amoureuses. A quoi bon recommencer cet éternel roman de l'adolescence ? Des écrivains sans cœur et sans esprit lui donnent une physionomie grivoise, comme si l'amour, le véritable amour, peut et doit entrer dans un conte à la façon de Boccace ou de l'Arétin.

Je saute à pieds joints sur les accidents sans importance de ma vie parisienne. J'arrive à deux événements qui ont exercé une influence sérieuse sur la direction de ma vie.

Je n'avais pas oublié en venant à Paris le précieux manuscrit où se trouvait renfermée à l'état de chrysalide ma future gloire d'auteur. Je le laissai mûrir pendant trois ans ; je voulais savourer longuement les douceurs de l'obscurité. Demain, quand cela me plaira, me disais-je à moi même, je produirai un véritable coup de théâtre. Faut-il tout dire ? J'ai toujours eu au cœur un vif sentiment du beau. Bien que mon incomparable composition me parût irréprochable, j'éprouvais néanmoins de véritables inquiétudes au point de vue de la forme. Dans mes heures de sang-froid, je me rappelais les sages conseils de Boileau, je remettais mon ouvrage sur le métier, je le polissais et le repolissais. Enfin, le grand jour se leva sur l'horizon. J'étais dans les dispositions d'esprit du grand Condé, le matin de la bataille de Rocroy, calme, maître

de moi-même. Néanmoins, tout en me rendant chez le
libraire, il me vint un scrupule. « Si je consultais un
homme du métier? » Cette idée me fit une impression très-
vive. Mais à qui m'adresser? Je n'en connaissais aucun.
Après bien des hésitations, mon choix s'arrêta sur un lit-
térateur dont autrefois j'ai beaucoup aimé les vers et dont
j'admire encore beaucoup aujourd'hui la prose critique.

Aussitôt résolu, aussitôt exécuté. J'écris à M.*** une
lettre dans laquelle je lui expose mes intentions et le
genre de service que j'ai à lui demander. Le lendemain
je reçus une réponse charmante, M.*** m'invitait à venir
le voir et à lui porter mon manuscrit.

L'aristarque en question habitait l'Institut. Je fus introduit dans un cabinet de très-modeste apparence, meu-
blé de fauteuils en velours d'Utrecht jaune. Je me trouvai en présence d'un petit homme grêle et chauve qui
me fit l'accueil le plus gracieux. Je n'oublierai jamais
la finesse de ses petits yeux ronds ni le sourire spirituel de ses lèvres minces.

Après m'avoir indiqué un des fauteuils jaunes et m'avoir
fait vider mon sac à communications : « Laissez-moi, me
dit-il, votre manuscrit. Je le lirai consciencieusement et
je vous dirai avec la plus entière franchise ce que j'en
pense. » Il m'interrogea avec une bonté paternelle sur
mes occupations, sur mes goûts, sur mes projets. Il fut
d'une courtoisie exquise. Huit jours plus tard, je recevais une seconde lettre. M.*** m'invitait à passer
chez lui. Cette fois je me présentai dans l'attitude d'un
condamné à mort. M.***, feignant de ne pas voir mon
émotion, se mit à faire l'autopsie de mon poëme avec

la main et avec le tact d'un opérateur-expérimenté. Il avait eu le courage de le lire sans en omettre une ligne. Chemin faisant, il me démontrait que ma composition n'était qu'une longue réminiscence; que j'avais bien réellement condensé dans un seul et même cadre Chateaubriand et Lamartine, mais par des emprunts dont l'origine était évidente... hélas! j'avais réalisé un véritable tour de force, celui de la transfusion dans mes veines du sang des deux grands poëtes; mais je n'étais qu'un calque, une répercussion, un écho. A mesure que M.*** avançait dans cette analyse impitoyable, je sentais les écailles me tomber des yeux. La vérité de ses observations m'apparaissait claire comme le jour. J'étais convaincu, j'étais vaincu.

En rentrant chez moi, je jetai mon manuscrit au feu.

L'énergie de la résolution et la grandeur du sacrifice me soutinrent pendant quelques jours; mais je crois que je serais réellement tombé malade, si je n'avais pas trouvé pour panser ma blessure une main aussi caressante que celle de M. *** avait été alerte à me faire subir cette rude amputation.

C'était la main d'une femme. Ne souriez pas. Mes relations avec madame Daramon ont été parfaitement pures et, malgré les apparences, n'ont jamais dépassé les limites de l'amitié. Vous allez encore sourire : je l'avais rencontrée dans un milieu peu propre à développer l'amour platonique, au bal de l'Opéra. — Je devine une question sur vos lèvres : qu'était madame Daramon? — Une aventurière? — On ne peut rencontrer que cela au bal de l'Opéra!

6

— Je suis tout à fait de votre avis : le bal de l'Opéra est une espèce de pandémonium qui recèle peu de Pénélopes et moins de Lucrèces encore. Cependant, rappelez-vous *la Divine comédie !* même dans les cercles infernaux, après avoir interrogé les grands criminels, Dante et Virgile rencontrent un jeune homme et une jeune femme dont l'aspect les charme et les arrête. Ils saisissent le couple errant au vol et lui demandent son histoire. Francesca de Rimini fait ce délicieux récit qui arrache des larmes même à la centième, lecture.

Le bal de l'Opéra est une kermesse infernale. C'est le carnaval de la chair et des sens. Les orgies babyloniennes des Balthazar et des Sardanapale donnent une faible idée de ce déchaînement, de ce débordement. Une musique ardente enlève comme dans un tourbillon toutes ces créatures ivres de volupté : on dirait un vol d'oiseaux voyageurs, alors qu'ils changent de climat sous la pression de l'hiver. C'est un nuage : ils poussent des cris stridents et agitent leurs ailes avec le bruit de la tempête. Les bacchantes de la rue Le Peletier se tordent dans des convulsions étranges : elles bondissent sous un aiguillon invisible; elles tracent sur le sol un sillon rapide comme l'éclair.

Le moraliste se voile la face. Le philosophe interroge la Méduse. Ah! son secret est au fond de nos cœurs. Savez-vous ce que recherche cette foule en délire, savez-vous ce qui secoue cette assemblée de convulsionnaires? l'idéal! Cela vous surprend, cela est vrai; — elle porte la fange à ses lèvres dans l'espérance de trouver

au fond de la coupe maculée la goutte divine, la goutte
qui désaltère, la goutte qui fait vivre. Cette cohue, piquée
de la tarentule, tourbillonne sous le fouet d'une ardente
préoccupation, celle de l'inconnu. Ces derviches tour-
neurs, ces almées aux poses lascives, décrivent des
orbites sans fin autour d'une idée fixe, d'une pensée
obsédante, la pensée du bonheur. Recherche maladroite!
poursuite illusoire! que voulez-vous? Il y a plusieurs milliers de siècles que l'humanité exécute cette danse de
Saint-Guy; et la danse macabre, comme un lugubre
cotillon mené par la dame au nez camard, termine invariablement la sarabande humaine.

.J'avais saisi au vol, dans ce vertigineux tourbillon, une femme charmante. Madame Daramon m'apparut
dans cet enfer comme une véritable Françoise de
Rimini. Son histoire avait une certaine analogie avec
celle de l'héroïne dantesque. Elle plaidait dans ce
moment même en séparation de corps et de biens
contre son mari et, cédant à un caprice, elle avait
voulu voir un bal de l'Opéra. C'était une haute imprudence. Une véritable intimité s'établit sur-le-champ
entre nous. Nous étions du même département; nos
familles se connaissaient de réputation. J'obtins, non sans
peine, au nom de la prudence, qu'elle rentrerait chez
elle et qu'elle ne s'exposerait pas plus longtemps au danger d'être aperçue par les espions de son mari.

J'acquis en peu de jours un véritable ascendant sur
son esprit. Elle avait pour moi une affection sincère,
non pas dans le genre de celle que je lui offrais en retour,
mais un attachement fraternel. Le premier jour, elle me

déclara avec franchise que si je voulais être son ami,
rien que son ami, je trouverais chez elle dévouement à
toute épreuve, sacrifices toujours prêts. Elle m'a tenu
parole. La pauvre femme a mis deux ans à m'extraire de
l'esprit et du cœur une passion ardente. Au début de
nos relations, elle traça d'une main ferme une frontière
précise entre mon amour et son amitié, au-delà de
laquelle elle m'a maintenu avec une inflexible rigueur.
Elle me jugeait avec la bienveillante partialité que
vous me montrez depuis le peu de temps que nous
nous connaissons.

J'ai pour vous une affection profonde, me disait-elle ;
je veux être l'artisan de votre bonheur. Si je consentais
à être votre maîtresse, je m'attacherais d'une manière
absolue. Je deviendrais un embarras dans votre vie.
Laissez-moi faire : au lieu d'une vieille femme (elle avait
vingt-quatre ans) je vous en donnerai une jeune, pure,
que vous pourrez aimer sans contrainte et qui deviendra
le premier échelon de votre fortune.

Pauvre femme ! Si ses rêves se sont évanouis, ce n'est
certainement pas sa faute : c'est la mienne, celle de ma
destinée.

Madame Daramon appartenait à l'espèce des grandes
femmes ; c'était une manière de Calypso, dominant son
entourage de la hauteur de la tête. Vous savez combien il
est rare que les femmes ainsi conformées soient gracieuses. Ce sont des lianes auxquelles il manque un
point d'appui ; Céline, permettez-moi, pour la commo-
dité de mon récit, de lui donner ce nom familier, Céline
était une transaction entre le majestueux et le flottant ;

précisément à cause de la hauteur de sa taille, elle avait
une démarche d'immortelle. Les paroles du poëte
étaient d'une exactitude mathématique pour elle, Virgile
l'avait photographiée d'instinct : *Vera incessa patuit
dea.*

Brune, le teint éclatant, un de ces teints où le sang
dans sa richesse dessine des moires de velours et de satin,
de grands yeux d'une couleur indécise entre le vert de
mer et le bleu d'orage, un regard hardi et doux, des
cheveux noirs teintés de roux à la manière des bêtes
fauves, les mains un peu fortes avec de longs doigts
effilés en fuseaux, un corps harmonieux comme une
période homérique malgré sa langueur, voilà la femme
qui m'offrait son amitié et qui refusait mon amour. Cette
femme marchait dans un sentier scabreux.

Paris recèle, comme la mer dans ses abîmes, une flore
et une faune dont les plongeurs reviennent émerveillés.
Cela est aussi riche et aussi varié qu'une forêt américaine. Moi qui ai boucané dans ces espaces sans fin, il
m'en revient encore d'enivrants parfums. Au milieu des
innombrables variétés de créatures que l'on y rencontre,
une espèce acquiert de jour en jour une importance plus
considérable : je veux parler des courtisanes.

Paris tend depuis quelques années à produire une
réaction dans le sens des mœurs grecques. La courtisane
y émerge de l'ombre et reparaît en pleine lumière. Indé-
pendamment des comédiennes, on rencontre installées
dans un milieu artistique, littéraire et aristocratique, un
certain nombre de femmes dont la profession est patente,
et dont l'état civil n'a jamais eu à se préoccuper depuis

6.

leur naissance. Cela tient à une cause bien simple. Paris
est devenu un caravansérail où les étrangers se donnent
rendez-vous des quatre coins du monde. Dans ces stations
rapides dont le plaisir est le but, ils recherchent avec
avidité ces femmes françaises dont mille bruits fantasti-
ques leur ont fait goûter par anticipation les charmes et
la magie. La grande loi de l'offre et de la demande reçoit
ici son application comme partout. A une demande haletante, avide, répond bien vite une offre savante. Le bazar
ne tarde pas à étaler une exhibition splendide. La
marchandise, douée d'une intelligence admirable et d'un
savoir-faire énergique, se prise et s'adjuge elle-même.
Par un phénomène singulier, mais parfaitement naturel,
vendeurs et acheteurs se donnent tacitement rendez-vous
dans ce carrefour du monde : ils sont sûrs de s'y rencontrer et d'y faire des affaires excellentes.

Passons. Au-dessus de ce troupeau banal, il y a un
corps d'état. J'ai déjà mentionné les comédiennes. A
côté, plus haut, plus bas, cela dépend du point de vue,
il y a une autre colonie appartenant à la grande classe
des femmes libres : ce sont les femmes divorcées. J'emploie à dessein une expression inexacte; je cherche un
mot assez compréhensif pour y ramener toutes les
femmes qui, légalement ou non, se sont soustraites au
joug conjugal. Celles qui sont vraiment distinguées,
arrivent sans efforts à constituer de petits royaumes où
elles exercent une véritable souveraineté. Il est facile de
comprendre le charme que répand autour d'elle une
femme jeune, libre, belle, dont le cœur paraît toujours
disponible et dont le Jupiter garde un incognito de bon

goût. Toutes les femmes déclassées de la province se dirigent à tire-d'ailes sur Paris. Leur existence est impossible ailleurs. On y voit un échantillon des épaves de tous les naufrages célèbres.

Madame Daramon, au moment où je lui fus présenté, faisait son apprentissage de femme sans préjugés : elle préludait. Malgré son procès, elle courait des bordées comme un navire qui cherche à s'aguerrir contre la mer. Pauvre femme sacrifiée au veau d'or !

Monsieur et madame Daramon plaidaient l'un contre l'autre, non pas que l'un des deux résistât à la séparation. Ils étaient unanimes sur ce point : elle était admise d'un commun accord. Il y avait au fond de leurs débats une question d'intérêt d'une importance capitale. La séparation judiciaire devait entraîner contre celui des deux époux qui la subirait la perte des avantages pécuniaires accordés par l'acte de mariage. M. Daramon était immensément riche ; il avait fait des donations considérables. Il s'agissait pour lui de les faire révoquer, en obtenant le bénéfice du jugement.

Pour arriver à cet honorable résultat, il accumulait contre sa femme les accusations les plus graves. Il avait fouillé dans tous les égouts. Un avocat spirituel représentait la jeune fille comme une Messaline avant la lettre. Le parleur aux gages de M. Daramon prouvait clair comme le jour qu'il livrait à la vindicte de la justice un monstre d'impudicité. A l'entendre, l'épouse avait tenu toutes les promesses de la jeune fille : elle était devenue une Brinvilliers hystérique.

A ces assertions revêtues d'une éloquence incontesta-

ble, un avocat non moins spirituel répondait en traînant
M. Daramon sur la claie. Il le peignait au vif : c'était un
écorché. Ce misérable, grossier portefaix, parvenu par la
force des bras à se hisser sur une pile de millions, avait
eu l'outrecuidance, malgré ses quarante ans, de demander en mariage une jeune fille dont il aurait pû être le
père. Il expliquait à merveille comment une pareille union
ne pouvait pas avoir été heureuse. Il y avait un abîme
entre cet homme et cette femme. Ce parvenu sans cœur
et sans esprit était un brutal. Il avait frappé sa femme,
les sévices résultaient des enquêtes les plus circon-
stanciées.

J'ai assisté à plusieurs de ces tournois judiciaires; je
plains les pauvres femmes dont l'honneur est discuté de
cette façon. Madame Daramon sortit toute meurtrie de
ces débats; la vérité, au milieu de toutes ces exagérations,
était douloureuse. Sa famille, par calcul, par ambition,
l'avait déplorablement mariée. M. Daramon était un simple ouvrier, parvenu au moyen d'une rare intelligence
commerciale à conquérir une fortune énorme. Cette fortune avait séduit M. et madame Tisseur : ils lui avaient
donné leur fille sans tenir compte de la différence d'âge et
d'éducation. Elle avait dix-huit ans ; il en avait quarante.
Au bout de huit jours, Céline Tisseur éprouvait une répugnance invincible pour son mari; de là les querelles, de là
les sévices, de là le procès.

Devenue maîtresse d'elle-même, madame Daramon
s'installa définitivement à Paris et reçut une nombreuse
société. Je l'avais assistée de mes efforts et de mes conseils
pendant ses jours de lutte; je devins, cela va sans dire,

l'hôte le plus assidu de sa maison. La liberté relative dont elle jouissait ne la rendit pas moins inexorable à mon égard. Elle m'avait signifié un ultimatum au début de nos relations : elle le maintint. Elle résistait à tous mes assauts avec calme et sang-froid. Sa vie était impénétrable pour moi ; elle l'a été longtemps. J'étais bien convaincu néanmoins que sous cette surface limpide et dormante, il y avait des courants souterrains. J'avais des soupçons ; mais il m'était impossible de mettre la main sur l'heureux Endymion de cette Diane qui se montrait de marbre pour moi.

J'étais accepté dans la maison sur le pied d'un parent, elle m'avait présenté comme son futur beau-frère ; je ne connaissais pas même sa sœur. N'importe ! elle avait arrangé mon mariage dans sa cervelle et toutes les personnes de son intimité avaient fini par prendre au sérieux un projet qui leur paraissait une affaire arrangée depuis longtemps entre nos familles. A mes objections contre cette combinaison fantastique, elle avait une réponse invariable : « Je suis une vieille femme ; ma sœur a seize ans. C'est une perle, c'est un ange, je veux qu'elle soit heureuse, je la cultive pour vous ; lorsque le fruit sera mûr, dans deux ans, vous irez le cueillir et vous me remercierez d'avoir été cruelle et de vous avoir aimé sérieusement. »

J'avais fini par prendre mon parti du régime auquel me soumettait madame Daramon. Je continuais mon siége avec mollesse, pour la forme. Je considérais son domicile comme une succursale agréable du mien. J'y rencontrais une société charmante, des hommes d'esprit et des femmes d'une vertu sans aiguillon. Je vaquais à mes petites affaires et me laissais paisiblement aller à la dérive.

Je vins lui faire part de ma déconvenue. Je lui fis connaître l'arrêt qui venait d'être rendu contre moi et jusqu'à quel point j'avais rigoureusement exécuté la sentence : lorsqu'elle apprit que j'avais tout jeté au feu, vers et prose, elle me gourmanda vertement et me déclara qu'au point où nous en étions je n'avais pas le droit de faire des sacrifices de cette nature, sans la consulter. Du reste, en femme intelligente, elle vit tout de suite combien l'amputation m'avait été douloureuse. Elle fut adorable; elle connaissait mes élucubrations, cela va sans dire. Elle les savait par cœur. Elle me les récita; elle en fit une musique pour endormir ma douleur. Sa tendresse m'enveloppa comme une ouate. Étrange et bizarre affection! A quinze ans de distance, je ne sais ni ne puis la comprendre encore. On dit que l'amitié n'existe pas d'homme à femme et réciproquement. Cela était parfaitement exact de moi à elle : si je désarmais vis-à-vis de Céline, j'étais toujours prêt à rompre la trêve; mais d'elle à moi, il y avait un sentiment que j'appellerais maternel si une pareille expression n'était pas ridicule pour qualifier la tendresse d'une femme de vingt-quatre ans pour un jeune homme du même âge. Me voyant profondément dégoûté de la littérature, elle chercha un dérivatif. Elle me fit entrevoir, au moyen de mon mariage avec sa sœur, une carrière nouvelle, la carrière de l'ambition.

— Avec votre fortune indépendante, avec la fortune de ma sœur et la mienne qui vous arrivera plus tard, vous deviendrez un homme considérable dans notre dépar-

tement. Allons, mon cher George, puisque votre modestie et M. *** ne veulent pas que vous soyez poëte, moi,
je vous proclame homme politique. Je me suis promis de
vous frayer la voie et d'être le pionnier de votre avenir,
laissez-moi faire.

III

Sur ces entrefaites éclata la révolution de février.

Tout n'a pas été dit sur cette mystérieuse catastrophe.
La Providence semble vouloir se réserver le mot de son
impénétrable décret. A cette époque, j'étais républicain,
républicain sentimental, formé par M. de Lamartine et
par son livre absurde des *Girondins*. Cet homme-là, que
j'ai beaucoup admiré et à qui comme tant d'autres j'ai
dû des émotions bien vives, a fait un mal immense à la
France. Sans *les Girondins*, sans son outrecuidante
suffisance le 27 février, la révolution aurait avorté dans
l'ignominie. Je le confesse, j'en ai subi le contre-coup,
sinon avec enthousiasme, du moins avec sang-froid. Je
vis là une grande expérience à tenter et je résolus de me
mettre énergiquement à l'œuvre. J'éprouvais cependant
au fond du cœur un vague sentiment de malaise et d'in-
quiétude; mon instinct politique me disait que procéder à
la fécondation d'un territoire par l'inondation était un
moyen dangereux. Je me rappelais involontairement
l'aventure de ce disciple d'un alchimiste allemand, lequel,
devenu possesseur du secret de son maître pour mettre
en branle les éléments, avait oublié tout à coup les mots
cabalistiques qui pouvaient les faire rentrer dans le repos

Le malheureux, foudroyé, submergé, avait péri victime de sa témérité. Je craignais un sort semblable pour la France. Je voyais bien les forces aveugles déchaînées; mais personne n'avait l'air de connaître des paroles magiques assez puissantes pour creuser un lit au torrent. On écrivait, il est vrai, en lettres colossales, sur tous les édifices publics : *Liberté, égalité, fraternité.* Allons, me disais-je, c'est peut-être la formule miraculeuse. Essayons de ces procédés évangéliques; taillons dans l'humanitaire; faisons de l'idéal. Dans tous les cas, faisons de l'ordre avec du désordre, pour employer l'expression célèbre de l'un des coryphées du mouvement.

Il faudrait le pinceau de Michel-Ange pour rendre la physionomie de Paris le lendemain de ces mémorables journées, pour peindre ces scènes inexprimables de confusion et d'enthousiasme. L'enthousiasme cependant avait quelque chose de contraint. Il était sur les lèvres plutôt que dans le cœur, au chapeau bien plus que sur les lèvres. La République sociale avait garni les barricades de ses avant-postes. Les enfants perdus de la grande armée de juin avaient l'air tout surpris de leur triomphe. Mais l'instinct secret parlait déjà dans leurs gestes et dans leur attitude. Ils imposaient aux passants leurs cris et leurs insignes.

Le sentiment de la préservation sociale avait mis des armes dans toutes les mains. A force de patience et de transactions, l'anarchie fut refoulée dans les clubs et dans les ateliers nationaux. Peu à peu la circulation se rétablit, les boutiques se rouvrirent. Le feu couvait sous la cendre, de loin en loin éclataient ces espèces d'émeutes pacifiques qu'on appelait des manifestations. Je les ai vues défiler dans leur marche triomphale, les unes se dirigeant vers l'Hôtel-de-Ville, les autres vers le Luxembourg. Les serpents socialistes déroulaient leurs anneaux et le gouvernement, si bien nommé provisoire, ressemblait à Laocoon et à ses fils luttant contre une pression irrésistible. On lui demandait des choses insensées. Il répondait par des paroles banales, mettait la main sur son cœur et renvoyait ces étranges solliciteurs ébahis, mais non satisfaits.

La presse déchaînée hurlait comme une bacchante ; elle secouait des torches incendiaires sur tout ce que l'homme respecte ; des voix sorties de l'égout, des voix éraillées réveillaient les échos mal endormis du Père Duchesne ; honte sur nous ! Le Samson de la démagogie ébranlait les colonnes du temple au risque de s'ensevelir lui et la société sous les décombres.

Vous parlerai-je des clubs? Ah! qui n'a pas visité ces cavernes lugubres ne connaît pas les limites de la folie humaine. L'homme qui tient une plume recule devant certaines énormités ; l'homme qui parle va jusqu'au bout de sa pensée. Je n'oublierai jamais le spectacle de ces assemblées d'énergumènes. Partout où il y a des hommes réunis, soyez sûr que vous verrez apparaître des catégories, des sectes, des castes. La plèbe avait son aristocratie. Elle se composait des confesseurs et des martyrs de la foi. Les geôles avaient rendu à la circulation tous ces fanatiques, espèce de puritains, sorte de têtes rondes, dont les convictions sombres et inflexibles ressemblaient à celles de leurs ancêtres religieux. Deux surtout, deux me sont restés dans la mémoire ; je vois

7

encore leurs figures pâles apparaître sur les estrades.
Un frémissement parcourait la foule. Leurs harangues
enflammées agissaient comme des décharges électriques
sur l'auditoire. Ils annonçaient les représailles, la revan-
che, le talion. Ils prêchaient identiquement et invariablement la liquidation sociale. Les débiteurs, c'étaient
les riches, les propriétaires, les industriels ; les créan-
ciers, c'étaient les pauvres, les paysans et les ouvriers.
Le procédé était parfaitement simple : il consistait dans
un changement de front : on mettait les uns à la place
des autres et tout était dit. Ces hommes-là étaient de
bonne foi, j'en suis convaincu. Ils croyaient fermement
qu'une poignée d'individus absorbait une substance suffisante à faire vivre des millions de leurs semblables.
Voilà les doctrines économiques que la méditation avait
enseignées aux prisonniers de Doullens et du mont Saint-
Michel.

La France, on peut le dire sans métaphore, a vécu en
dehors des lois de la gravitation pendant plusieurs jours.
Il est impossible d'expliquer par quelle cause elle main-
tenait son centre de gravité. Heureusement il y a chez
tous les peuples une certaine dose de bon sens qui ré-
siste à toutes les secousses. Si la ville de Pompeï n'avait
été couverte de cendres que jusqu'à la hauteur des toi-
tures de ses maisons, ses habitants auraient pu survivre
et la désencombrer. Le volcan de février laissait à peine
à la France ensevelie sous la lave un interstice pour respirer : la France a vécu par cet orifice ; la France est
immortelle.

La logique des choses devait produire bien vite les

conséquences renfermées dans de pareilles prémisses. La démagogie tonnait par ses journaux et dans ses clubs. Les paroles étaient mûres; elles allaient devenir des faits. Les journées de juin étaient contenues dans les journées de février, comme le fruit dans la fleur.

Je voudrais pour l'instruction de nos descendants que cette horrible mêlée rencontrât un historien de génie. Athènes, Rome, Constantinople ont été livrées au pillage et mises à sac, mais par les Goths, les Vandales et les Musulmans. Ces ouragans de bêtes fauves ne sortaient pas de dessous terre à la manière des insectes produits par la tempête. Le Hun ne campait pas dans le Champ-de-Mars; il ne recevait pas une haute paye pour organiser le pillage de la ville éternelle.

Ah! j'entends encore le crépitement de la fusillade. J'entends encore la note grave du canon au milieu de cet horrible concert de la mitraille. Des citoyens égorgeaient des citoyens. Le Caïn des sociétés secrètes retroussait jusqu'au coude son bras rouge de sang pour exécuter sa besogne fratricide.

Il y eut un élan sublime. La France se leva tout entière. Tous les hommes de cœur saisirent une arme et se dirent que mieux valait la mort qu'un régime hideux et déshonorant. Mourir pour mourir, mieux valait tomber sous une balle que de porter sa tête à l'abattoir.

La République reçut un coup mortel dans cette bagarre; mais, chose bien plus triste, le même coup frappait la liberté. Dieu sait quand cette blessure profonde sera guérie!

J'ai voulu vous peindre le caractère général de la révo-

lution de février à Paris. Mes dernières illusions républicaines s'évanouirent aux journées de juin. Un voyage que
j'avais fait en province au moment des élections les
avait déjà fortement ébranlées.

Je reprends le récit de mes faits et gestes au lendemain
de la révolution. Comme tous les bons citoyens, je pris
les armes. Je contribuai de ma plume et de ma parole à
répandre quelques idées saines et à lutter contre le torrent d'inepties qui inondait la France.

Mes amis de province, surpris à l'improviste par l'événement de février et forcés de se réveiller républicains
après s'être couchés monarchistes, n'acceptaient pas la
République avec une parfaite résignation. Je reçus un
grand nombre de lettres. On me consultait. On me demandait mon opinion. Que fallait-il faire ? Je répondis
sans hésiter : ralliez-vous à la République et au gouvernement provisoire, sous peine de tomber dans le chaos,
il faut accepter l'ombre d'autorité qui siége à l'Hôtel-de-
Ville. Si ce n'est pas une réalité, c'est au moins un
symbole. Mettons sous nos pieds tous nos dissentiments
et sauvons la France agonisante.

Mes lettres eurent un très-grand succès. Elles furent
pour ainsi dire mises en circulation et colportées de commune en commune. Quelques-uns de mes compatriotes,
après les avoir lues, émirent l'idée de mettre mon nom
en avant pour une candidature aux élections de l'Assemblée Constituante. On m'écrivit dans ce sens. J'avais
juste l'âge voulu, vingt-cinq ans. J'hésitai pendant
quelques jours. J'allai consulter mon oracle. Madame Daramon se prononça sur-le-champ.

— Il faut partir, me dit-elle. Vos amis vous tendent la main. Je suis au comble de mes souhaits. Je vais vous donner une lettre d'introduction auprès de ma famille. Vous savez que mon père possède une très-grande influence dans l'arrondissement voisin du vôtre ; il vous connaît de nom ; je l'ai souvent entretenu des services que vous m'avez rendus. Faites, il le faut.

IV

Au sud-est de la France, il y a une région où le Rhône et la Loire se coudoient pour ainsi dire. Ils sont à peine séparés par une chaîne de montagnes. Le Rhône se dirige vers la Méditerranée, la Loire vers l'Océan. Les deux fleuves se tournent le dos après avoir partagé les mêmes sources. Le point culminant des Cévennes s'appelle le Mezzin. Le Mezzin est une réduction colossale du Mont-Blanc. De là, comme d'un tronc, rayonnent en branches innombrables les Alpes intérieures du midi de la France. Le panorama dont on jouit de ce faîte pivotal est incomparable. Les montagnes secondaires apparaissent dans le lointain sous forme de gradins : c'est un véritable escalier de géants. Une des plus remarquables porte le nom du Pilat (Mons Pilati). La légende en fait le tombeau de Ponce Pilate. Il a la tête dans les nuages ; par les pieds, il ressemble à un arbre dont une érosion de terrain aurait mis les racines à nu. Ces racines constituent des monticules intermédiaires qui lui servent de contreforts ; elles aboutissent toutes à une grande vallée qui, au moyen de deux tunnels, met en communication les deux fleuves.

Je suis un enfant de cette vallée. Son cours d'eau, devenu un égout, ne charroie plus que des scories. La végétation a disparu de ses bords. Les arbres ont fait place à des obélisques d'où jaillit une fumée épaisse. Les pâturages ont été transformés en docks. L'industrie en a chassé l'agriculture.

Les causes de cette transformation sont bien simples : les révolutions géologiques y ont accumulé à une certaine profondeur d'immenses dépôts houillers. La houille est l'âme de nos manufactures.

Rien ne peut peindre la physionomie étrange de cette région. Le jour, c'est un désert aride dont la seule végétation consiste dans les appareils innombrables élevés par la main de l'homme et dont les silhouettes noires se profilent dans le ciel. On dit d'un grand port : une forêt de mâts. Vous pouvez sans hyperbole employer ici une locution analogue. Vous avez devant vous une forêt de cheminées ; un brouillard épais la recouvre d'un couvercle de vapeurs denses et fuligineuses : on dirait d'une marmite en ébullition. Cette atmosphère se balance entre ciel et terre, laissant apercevoir une mince bande d'azur sur ses bords et pénétrer une faible lumière par de rares échancrures.

La nuit, vu de haut, le spectacle de cette usine qui règne presque sans interruption sur un parcours de douze kilomètres, donne une idée assez exacte d'un Tartare quelconque. Les fours à coke allument leurs guirlandes de feu et les font courir en espaliers tout le long de la rivière. Les hauts fourneaux lancent des gerbes de flammes, leurs soupiraux ressemblent à des volcans

en miniature. De leurs foyers, les usines lancent aussi des
éclairs et des myriades d'étincelles ; la terre est saupou-
drée d'étoiles. Un convoi de chemin de fer passe et jette
au passage le cri strident de sa locomotive Cette plainte
de la vapeur semble réveiller les voix endormies de la
vallée. Le chœur des machines éclate à cette provocation.
Leurs poumons d'acier exhalent des soupirs déchirants.
C'est un horrible concert. Le voyageur, emporté dans un
courant fantastique, côtoie l'invraisemblable. Il aperçoit
avec stupeur des hommes nus jusqu'à la ceinture s'agitant autour de brasiers énormes. Les uns tordent les
métaux, les autres fondent le verre. C'est une vision,
un éblouissement. Le spectateur naïf, au milieu de cette
fournaise, se demande s'il est entré dans le royaume du
feu ou la patrie des salamandres. A peine s'il a le temps
de recueillir ses sens : le convoi passe, le spectacle magique s'est évanoui.

La croûte superficielle de la vallée est bien originale ;
mais ses entrailles géologiques (je me place au point de
vue de l'artiste) offrent des aspects plus extraordinaires
encore. Voulez-vous me suivre ? Prenez ce chapeau de
mineur : il 'est en tôle : endossez ce vêtement de toile
goudronnée : nous allons faire une descente dans les entrailles de la terre. Oubliez vos souvenirs classiques :
les héros de l'épopée pénètrent dans les enfers par des
chemins battus, par de véritables routes royales. Nous
entreprenons une besogne plus dangereuse. Nous allons
être suspendus sur un abîme par de simples cordages, et
au moyen d'un véhicule qui fonctionne verticalement, on
va nous descendre à une profondeur d'un demi-kilomè-

tre. Nous y sommes. Cela vous paraît plus imposant que
les catacombes romaines. Suivons notre guide? Voici un
carrefour : il sert de point de repère à des centaines de
kilomètres de chemin de fer qui se croisent et s'entre-
croisent comme les fils d'un écheveau embrouillé par un
enfant capricieux. Apercevez-vous ces innombrables lueurs
qui ressemblent à des vers luisants? ce sont des lampes, des
ombres s'agitent tout autour; on dirait des cyclopes : les
mineurs arrachent la houille avec leurs pics. J'entends
un bruit sourd et lointain, un roulement de tonnerre.
Prenez garde, rangez-vous : c'est un convoi de charbon;
il va suspendre ses wagons à la corde qui nous a descendus et qui les hissera à l'orifice. Tiens, voici une rivière !
ses eaux noirâtres ne se promènent pas dans une prairie
de M. de Florian. Est-ce un affluent du Styx ? C'est une
source dont on a coupé la veine et dont il faut épuiser le
réservoir. Une pompe gigantesque, placée à la surface,
aspire les larmes de la naïade charbonnière ; un enfant
qui boit avec une paille dans un verre éprouve moins
de fatigue que l'engin merveilleux. Prenez garde qu'il
ne se détraque. La lutte contre les éléments est inces-
sante, c'est un duel à mort. Malheur à qui se laisse surprendre ! malheur au vaincu! La vie de plusieurs milliers d'hommes tient à la solidité d'un ressort. L'inondation , plus terrible que l'avalanche , plane comme
une menace perpétuelle sur la tête de tous les travailleurs. Ce n'est pas tout ; entendez-vous ce crépitement?
— cela ressemble à un cliquetis d'étincelles — fermez bien
votre lampe avec son grillage. Vous êtes en face du *feu gri-
sou* ; il vous enveloppe de son atmosphère subtile ; vous

le respirez. Ah! l'horrible monstre guette sa proie; il joue avec elle. Une imprudence! c'est la mort foudroyante! un accident! Le champ de travail, plus avide que les champs de bataille, va se couvrir de cadavres.

L'exploitation de la houille remonte à plus d'un siècle. Le champ des travaux a d'abord été très-limité. Par des inductions géologiques et par des constatations à la surface, les hommes spéciaux ont démontré que la nappe houillère occupait un périmètre beaucoup plus vaste. Des explorateurs hardis ont attaqué le filon par son affleurement extrême, sur les bords de la Loire, et de proche en proche les recherches intermédiaires ont amené le centre des exploitations jusqu'à Saint-Étienne. Saint-Étienne est aujourd'hui le chef-lieu des industries dont le charbon fait la base.

Chose bizarre! pendant ce temps-là, tout à côté, comme une fleur dans un bourbier, surgissait l'industrie des rubans. Quel contraste! quelle antithèse! Ces délicats et vaporeux tissus, ces nuages de soie et de velours, ces écharpes de gaze qui couronnent les femmes comme des auréoles; toutes ces féeries de la mode subissent leurs transformations parallèlement à celles de la fonte et de l'acier.

Voilà le milieu dans lequel je venais assister au fonctionnement du suffrage universel. Voilà la population à laquelle je venais enseigner la République. Je trouvai le terrain singulièrement bouleversé. La République était dépassée. Dans mon canton, je me heurtai au socialisme. Je dois dire que je m'attendais à cette rencontre.

7.

Mon séjour à Paris ne m'empêchait pas de venir tous les ans passer l'automne dans mes propriétés. Un fait bizarre me frappait de plus en plus à chaque nouveau voyage. Je remarquais chez certains individus de mon voisinage des allures étranges, un maintien de néophyte et de sectaire. Ces hommes qui me témoignaient autrefois un respect amical, affectaient vis-à-vis de moi un air hautain. J'avais affaire à des quakers : à mon passage, ils gardaient leurs chapeaux sur la tête. Je ne pris pas garde tout d'abord à ces manifestations négatives. Élevé au milieu des paysans et des ouvriers, je considérais tous ces braves gens comme mes amis et mes camarades. Je parlais leur dialecte ; je prenais part à leurs jeux et à leurs fêtes. J'étais, en un mot, adoré de tous. Il est si facile, quand on est riche, de faire un peu de bien et de se faire aimer. Le souvenir de ma vénérable aïeule planait sur ma tête. Elle avait élevé ou guéri tout le monde. Du reste, la rondeur de mes manières et le véritable attachement que je portais à cette excellente population auraient suffi à me gagner tous les cœurs. Je finis par me préoccuper de ces attitudes nouvelles. Je me livrai à une espèce d'enquête. Il me fut répondu que depuis plusieurs années, depuis mon départ pour Paris, il se faisait un travail de propagande souterraine au milieu de nos ouvriers, dont la marche et les progrès se trahissaient de loin en loin par des manifestations dans le genre de celle-ci.

J'appris que des apôtres, des initiateurs, étaient venus prêcher l'évangile communiste. M. Cabet avait choisi cette fraction du département de la Loire comme champ d'expérience. Ses mandataires enrégimentaient des adhérents en vue de je ne sais quelle utopie immonde ; ils vendaient la bonne nouvelle de la fraternité universelle moyennant une cotisation ; ils enrôlaient des pionniers pour je ne sais quelle colonisation lointaine où devaient se réaliser les miracles de l'Icarie, loin d'une civilisation marâtre. Il ne se contentait pas de faire prêcher ses doctrines, il les consignait dans un journal mis par sa rédaction à la portée des intelligences les plus humbles. *Le Populaire* comptait plus de deux mille abonnés dans l'arrondissement de Saint-Étienne.

Cette singulière publication faisait sans bruit le procès à la société moderne. L'habile écrivain savait se tenir à une distance respectueuse du code pénal. Il ne s'attaquait qu'aux abus notoires, aux abus qui choquent les yeux et le cœur des simples, il prêchait la fraternité et le sacrifice. Ces paroles évangéliques sonnaient creux et faux. Il fallait une certaine expérience pour dégager le vrai sous le fatras des mots. Les initiés lisaient admirablement entre les lignes : le troupeau prenait la chose au pied de la lettre.

Une émigration, à la manière irlandaise, se préparait autour de nous. M. Cabet, convaincu que l'utopie communiste était impossible en France, invitait ses adeptes à réaliser leur petit pécule et à le suivre en Amérique, où il avait acheté, avec l'argent des cotisations, un immense territoire, futur emplacement de la colonie-modèle, où l'on devait réaliser tous les bienfaits de la civilisation après en avoir laissé toutes les misères sur l'autre bord de l'Atlantique. Les Icariens, ils avaient fini par adopter

le nom de la terre promise, montraient l'engouement et
la foi des Mormons. Quelques-uns d'entre eux, les plus
fanatiques, sont dans le Texas, mourir de fatigue et
d'épuisement, après avoir défriché quelques hectares de
terrain.

J'essayai de combattre ce courant d'idées déraisonnables. Je sentais d'instinct le péril de cette propagande. Je
fis part de mes craintes à des personnages considérables;
on les traita de vision et l'on me déclara que des hommes
qui se préparent à émigrer n'étaient pas dangereux.

Le lendemain de la révolution, ce fut autre chose. Les
émigrants s'arrêtèrent. L'Icarie venait à eux.

En effet, Paris n'expédiait pas seulement des proconsuls aux provinces, il leur dépêchait par le même
courrier des initiateurs. Dans les régions exclusivement
agricoles, ces procédés pour républicaniser les habitants
n'offraient pas de graves dangers; dans les pays de
manufactures, le péril fut immédiat. N'oubliez pas la
crise produite par la panique, le chômage des ateliers
et des usines. C'était une véritable décomposition. Le
socialisme et le communisme fermentaient dans les masses
comme un levain caché, tandis que sur leurs têtes descendait une parole officielle, pleine d'excitation et de promesses impossibles à tenir. La bombe était venue éclater
dans un magasin de poudre.

Je trouvai mon département en combustion. Deux camps
se trouvaient en présence. C'est à grand'peine, si la crainte
des gendarmes et la voix enrouée du proconsul mainte-
naient une trêve apparente en vue des élections.

Lorsque j'arrivai chez moi, il y avait deux comités

électoraux en plein fonctionnement. Après m'être abouché
avec mes amis, je leur déclarai nettement que je n'étais
pas disposé à prendre le mot d'ordre d'un parti et que
j'entendais agir avec une liberté d'action absolue.

Si le suffrage universel est une chose sérieuse, il doit
fonctionner par lui-même et trouver son niveau sans
influence extérieure. Je n'admets pas les candidatures,
d'où qu'elles viennent, du centre ou de la circonférence.
Je comprends néanmoins que dans cette occurrence
terrible, le parti conservateur (et il l'était ce jour-là au
pied de la lettre) ne devait pas laisser à ses adversaires
le bénéfice exclusif de l'association et d'une entente
préalable. Je ne blâmais pas les comités dirigeants; mais
je résolus de ne point demander de passe-port ni de visa,
et de faire tout seul, à mes risques et périls.

Voulez-vous le récit de ma campagne électorale? Il est
pittoresque et instructif. Les naïfs et les enthousiastes y
trouveront un dictame pour leurs illusions. La République, dans le sens moderne du mot, n'est pas même un
mirage. Elle ressemble aux fresques du genre décoratif :
de loin, elle produit un certain trompe-l'œil; de près,
elle est hideuse.

Ma candidature avait été posée sur plusieurs points.
Les journaux avaient inscrit mon nom dans la liste. Je
lançai une profession de foi. Je veux vous la dire : elle
est très-courte. Vous vous rappelez sans doute à quelles
dures épreuves furent mis pendant deux mois, le bon
sens et la langue française. Mon appel aux électeurs
tranche par sa simplicité au milieu de ce torrent de sottises
et de solécismes. Malgré ma jeunesse et mon républi-

canisme à fleur de peau, j'avais conservé le sens commun.

« Candidat, je dois une profession de foi; la voici :

» Je veux la République avec toutes les conséquences » logiques que récèle ce glorieux principe.

» Je veux lui donner trois assises : la religion, la famille et la propriété.

» Je veux une liberté absolue, sans autres limites que l'ordre et le bon sens.

» Je veux rendre accessible à tous l'instruction et l'éducation surtout.

» Je veux un impôt basé sur le revenu.

» Je veux que l'agriculture, entièrement négligée jusqu'à ce jour, marche parallèlement avec l'industrie : ce sont deux forces qu'il faut organiser dans la mesure du possible.

» Avant tout, je veux la paix; je n'accepte d'autre propagande que celle de la raison.

» Telles sont les idées fondamentales qui dirigeront ma conduite.

» GEORGES LACHAL. »

Après avoir lancé ce manifeste, je commençai une tournée électorale. En ma qualité de candidat indépendant, je résolus de visiter les deux camps et de faire entendre une voix conciliatrice aux deux armées ennemies.

Me voilà en route. Je vous fais grâce de l'itinéraire. Je rencontrais partout des sympathies très-vives; mais on ne me dissimulait pas que si je voulais assurer mon élection, il fallait que je figurasse sur la liste du comité central. Le comité central! Je le retrouvais partout sous forme

de comités subalternes, lesquels acceptaient le mot d'ordre
avec une obéissance passive. Cette dérision du suffrage
universel me révoltait, et cependant c'est un mal nécessaire. Le suffrage universel est à la liberté ce que le
brodequin est au patient. Il réduit les individus à l'état
d'atomes. Voulez-vous le ramener à une formule algé-
brique? C'est bien simple : une série des zéros précédés
d'un chiffre quelconque. Le chiffre varie avec les époques.

Notre département avait eu l'honneur de donner le
jour à un illustre républicain de la veille. Ce vétéran des
émeutes et des prisons était venu revoir sa famille et
poser sa candidature. Le parti républicain résolut de faire
une manifestation au profit et à l'occasion de ce singulier personnage. Une souscription fut ouverte pour offrir
un banquet au représentant, que dis-je? au martyr de
l'idée nouvelle. La curiosité, la peur, l'enthousiasme, amenèrent des adhésions sans nombre. Je saisis l'occasion au
vol. Je voulus expérimenter publiquement si la netteté
et la franchise du langage avaient encore quelque prise
sur l'esprit humain. Les porteurs de toasts étaient tenus
de se faire inscrire à l'avance. J'annonçai que je boirais
à la République.

Faut-il vous faire un aveu ? lorsque mon tour de parole
arriva, je cédai à une sorte d'entraînement magnétique.
J'étais hissé sur un banc : le héros de la fête se trouvait
en face de moi. Au commencement de mon improvisation,
je ne l'avais pas encore aperçu ; je me livrais avec une
certaine faconde à des banalités républicaines, lorsque
tout à coup je vis surgir cette tête pâle, grave ; ces yeux
sans flamme habitués à la rêverie des cachots ; ce front

énergique bien qu'intelligent, je fus emporté par l'enthousiasme. Un éclair me traversa le cerveau. Sortant des lieux-communs, je m'adressai directement à ce pionnier fourbu de la démocratie et le saluai du titre de Christophe Colomb d'une Amérique idéale, de la République.

Cela fut dit d'une voix vibrante, avec un accent passionné ; la salle se leva tout entière, mue par une véritables commotion électrique. Je vous jure que j'étais de bonne foi et que j'avais été dupe de mon cœur. Le martyr, excellent homme du reste, après avoir savouré l'ovation avec modestie, vint à moi les larmes dans les yeux, les bras ouverts. Il m'embrassa. A ce spectacle, les cris redoublèrent. Je connais de braves gens qui assistaient à ces agapes de la fraternité, et pour lesquels la république était un véritable cauchemar ; ils pleuraient d'attendrissement. L'homme, remué par certaines émotions, mis en face de certaines perspectives généreuses, s'élève au-dessus de lui-même et devient capable des plus grandes choses. Malheureusement ces situations violentes et excessives, ne peuvent pas durer. Lorsque la crise est passée, nous retombons plus lourdement dans nos préoccupations égoïstes, dans nos craintes et dans nos haines.

Je venais de frapper un grand coup, ma parole avait retenti dans le département, je me crus désormais affranchi de la corvée des clubs. J'avais fait ma visite au père de madame Daramon. Elle avait eu pour résultat de me rendre presque indifférent au résultat de ma candidature. Vous devinez sans peine pourquoi. J'achève le récit de mon odyssée électorale.

J'ai rencontré, chemin faisant, des types bien extraordinaires. Il est des hommes que les événements banals de
la vie recouvrent d'une croûte épaisse : qu'une secousse
sociale leur ouvre une issue, ils se mettent rapidement
en lumière. J'ai à peine besoin de vous dire que ces caractères originaux n'appartenaient pas au parti conservateur. La faction démocratique se réunissait de temps en
temps dans des meetings énormes. On entendait là des
orateurs qui parlaient à la manière d'Érostrate. Leur
parole était une hache, et la société une forêt à abat-
tre. On s'entretenait avec une mystérieuse terreur de
ces conciliabules, je résolus de considérer le monstre
face à face et de lui mettre au besoin la main dans la
gueule.

Sur ces entrefaites, une affiche annonça une espèce
de convention (passez-le-moi ce mot américain, il rend
mieux l'idée) des délégués de toutes les sociétés populaires, dans mon propre canton. La convocation émanait
du comité central directeur, siégeant à Saint-Étienne. Aucun local ne paraissant assez vaste, on indiquait une
plaine située en face du plâtre d'un puits. Ce devait être
un meeting à la façon d'O'Connell en plein soleil.

Vous ignorez peut-être ce qu'est le plâtre d'un puits ?
Figurez-vous une sorte de monticule artificiel, construit
avec les amas de rochers, de schistes et de terre prove-
nant d'une fosse d'extraction. Sur ce terre-plein soigneusement nivelé s'élève un mécanisme très-simple. Aux
quatre angles du gouffre béant, on plante quatre pou-
trelles qui deviennent la nervure d'un échafaudage porteur des poulies sur lesquelles se dévident les câbles. Ces

cordages tirent la benne. La benne est un petit wagon
destiné au transport de la houille, tantôt horizontalement
sur des rails, tantôt verticalement au moyen des poulies.
Cet assemblage de madriers offre un coup d'œil très-pit-
toresque. Le vargue (c'est le nom du mécanisme) se dé-
coupe sur un ciel transparent. La manœuvre commence;
les engins fonctionnent; vous diriez un gymnase. Voulez-
vous éprouver une émotion véritable? voyez paraître et disparaître à l'orifice du puits ces brigades d'ouvriers, munis
d'une lampe et recouverts de leurs casques de tôle; songez
aux périls de ces héroïques travailleurs suspendus sur l'a-
bîme par un fil : véritablement héroïques, en effet, lorsqu'il s'agit de disputer la vie de leurs camarades à l'inondation, aux éboulements, au feu. Tout à côté vous entendez
les plaintes chromatiques de la machine. Elle fait craquer
ses organes ; de loin en loin, elle pousse un cri aigu. On
dirait le rugissement de la matière domptée. Prenez
garde, si votre surveillance devient intermittente, elle
vous dévorera.

Le *chevalement* du puits était recouvert d'une vaste
toiture en planches symétriquement assemblées. Du terre-
plein, ou *plâtre*, le regard dominait une plaine semi-
circulaire où manœuvraient dans un véritable ordre de
bataille les sections de la société populaire ayant chacune
un chef à leur tête. Cette foule, mue par une impulsion
énergique et intelligente, évoluait comme une armée.
J'étais émerveillé et je faisais un rapprochement involontaire entre le peuple et la puissante machine à vapeur
que je viens de vous décrire. Si la force populaire échappait, par un caprice violent, à l'habile mécanicien qui la

dirige, soyez sûr qu'elle éclaterait en répandant la ruine et la mort autour d'elle.

Le *plâtre* avait été disposé pour servir de tribune. Sur cette esplanade se pressait l'état-major des bandes populaires. La réunion était solennelle ; elle avait pour but de discuter les titres des divers candidats. Quelques-uns étaient présents ; le plus grand nombre s'en était remis à l'éloquence d'un parrain. Je distinguai bien vite, au milieu de l'aréopage, deux hommes dont notre département discutait avec passion les titres à l'influence dont ils jouissaient sur les masses. Ces deux hommes occupaient les deux extrémités de l'échelle sociale. L'un était avocat et l'autre cordonnier.

Par quelle série de circonstances M. Justin, ancien conspirateur, ex-émeutier, était-il devenu avocat ? Je n'ai jamais pu le savoir. Mes relations avec lui ont été rares et n'ont jamais franchi les limites d'une courtoisie cérémonieuse. M. Justin possédait une intelligence hors ligne. C'est à lui que le parti populaire devait la savante organisation dont la belle ordonnance se déployait en ce moment devant nous. Cet homme supérieur (je n'exagère pas d'une syllabe) voilait sous des formes vulgaires une âme de feu. Il était capable d'un travail énorme, vingt heures par jour. Sa probité était scrupuleuse. Il jouissait d'une réputation indiscutable. Sa parole était bienveillante ; ses allures étaient modestes. Je vous entends : comment cet homme-là pouvait-il vous être répulsif ? — C'était un fanatique. Malgré son masque de modération, malgré ses lunettes, son regard trahissait le fond de sa pensée. M. Justin appartenait à la secte

des démocrates autoritaires. Il était prêt à sacrifier la civilisation, sa famille, sa propre personne, à ce que, dans
leur jargon, ses coreligionnaires appellent la souveraineté du but. Il aurait fauché ses contemporains, il les
aurait mis en coupe réglée, pour que la génération suivante
se présentât comme un regain conforme à l'idéal de justice qui fermentait dans sa tête. Il avait une doctrine
exégétique, discrète, parfaitement présentable. Ce n'était
pas chose facile que de pénétrer dans son for intérieur.
Ses théories véritables étaient implicites; il les enveloppait d'un nuage habile. Du reste il les considérait comme
prématurées. C'était avant tout un homme intelligent et
pratique. Il luttait contre les impatiences et les impru-
dences. Il était parvenu à museler le tigre populaire; il le
menait littéralement en laisse. Sa conduite était un mélange de prudence et d'énergie qui le font à mes yeux
l'égal des hommes les plus remarquables de tous les
temps. La suite des événements a brisé sa carrière;
il est allé s'éteindre dans un emploi modeste. Il était
orateur du premier ordre. Je l'ai entendu plusieurs fois,
malgré l'état de siége, en présence de la force armée,
aller jusqu'aux limites de sa pensée audacieuse, avec une
modération de langage, avec un bonheur d'expression
qui auraient fait honneur à Démosthènes. Le jour dont je
vous parle, il se surpassa lui-même.

Le *citoyen* Rachoux, suivant la formule, était un cordonnier promu aux honneurs du tribunat. Je n'ai jamais
pu m'expliquer les causes de la popularité de ce personnage insignifiant. La qualité dominante du citoyen Rachoux me paraissait être une bonté véritable, une sorte de

mansuétude onctueuse et pénétrante. Son langage ressemblait à sa physionomie ; c'était un mélange de pathos démocratique et de vulgarité sentimentale. Il y avait en lui de l'apôtre et du bouffon. Au besoin il se fût transformé en bourreau comme Saint-Just. Les commotions populaires font surgir des hommes qui ressemblent à des nuages chargés de fluide électrique : soutirez-les, ils sont inoffensifs ; qu'ils éclatent, ils deviennent meurtriers. Ils condensent toute l'électricité ambiante et n'ont d'autre mérite que d'exprimer fidèlement la pensée et les tendances générales, véritables soupiraux par où s'exhalent les sensations naïves et impersonnelles de la foule.

Je ferme cette longue parenthèse et je reviens à la séance du parlement populaire. Je vous ai décrit la scène et les deux principaux acteurs. Passons à la représentation.

M. Justin, le citoyen Rachoux et les principaux dignitaires s'avancent sur le bord de l'estrade. Le silence succède au bruit ; le flux et le reflux font place à une immobilité complète.

Je vous épargne les harangues des candidats et même celle du citoyen Rachoux. Je me bornerai à vous entretenir de M. Justin.

Il fait signe qu'il va parler : applaudissements frénétiques. Je le vois et je l'entends encore. Il parla pendant plus d'une heure et développa avec une élégance nerveuse et simple le programme de la révolution. Je vous assure que c'était un spectacle grandiose que celui de cet homme maniant cette multitude et la faisant rire et

pleurer tour à tour. Elle lui répondait comme le chœur
d'une tragédie grecque : le discours devenait alors un
véritable dialogue. Des rumeurs, tantôt sourdes, tantôt
éclatantes jaillissaient de ces masses profondes. M. Justin
promenait les doigts sur ce clavier avec le savoir-faire
d'un artiste supérieur. L'auditoire rendait tous les sons
qu'il lui demandait.

Était-ce calcul? était-ce modestie? je penche pour cette
dernière interprétation, cet homme s'effaçait devant la
grande image de la révolution. Il se présentait comme
un ouvrier subalterne de l'œuvre commune; il n'était
pas même candidat !

Lorsqu'il eut fini son discours, il annonça que les
candidats allaient être soumis à une élection préparatoire
par l'élévation des mains. Toutefois, ajouta-t-il, un candidat qui ne figure pas sur la liste préparatoire demande
à être entendu. Nous ne pouvons lui refuser cette faveur.
Il eut même la courtoisie de dire deux ou trois paroles
gracieuses à l'endroit du nouvel orateur. C'était moi.

Je m'avançai sur les *hustings*. La foule, émue, agitée,
se soulevait en vagues profondes. Sur un geste de M. Justin, véritable *quos ego*, le silence se rétablit comme par
enchantement.

J'avais acquis, grâce à mes pérégrinations électorales,
une facilité de paroles qui me permettait de paraître
en public sans aucune émotion. J'abordai résolûment
mon auditoire.

La République, telle que je la comprenais, n'avait
aucune analogie avec celle de M. Justin et de son école.
Le socialisme en était soigneusement banni ; elle avait

pour base la liberté absolue. Je m'emparai de cette thèse
et la développai avec énergie.

La foule, livrée à elle-même, recèle tous les nobles
instincts ; elle est sympathique à toutes les idées généreuses. Parlez grand et parlez juste : elle vous applaudira ;
elle se laissera prendre comme une femme, par les yeux,
par les oreilles et par le cœur. Au bout de dix minutes,
j'étais maître de mon public : je lui fis parcourir toute la
gamme des sentiments généreux. Je lui parlai de sa
misère héroïquement mise au service de la République
bégayante ; je lui fis entrevoir dans un horizon prochain
non pas les mirages de l'utopie, mais les réalités sévères
de la science. Je lui parlai de son rachat par la lutte
contre l'ignorance et les préjugés. Je lui annonçai son
avènement à la vie civilisée par l'instruction et par l'éducation. Enfin je terminai par un appel ardent à la con-
ciliation et à la véritable fraternité qui ne se décrète
pas.

Je venais de conquérir une seconde fois mon élection.
Malheureusement je touchai sur un écueil que j'étais bien
résolu de ne pas éviter, au risque d'y faire naufrage. Les
meneurs témoins de mon succès n'ignoraient pas mes
véritables sentiments à l'égard de leur symbole politique, ils ne me permirent pas de quitter la tribune sans
répondre à deux ou trois questions qu'ils tenaient en
réserve comme une pierre de touche pour vérifier le titre
et l'alliage des candidatures.

On me demanda :

Que pensez-vous du droit au travail et de l'impôt progressif ?

Je répondis sans hésitation que je repoussais ces deux idées.

Cette déclaration était un suicide. Je le savais; je n'étais pas venu conquérir les suffrages d'un troupeau de moutons, mais ceux d'hommes libres dont l'intelligence n'était pas captive de ces nouveaux commandements démocratiques, et dont la main pouvait déposer un bulletin dans l'urne sans attendre une consigne.

Je voulais développer ma pensée et soutenir la discussion. Il me fut répondu que mes sentiments étaient suffisamment connus et que plusieurs candidats n'ayant pas pu assister à la réunion, le scrutin de liste dressé par le bureau central serait soumis au vote des délégués choisi dans une réunion générale dont on indiquait le jour et l'heure.

Le jour de l'élection arriva. Je ne fus pas élu. J'obtins un chiffre de voix assez imposant pour consoler mon amour-propre et me convaincre que si j'avais voulu céder sur certains points de doctrine j'aurais occupé un des premiers rangs de la liste victorieuse.

Vous le voyez, mon cher monsieur, quand ce n'est pas l'impuissance, c'est la fatalité qui m'arrête au passage.

V

Mon récit ne se comporte pas comme une tragédie classique. J'ai déjà transgressé deux fois la règle des unités. Je ne tiens compte ni des lieux ni du temps. Mes acteurs paraissent et disparaissent successivement, et toute l'action pivote sur mon humble personnage. J'invoque comme excuses votre infatigable attention. Je vous invite à me suivre dans une autre région du département de la Loire. Nous allons sortir de la contrée industrielle pour entrer dans une espèce d'Arcadie. Ne souriez pas : mon expression n'a rien d'hyperbolique, car le pays dans lequel nous allons nous mouvoir a été l'objet des chants d'un véritable Arcadien. Je vous conduis tout droit dans la patrie d'Honoré d'Urfé, de pastorale mémoire. Le Lignon et ses galantes bergeries chantent encore la mémoire de certaines douairières. Je refais à votre usage une seconde édition de *l'Astrée*. Seulement je vous préviens que je suis de mon époque et que je ne vois pas la nature à travers une gaze, sous forme d'un décor d'opéra comique. Je l'admire telle qu'elle est. Je brise la coupe écumante des bergers en culottes de satin, armés de houlettes à faveurs roses, et je prends le lait directement à la mamelle.

Ceci entendu, je vais vous faire connaître ma vieille province. Le Forez, nom significatif, se divise en deux zones bien distinctes : la région industrielle que je vous ai décrite et la région agricole. La première, à l'époque féodale, s'appelait le Jarrez. La seconde, le Forez proprement dit, consiste en une vaste plaine bornée dans tous les sens par les rameaux inférieurs des Cévennes ; figurez-vous l'emplacement d'un ancien lac. La Loire parcourt cette vaste surface sur une centaine de kilomètres.

La Loire, fille des Cévennes, pénètre dans le Forez, après avoir circulé dans une espèce de gorge dont les accidents peuvent au point de vue pittoresque supporter la comparaison avec les bords beaucoup plus cé-

lèbres du Rhin. Rendez-la navigable jusqu'à sa source et
le fameux voyage de Mayence à Cologne aura trouvé son
équivalent. Ruines féodales, vieux couvents transformés
en villages, chartreuses désertes devenues le repaire des
loups et des aigles, sommets à pic suspendus sur des
abîmes, vous rencontrerez là toutes les perspectives. Le
chemin de fer de Saint-Étienne au Puy court sur une
corniche tout le long du fleuve. Les ponts et les viaducs
ouvrent sur les vallées transversales des horizons enchan-
teurs. Ces ravins, surtout ceux de la rive droite, grimpent
en pentes abruptes et quelquefois au moyen de cascades
vertigineuses jusqu'à la base du Mezzin. La vieille mon-
tagne ressemble à un vieux Burgrave au milieu d'une famille de géants au berceau. Elle se hausse pour regarder
alternativement dans le Rhône et dans la Loire et baigne
littéralement un pied dans chaque fleuve.

La Loire est un torrent tant qu'elle coule entre deux
murs de rochers ; une fois dans la plaine, elle adopte
cette allure majestueuse qu'elle ne quitte plus jusqu'à
son embouchure ; elle se resserre une dernière fois à une
faible distance de Feurs où avec votre permission je transporte mon attirail scénique.

Feurs est le Forum Segusiavorum. Nous, les enfants
du Forez, nous sommes les fils d'un clan gaulois qui gra-
vita dans l'orbite politique de la grande tribu des Arver-
nes. Nos pères ont combattu avec Vercingétorix. Ils ont
été vaincus avec l'héroïque champion de l'indépendance
celtique. Les preuves de la conquête romaine sont écrites
en caractères indélébiles dans les débris des camps, des
voies et des cités. En résumé, comme le reste de la

France, nous sommes un amalgame des trois peuples qui se sont superposés les uns sur les autres en guise d'alluvions. Nos paysans sont des Celtes; notre bourgeoisie est gallo-romaine, et notre noblesse, si toutefois elle existe encore, franque. Dans quelle proportion ces éléments se sont-ils fondus? Il est bien difficile de le dire. Nous avons été broyés par la conquête. Aujourd'hui, grâce au mouvement de 89, l'œuvre d'assimilation est devenue si complète qu'il serait impossible de remonter par l'analyse aux éléments constitutifs du Français moderne.

A plusieurs kilomètres de Feurs, s'élève le village de... C'est là que résidait toute l'année le père de madame Daramon. J'avais profité de ma tournée électorale pour lui faire une visite.

M. Tisseur appartenait à une de ces vieilles familles si communes dans ma province, où les traditions roturières remontent beaucoup plus loin que les prétentions nobiliaires. La propriété dans laquelle il résidait ne représentait qu'une portion insignifiante de sa fortune. Son véritable patrimoine se trouvait situé à une certaine distance dans un canton montagneux. Il était descendu dans la plaine sollicité par les devoirs d'une fonction que ses amis politiques, un ancien ministre de la Restauration et et un haut dignitaire du gouvernement de Juillet, lui avaient pour ainsi dire imposée. Il était juge de paix, mais à la manière anglaise, avec la considération et l'influence que donnent une intelligence remarquable et une grande situation. Malheureusement il était d'une santé délicate, et lorsque je me présentai chez lui, il paraissait en proie à

une véritable maladie de langueur. Les procès retentis-
sants de sa fille l'avaient brisé.

Je fus reçu avec une cordialité affectueuse. M. Tisseur
pratiquait cette hospitalité dont les traditions se perdent
de jour en jour. Je fus présenté à madame Tisseur et à
mademoiselle Tisseur.

Me voici en présence de la charmante jeune fille dont
m'avait entretenu si souvent madame Daramon. M. Tisseur, qui ne soupçonnait pas un gendre dans le candidat,
solliciteur de suffrages, me laissa toute liberté dans
mes rapports avec mademoiselle Anaïs. Celle-ci, au nom
de madame Daramon, me fit un accueil charmant : je
venais de la part d'une sœur tendrement chérie, dont
aucun soupçon, aucun nuage, n'avaient encore terni le
souvenir dans son âme jeune et candide.

Vous connaissez maintenant la famille qui a exercé
une influence décisive sur ma vie. Le père, rongé par le
chagrin, mourut quelques mois après notre première
entrevue. Je n'ai pas à m'en occuper, si ce n'est pour
pleurer sa mort et déplorer son absence au moment de
la crise intervenue entre moi et les parents maternels de
sa fille. Pour madame Tisseur, c'est autre chose. J'ai lutté
deux ans contre elle, elle m'a fait cruellement souffrir ;
elle m'a vaincu, grâce au concours d'un puissant auxi-
liaire, d'un prêtre, son frère.

Madame Tisseur était ce qu'on appelle une femme
pieuse. Mariée très-jeune à un homme admirablement
beau, elle aimait son mari d'une affection jalouse. M. Tisseur avait soumis cet amour à de rudes épreuves. Elle
s'était réfugiée dans les pratiques d'une dévotion minu-

tieuse, comme dans une citadelle. Son frère lui donnait
l'exemple ; devenu veuf, il s'était fait prêtre. Malheureuse en ménage, ou du moins négligée, madame Tisseur
se fit religieuse. C'était un mauvais calcul. N'importe !
elle s'était barricadée dans son for intérieur et semblait se dégager peu à peu de toute attache terrestre ;
L'âge et la maladie lui avaient ramené M. Tisseur : elle
l'accueillit comme un infirme et le soigna comme une
sœur de charité. L'épouse avait disparu et la sainte était
en train d'étouffer la mère. Les malheurs de sa fille, elle
les avait subis à titre d'épreuve, les offrant à Dieu sous
forme de sacrifice et s'en faisant un échelon pour esca-
lader le ciel. Elle avait élevé cette fille aînée avec une rare
inintelligence. A force de la faire plier sous le joug religieux, elle avait amené madame Daramon à considérer
le mariage comme une sorte d'émancipation. Grâce à son
père, mademoiselle Anaïs avait pu vivre en dehors de
l'atmosphère stupéfiante dans laquelle madame Tisseur
aurait voulu plonger tous ceux qui lui étaient chers. Ses
deux jeunes filles, Céline et Anaïs, ressemblaient à leur
père, nature exubérante et peu souple à la discipline mo-
nastique. Madame Tisseur était arrivée avec le temps à
considérer madame Daramon comme une espèce de brebis
galeuse dont le contact était dangereux ; et bien loin de
lui ouvrir les bras et de lui faire aimer la maison paternelle, elle avait fini par l'en chasser par ses obsessions
déraisonnables et ses pratiques de couvent.

Madame Tisseur m'apparut pour la première fois sous
l'aspect d'une ménagère modeste. M. Tisseur se révélait
en véritable grand seigneur, hospitalier, les deux mains

8.

ouvertes, luttant avec lassitude contre les petitesses de sa
femme. La dévotion n'exclut pas la parcimonie. On le
voyait plier sous le joug de cette patiente et énergique volonté. Je saisis d'un coup d'œil toutes ces nuances et je
les enregistrai soigneusement dans ma mémoire. Ces détails ont leur importance, vous le verrez plus tard.

Mademoiselle Tisseur était une enfant; elle avait seize
ans. Je pénétrais dans sa famille bien résolu à ne
pas subir d'emblée l'enthousiasme de madame Daramon. J'éprouvai l'impression ordinaire en pareille occurrence; on m'avait tant vanté mademoiselle Anaïs que sa
vue me laissa parfaitement calme et absolument froid.
J'avais les yeux pleins de la beauté éclatante de l'aînée,
grande, vigoureuse, attirant les regards les plus réfractaires. La cadette était une tout autre personne. J'é-
prouvai la sensation d'un homme ébloui par le soleil, qui
pénètre sans transition dans une chambre obscure éclairée
pas une veilleuse. Sa beauté était voilée, silencieuse,
fuyante. Il fallait l'étudier, la comprendre, la deviner;
elle agissait avec lenteur, par gradations ; elle vous pénétrait peu à peu comme un parfum subtil; vous n'y pre-
niez pas garde : elle vous imprégnait, elle s'attachait à
vous d'une manière indélébile. C'est çe qui m'arriva.
A force de contempler cette créature délicate et fine, je
découvrais avec surprise, d'heure en heure, une perfection pour ainsi dire intime et si admirablement fondue
dans l'ensemble, qu'elle échappait à l'attention banale.
Vous le savez, dans une enfant, dans une jeune fille, il
n'y a rien encore de précis, rien d'arrêté; tout est
à l'état flottant, en voie de formation. Si j'osais em-

ployer la phraséologie allemande, je dirais que la jeune
fille est un *devenir*. Barbare ! il me fallut bien longtemps
pour remarquer que mademoiselle Anaïs était faite à la
perfection ; ni petite ni grande, elle avait cette exacte
proportion dans la taille qui nous fait aimer les femmes
parce que nous les trouvons à notre mesure. Ni
brune, ni blonde, sa chevelure était un compromis
entre les nuances extrêmes ; l'ovale de ses traits se
fondait dans une courbe fuyante dont l'œil suivait la
ligne indécise, hésitant et charmé. On dit que les temples
grecs doivent leur harmonie prestigieuse à une courbure
insensible que les architectes, par un prodige de l'art,
ont su dérober aux yeux. Je ne sais quel artiste divin
avait assoupli les traits de cette délicieuse jeune fille. Le
fait est que, lorsqu'on les avait compris, ils vous captivaient
par un charme du même genre. Ses yeux ressemblaient
à des fleurs de myosotis, ils étaient d'un bleu pâle : ils vous
rendaient pensifs et rêveurs. Les oreilles, lorsqu'on pouvait les entrevoir, offraient des lobes creusés dans la na-
cre, d'une délicatesse et d'un contour exquis ; sa bouche
aurait pu à grand'peine loger une petite cerise... je vous
le répète, tout cela ne frappait pas à l'improviste. Il fallait le comprendre, il fallait le déchiffrer.

Le premier jour, j'avais à peine entrevu cette merveilleuse enfant. Cette beauté fuyante se dessina devant moi
seulement après mon départ.

Lorsque je me retirai, je dus prendre l'engagement
de revenir lorsque je retournerais à Paris, et de me charger des commissions de la famille pour madame Daramon. M. Tisseur me promit un concours sans restric-

tion et m'assura que dans la conjoncture difficile où se
trouvait le pays, on était heureux de trouver des
hommes jeunes, intelligents et hardis qui voulussent bien
se jeter dans la bagarre et combattre pour la civilisation.
Il me fit observer d'une manière paternelle que je ferais
sagement de me rattacher au comité central pour assurer
le succès de mon élection. Il me fit les offres de service les
plus gracieuses. Je le remerciai. Avec mon caractère indépendant, je ne comprenais pas la tactique électorale
comme une affiliation.

Nous nous séparâmes les meilleurs amis du monde,
j'avais fait la conquête de cet homme charmant. Mon attitude, mon humeur, mon caractère franc et ouvert paraissaient l'enchanter. Il me prenait par le bras : « Comme
votre père serait heureux de vous voir si jeune et si
mûr ! » ce furent ses dernières paroles.

Quelques jours après les élections, je fis mes préparatifs
de départ pour Paris. J'avais écrit à madame Daramon
l'accueil que j'avais trouvé dans sa famille. Elle s'empressa
de me charger d'une foule de démarches auprès de son
père, dans le but évident de me faciliter une seconde
entrevue avec sa sœur.

La demeure de M. Tisseur se trouvait sur mon passage.
Je m'arrêtai entre deux trains. Il m'accueillit comme un
enfant de la maison. Mademoiselle Tisseur me combla de
prévenances : j'allais voir sa sœur ! J'étais presque un
frère ! L'enfant timide et réservée de la première entrevue
agissait comme une parente ; je fus enivré. Mon imagination avait beaucoup travaillé pendant un mois d'absence.
De ce moment-là, je vous le jure ! je l'aimai de toutes les

puissances de mon âme. Vous avez été amoureux ! Vous comprendrez sans peine mes ravissements et mes transports. Il me semblait impossible que cette adorable enfant ne devînt pas mienne : j'en avais pour caution une sœur tendrement aimée et je sentais que le jour où je tendrais la main à ce galant homme, à ce père, il la serrerait avec empressement.

VI

De retour à Paris, je m'empressai de faire part de mes impressions de voyage à madame Daramon. Je lui fis connaître le gracieux accueil que j'avais reçu de son père et de sa sœur.

— J'ai découvert un trésor. Je suis amoureux.

— J'en étais sûre, me répondit-elle, ai-je bien fait de vous protéger contre l'engouement que vous éprouviez pour une vieille femme? Le bonheur est là, mon cher Georges, dans l'amour de cette jeune fille. Elle m'a écrit, vous lui êtes très-sympathique. Un mot, un geste, et vous serez aimé. Au lieu de gaspiller votre cœur avec des femmes équivoques, vous concentrerez toutes vos affections sur cette charmante tête. Vous en ferez la compagne de votre vie. C'est une cire molle : vous la façonnerez à votre gré, selon vos goûts.

— Ah! chère Céline, vous êtes une providence. Je dépose mon libre arbitre dans vos mains. Commandez, j'obéis. J'aime avec transport; je n'ai ni père ni mère; je n'ai que des parents éloignés. Faites en mon nom la demande de la main de votre sœur.

— Peste! comme vous y allez! ma sœur vient d'avoir

seize ans. Vous en avez juste vingt-cinq. C'est trop tôt. Il n'y a pas péril en la demeure. Soyez tranquille : je vais prendre des mesures pour fermer la porte à tous les concurrents.

— Mais que vais-je devenir pendant ce temps-là ? Je me déclare incapable de tout ; je suis impuissant au travail et au plaisir. Je suis bien malheureux !

— Grand enfant ! Voulez-vous me confier le soin de votre amour ?

— Oui, ma chère Céline. Mais à une condition, c'est que vous abrégerez mon supplice.

— Laissez-moi faire. Voici notre plan de campagne et votre ligne de conduite. Je suis convaincue que mon père, à cause de l'état précaire de sa santé, veut marier ma sœur le plus tôt possible, avant un an peut-être... Vous êtes son fait, j'en suis sûre, allons au-devant de sa pensée, mais sans précipitation... Vous allez quitter Paris.

Je fis un soubresaut.

— Oui, reprit-elle sans s'émouvoir de la stupéfaction que révélait ma figure, vous irez vous installer à Saint-Étienne. Vous avez un diplôme de licencié en droit : c'est à merveille. Vous vous ferez inscrire comme avocat stagiaire au barreau de cette ville. Mon père sera charmé d'apprendre que le candidat aux élections n'est pas simplement un ambitieux à courte haleine et qu'il y a en lui l'étoffe d'un homme sérieux, capable d'embrasser une carrière sérieuse. Vous deviendrez un gendre à souhait. Vous êtes riche ; vous avez fait preuve d'une intelligence remarquable dans vos pérégrinations électorales. Vous embrassez sans découragement une profession difficile. En voilà

cent fois plus qu'il ne faut pour conquérir mon père d'une
manière complète. Aimez-vous réellement ma sœur?

— Pouvez-vous en douter?

— Dame! vous portez si légèrement le deuil de votre
immense passion pour moi, vous paraissez si malheureux
de quitter Paris, que je pourrais bien croire à un feu de
paille dans votre ardente imagination... Allons, je ne veux
pas vous tourmenter... je sens, je vois que vous êtes pour
le coup sérieusement épris. Eh bien, il faut vous résigner
au sacrifice d'aller vivre pendant quelque temps en province. Je ne vous demande qu'un an. Un an d'épreuve,
qu'est-ce cela pour obtenir la main de la plus ravissante
jeune fille du Forez? Lorsque vous serez devenu mon beau-
frère, je vous permettrai, moi, et je vous ferai commander au besoin de jeter le froc aux orties.

Je fus forcé de me rendre à ce raisonnement. Du reste
la perspective de m'installer à une faible distance du séjour de la jeune fille que j'aimais passionnément, la pensée de la voir quelquefois, triomphèrent de mes dernières
hésitations.

Pour adoucir l'amertume de mon éloignement, madame
Daramon me promit de faire comme moi, de renoncer à
la vie parisienne et de s'ensevelir pendant tout le temps
que j'habiterais la province, dans la maison de son père.
Elle devait être un anneau vivant entre sa sœur et moi;
elle devait faire germer ou plutôt grandir dans l'esprit de
son père la pensée de mon mariage et travailler de toutes
ses forces à le rendre aussi prochain que possible.

J'exécutai religieusement la convention. Céline mit
bien une certaine lenteur à quitter Paris; mais enfin, sur

mes instantes prières, elle se décida à tenir sa parole.
Nous restâmes six mois dans cette attitude expectante,
moi fidèle à mon poste, madame Daramon faisant de temps
en temps des fugues à Paris sous prétexte de liquidation
de sa dot. Ces voyages me causaient un mortel déplaisir.
Depuis que j'aimais sa sœur, j'avais beaucoup réfléchi à
la situation de madame Daramon. Cette situation était
délicate. Jusqu'à ce moment, elle avait mené une conduite sinon irréprochable au fond, au moins exemplaire
à la forme. Je n'avais pas cherché à approfondir ce qu'il
y avait de fondé dans les reproches qu'on lui adressait.
Lorsqu'elle était attaquée devant moi, je la défendais.
Mes arguments me paraissaient décisifs, et puis je passais.
Ces discussions ne laissaient pas de traces dans mon esprit; mais lorsque je me trouvai engagé dans le projet
d'épouser sa sœur, tout cela m'apparut sous un jour
beaucoup plus sérieux. J'allais devenir son beau-frère :
nos deux familles allaient se confondre. Les faits insignifiants d'autrefois prirent une tournure tout autre. Je
ne pouvais plus être indifférent à sa conduite, à ses allures, à sa considération dans le monde. Il était formel-
lement convenu entre nous qu'elle vivrait dans mon
intérieur. Je me promettais bien de la faire hono-
rer et respecter. Pour cela, il était sous-entendu
qu'elle se respecterait elle-même. L'homme le plus énergique peut bien se mettre entre la calomnie et sa victime;
mais il est impuissant contre la médisance et même il
court le risque de se compromettre à tenter une pareille
entreprise.

Je souffrais cruellement de ces absences dont les pré-

textes me paraissaient puérils. Sans l'accident fatal qui
précipita les événements, j'aurais provoqué des explications décisives à ce sujet, et peut-être le cours des choses
eût-il été profondément modifié.

M. Tisseur vivait dans un état de langueur continuel.
Tout à coup il se manifesta une crise aiguë dans sa
maladie. Les médecins déclarèrent qu'il était perdu ; il
mourait deux jours plus tard. En présence de ces trois
femmes en pleurs, je me sentis sans courage ; tous mes
scrupules s'évanouirent. Mon amour se retrempa dans
la douleur. Je vis pleurer Anaïs, je pleurai avec elle, et
la sirène, me surprenant dans ces dispositions, nous attira
tous les deux sur son cœur. Elle lut dans mes yeux et
me présenta le front de sa sœur dans ses deux mains,
j'y posai mes lèvres avec transport. Anaïs baissa les yeux
et rougit. Je me mis à genoux ; je lui demandai pardon.
Elle me laissa prendre sa main et me permit cette
fois, sur un regard de Céline, d'y imprimer un long
baiser.

Nous étions fiancés.

Après avoir assisté aux funérailles de M. Tisseur, je
résolus de m'abstenir pendant quelque temps de toute
visite afin de laisser à cette famille en deuil le temps de
pleurer un père tendrement aimé. Je promis d'écrire
J'écrivais tous les jours à madame Daramon. Mes lettres
avaient un double sens et chacune de mes lectrices savait parfaitement trouver ce qui lui revenait. Quelquefois j'oubliais mon rôle, et ma pensée, rejetant toute
entrave, s'adressait directement à celle qui préoccupait
si délicieusement mon âme. C'est le cantique de la jeu-

9

nesse et de l'amour, le cantique des cantiques éternellement vrai, éternellement beau.

« Chère enfant, disais-je après une transition parfaitement maladroite, je vous aime ! je voudrais faire passer
dans cette parole mon âme tout entière. Depuis le jour
où mes lèvres ont touché votre front, j'ai été purifié par
un charbon ardent. Je suis devenu un homme nouveau. J'ai passé par un creuset; j'ai rejeté toutes mes
scories. J'ai connu par vous les transports de l'extase et
les béatitudes de l'absorption dans la personne aimée.
Depuis que j'ai senti votre souffle dans mes cheveux, j'ai
cessé de ramper, je possède des ailes, je suis sorti de
moi-même mu par un ressort intérieur qui rend mes pieds
agiles et mes mains invincibles. Le bien m'apparaît comme
une chose facile, naturelle. Vous m'avez donné le goût du
grand et de l'héroïque. Vous avez fait jaillir de mon
cœur des sources intarissables. Je suis plein de chants et
d'harmonie. La nature est devenue transparente : elle
voile à peine de son rideau mobile et changeant les
splendeurs éternelles. Par vous l'idéal est entré dans le
réel, il jaillit sous mes pas comme une explosion d'étincelles ; il brille dans les cieux avec les rayons du soleil ;
il en tombe avec la clarté des étoiles !

» Ma femme ! ce nom sacré répand un parfum enivrant
sur mes lèvres. Je ne l'avais pas encore compris ; vous
m'en avez révélé le sens. Le mariage ! mais c'est la cité de
Dieu, puisque j'y pénètre par le portique de l'amour. Je
vous aime, chère enfant, d'un amour profond, religieux.
Je me prépare à la mystérieuse initiation comme le ca-
téchumène se préparait au baptême. Je fais dans ma

pensée, dans mon cœur, un dépouillement général, vous
m'avez purifié! Ah! c'est une grave mission que j'ai
acceptée, la mission de vous rendre heureuse. Le mariage
m'apparaît sous un jour sévère. Les fleurs dont il se couvre, grâce à votre beauté, ne m'en font pas perdre de vue
les devoirs. Je suis prêt; je vous en jure ma parole
d'honnête homme.

» Je vous dois à vous-même, à votre libre choix. Je ne
suis pas ce qu'on appelle un croyant, non; je suis simplement un homme de cœur... Près de vous, je me sens
toutes les religions et toutes les appétences élevées. J'ai
faim et soif de Dieu parce que je vous aime.

» Soyez-en bien convaincue, l'exaltation des sens agite
à peine la partie inférieure de mon être : je vous aime
dans la partie éthérée, immortelle, dans mon âme. Je vous
ai fait sur ces hauteurs un sanctuaire inviolable où l'ange
gardien des sentiments purs veille sur votre personne
adorée. Ah! chère-enfant, pardonnez-moi cette exaltation
bénie. Vous avez tué en moi l'égoïsme, il est si bon d'aimer! il est si bon de penser que la femme aimée va
nous appartenir, sous le regard de Dieu, à la face des
hommes; croyez bien que le ciel des cœurs d'élite est
ceci : l'amour dans le mariage.

» Nous en ferons la délicieuse épreuve dans quelques
mois, dans quelques jours. L'amour peut faire des miracles.
L'amour est aussi puissant que la foi. Or vous êtes ma foi
et mon amour : avec ces deux ailes, je me sens capable
de vous emporter dans un monde de félicités. Nous laisse-
rons sous nos pieds le poids de la vie. Avec un vouloir
énergique, on peut conquérir le ciel par anticipation. »

L'amour occupe une grande place dans l'humanité. Les générations se succèdent comme les flots aux flots et toutes sont agitées, soulevées par ce sentiment immortel. Les philosophes et les poëtes en ont sondé les profondeurs : qui d'entre eux osera dire : en voici la formule définitive ! Les surprises des sens et de l'imagination ressemblent à l'amour véritable comme l'ombre à la réalité. La passion se traîne péniblement ; elle se compose d'appétits grossiers. L'amour a des ailes ; il se repaît d'idéal et boit à la coupe du divin. Oui, le divin est l'essence de l'amour. Que faisons-nous tous sur la terre ? Nous rampons. Qui nous élève le front vers les hauteurs ? qui nous surexcite et nous rapproche de Dieu ? — La science ? — Elle nous le fait entrevoir dans un vague et obscur lointain, comme une abstraction froide, relégué dans une région glaciale. L'amour seul, l'amour nous le fait sentir bien mieux que la science ne nous le fait comprendre. Nous sommes des larves. Vienne le rayon de l'amour : la chrysalide s'entr'ouvre ; l'âme prisonnière s'élance, d'un essor vigoureux et monte jusqu'au pied de celui qui est lumière et chaleur. Un philosophe l'a dit : un seul battement de cœur démontre l'existence de Dieu avec bien plus de force que toutes les théodicées. La philosophie use ses syllogismes sur nos esprits indifférents et distraits. Faites que j'aime ! je crois. L'espérance jaillit comme une aurore des profondeurs de l'ignorance. Attendez, le soleil va paraître à son tour. Le voilà ! Il couronne de ses splendeurs irrésistibles les cimes les plus abruptes ; il plonge ses rayons révélateurs dans les recoins les plus sombres où se réfugie le

doute. Ce soleil s'appelle la foi. Voyez, nous escaladons
une échelle merveilleuse : l'amour nous élève jusqu'à
l'espérance ; de là nous embrassons la foi. Or la foi au
vrai, au bien et au beau, qu'est-ce autre chose que la
croyance en Dieu ?

Ces prodiges, c'est le regard chaste et pur d'une jeune
fille qui les accomplit.

Voilà le thème que je développais à ma fiancée sous
mille formes. Je vous assure que ce babillage amoureux
fut pour moi une gymnastique salutaire. J'écrivais tous les
jours et des lettres interminables. Ce que j'ai dépensé
d'effusions et de lyrisme dans cette correspondance com-
poserait un poëme gigantesque, un poëme indien. Le
dialogue dégénérait souvent en monologue, mon principal interlocuteur n'étant pas monté au même diapason
d'enthousiasme. Les répliques me paraissaient rares et
courtes ; je me plaignais. De loin en loin, une ligne, un
mot intercalé par une main chérie dans l'écriture ordinaire, me révélaient une pensée correspondante à ma
sollicitude. Ces bienheureux caractères me payaient des
journées d'attente et de surexcitation. Je reprenais mon
élan et je recommençais mon chant amoureux.

On me détournait d'une démarche décisive. J'avais promis d'attendre le jour et l'heure ; lorsque le découragement montait à mes lèvres et se trahissait sous ma plume,
une fleur, une simple petite fleur, collée entre deux feuilles, m'apportait une consolation et me conseillait la patience. Cela dura près de six mois.

Ces six mois sont la période la plus heureuse de ma
vie. Je vivais littéralement d'extases et de rêves. Vous

devez comprendre combien la procédure et les plaidoiries
occupaient peu de place dans mes préoccupations habituelles. J'avais débuté avec un certain succès. On me con-
damnait par prudence à continuer mon stage. Je faisais
mon métier pour tuer le temps. Je le considérais comme
une fatigue utile, une diversion salutaire. Sans cela, j'aurais peut-être perdu l'équilibre. On n'aborde pas impunément les cimes de l'enthousiasme; on ne vit pas sans
danger sur de pareilles hauteurs. N'importe! Comme je
montais avec transport sur mon hippogriffe après avoir
discuté une question de mur mitoyen ou soutenu une
action possessoire!

Avez-vous jamais voyagé pendant que vous étiez amoureux? Le roulis du chemin de fer est admirablement propre à la rêverie amoureuse. Il procure un mouvement
dans le genre de celui d'un navire balloté par les lames
et vous berce avec cette régularité mécanique qui produit
le sommeil de l'enfant. C'est un état intermédiaire entre
le sommeil et la veille : c'est le rêve. Lorsque je ne savais plus à quel saint me vouer, je m'embarquais sur le
chemin de fer et j'allais rôder autour de la maison de ma
bien-aimée. Si je l'avais entrevue, je revenais heureux.
Je cheminais comme un voleur. A coup sûr les paysans
ne devaient rien comprendre à mes allées et à mes
venues. Je n'avais pas même un fusil pour me donner
une contenance. Vous rappelez-vous ce charmant vers
de Brizeux :

« Je suis un amoureux et non pas un voleur. »

Mes regards le récitaient sans doute à ceux qui avaient

fini par remarquer mes allures furtives et mes pérégrinations concentriques.

J'avais montré une patience exemplaire. Lorsque les
six mois furent à peu près écoulés, j'adressai une
sommation respectueuse, mais ferme, à la Minerve qui
pour moi se grimait si mal en Mentor. Je reçus une
réponse : madame Daramon m'annonçait sa visite
et me promettait que, dans l'entrevue dont elle fixait
le jour, nous arrêterions notre plan de campagne
définitif.

Elle arriva.

C'était toujours la même femme. Le contact de sa mère
ne l'avait pas modifiée. Sa nature italienne se prêtait de
bonne grâce à toutes les exigences de ce milieu redevenu
nouveau pour elle. Elle allait à confesse; elle avait fait
ses pâques, sans aucun scrupule, sans autre préoccupation que celle d'un immense ennui que lui faisaient
éprouver les pratiques religieuses. Ce n'était pas un sceptique, encore moins un esprit fort. Elle avait de certaines
croyances, à fleur de peau, pour ainsi dire. On lui avait
enseigné la religion ; mais la religion ainsi entendue
l'excédait. Sa mère l'avait bourrée de formules : les
formules seules étaient restées dans sa tête. Elle les
répétait mécaniquement et bâillait ses prières. Je me
trouvai en présence d'une personne agacée. Elle en avait
par dessus la tête. Il fallait en finir. Elle voulait retourner
à Paris le plus tôt possible.

— Vous avez maintenant, me dit-elle, le champ libre.
Ma sœur vous aime ; ma mère comprend la nécessité de
son mariage. Elle n'a pas d'objections contre vous. Allons,

mon cher Georges, je vous ouvre la porte à deux battants, faites vite et rendez-moi la liberté.

— Je vous arrête là, ma chère Céline, il faut que nous causions sérieusement de vous et de votre liberté, de votre avenir, de votre situation dans le monde. Vous m'avez promis de vivre avec moi. C'est même dans le but de vous créer un intérieur agréable, que vous m'avez suggéré le projet de demander la main de votre sœur. C'est, du reste, le seul parti que vous ayez à prendre. La séparation d'avec votre mari vous condamne à l'isolement. Je vous sais le cœur trop bien placé pour croire à des projets d'existence soi-disant libre ou simplement excentrique. Nous ferons, Anaïs et moi, tout ce qui sera en notre pouvoir pour vous rendre l'existence supportable. Cela ne peut pas remplacer le bonheur que vous méritez si bien. Mais cela vaut mieux que la déconsidération qui s'attache aux femmes dans votre position, lorsqu'elles veulent vivre seules et indépendantes. Jusqu'à présent, vous avez pu, vos amis ont pu motiver votre séjour à Paris par des considérations d'intérêt. Ces considérations n'existent plus. Vous m'affligeriez cruellement, si vous ne cédiez pas à mes conseils.

J'avais affaire à une nature mobile ; avec un peu de tact, on la retournait complétement.

— Encore quelques jours de patience, repris-je en lui serrant les mains, et nous serons réunis. Nous vivrons à Paris, nous voyagerons. Je vous propose, en attendant, une transaction. Vous avez hérité de votre père une propriété considérable, située dans une position excessivement pittoresque. Allez vous y installer. Vous ferez la

châtelaine, vous recevrez ; votre mère, avec ses habitudes
casanières et ses attaches pieuses, n'ira pas vous relancer
jusque-là. Vous lui ferez des visites longues ou brèves
selon vos convenances.

Cette idée lui sourit.

— Vous avez raison, mon cher Georges. Et, du reste,
je vous suis indispensable. Avec mon pauvre père, votre
mariage allait tout seul. Aujourd'hui vous avez à obtenir
un nouveau consentement, outre celui de ma mère, le
consentement de son frère, de M. l'abbé Vienne. Je
réfléchis, malgré votre morale toute nouvelle à mon
usage, ajouta-t-elle avec une pointe de malice, vous ne
remplissez peut-être pas absolument les conditions du
programme de mon oncle. Vous n'êtes pas un jeune
homme pieux ; je ne sache pas que vous pratiquiez, comme
ils disent chez ma mère. Donc, vous avez encore besoin
de mon concours. Vous serez discuté, analysé. N'oubliez
pas que M. Vienne laisse à ma sœur, par contrat de
mariage, une partie notable de sa fortune, qu'il a
mise en réserve en entrant dans les ordres. Vous avez
raison, il faut que je reste. J'adopte votre idée. Je m'ins-
talle à Fragny. — C'était le nom de sa propriété. —
Mais n'allez pas m'y laisser seule !... Si vous avez la
ferme volonté de me retenir en cage, faites-vous mon
geôlier.

Je me trouvais placé dans une alternative délicate. Le
départ de madame Daramon pouvait ruiner mes espérances. D'autre part je comprenais vaguement, par une
sorte d'intuition, que des visites fréquentes à la châtelaine de Fragny donneraient lieu à des commentaires, à

9.

des critiques, à des interprétations fâcheuses. Que faire?
Je pris la détermination la plus généreuse et la moins
habile. Je ne voulais pas laisser retomber cette charmante femme dans ses habitudes parisiennes qui pouvaient facilement dégénérer en une existence équivoque.
Je me fiai à la Providence, à mon amour, à la générosité
de mes intentions ; je consentis à tout ce qu'elle exigeait.

Madame Tisseur trouva le projet de sa fille tout naturel
et la dame de Fragny s'installa dans son manoir délabré.

VII

Fragny est un pays original. Représentez-vous un vaste
plateau montueux, posé entre la plaine du Forez et
celle du Roannais. La légende raconte que la première
a été un lac traversé jadis par la Loire, comme le lac
de Genève l'est encore aujourd'hui par le Rhône. Une
crue extraordinaire a-t-elle fait une brèche dans une
espèce de digue qui devait retenir les eaux prisonnières?
Je suis tenté de le croire; car, vers la bordure septentrio-
nale du territoire de Fragny, le fleuve s'engouffre dans
une manière d'entonnoir à ciel ouvert dont la paroi supérieure pourrait bien avoir été emportée par la violence du
courant. Quoi qu'il en soit, cette région montagneuse, située entre deux plaines vers lesquelles elle s'incline en
pentes douces à l'est et à l'ouest, constitue une véritable
Thébaïde dont les habitants et la végétation subissent les
influences alpestres d'une pareille altitude. Les hivers y
sont très-rigoureux, les étés très-chauds, le printemps et

l'automne incomparables. Il y a là une flore et une faune
tout à fait originales. Les indigènes, véritables montagnards, présentent un type à part. Ils constituent un clan
sous le patronage de la famille Tisseur. Vous connaissez
l'attachement incroyable des montagnards pour leur pays.
Les habitants de la terre de Fragny lui portent un amour
filial. Ceux que la conscription en arrache reviennent
joyeux, après avoir payé leur dette, reprendre le manche
de la charrue et conduire, en sifflant, ces petits bœufs
maigres, si agiles et si forts, leurs compagnons de travail.
Ce n'est pourtant pas une besogne facile que le labourage
dans ces terrains accidentés et rocailleux ! Il faut remonter à dos d'hommes la terre entraînée par les torrents
et la déclivité; il faut créer une fécondité artificielle en
répandant un peu d'humus sur les roches mises à nu
par les pluies torrentielles. J'ai passé bien des heures rê-
veuses à suivre du regard ces paysans énergiques en lutte
avec la nature. Il y a dans cette gymnastique, dans cette
étreinte corps à corps de l'homme avec les éléments, une
grandeur et une poésie merveilleuses.

Fragny présente trois étages de cultures : au fond des
vallées, au pied des sources, les prairies; à mi-côte, les
terres labourables; sur les sommets, les bois de pins. Les
deux bords de la Loire, grâce à leur rapprochement et à
la réverbération du soleil qui en résulte, produisent de la
vigne. En somme, ce n'est pas là un pays misérable; mais,
par-dessus tout, c'est une contrée pittoresque et sauvage.
On peut y pêcher, y chasser et surtout y rêver.

Fragny est une terre bourgeoise, si j'ose m'exprimer
ainsi, dont le castel n'a pas le moins du monde une phy-

sionomie féodale. Représentez-vous un grand corps de
bâtiment, une vaste ferme, dans laquelle on pénètre par
un portail d'une architecture parfaitement prosaïque.
Franchissons le seuil : vous êtes dans une cour formant
un immense rectangle dont la maison de maître, les écu-
ries, les granges et les celliers occupent trois côtés. Vous
assistez là à une exhibition qui ferait pâmer d'aise un
peintre réaliste. Une bande de cochons se bouscule autour
d'une auge plantureusement garnie. Ces convives gloutons
sont jeunes pour la plupart. Ils accomplissent leurs fonctions gastronomiques sous la surveillance d'une grande
truie dont le pelage roux a des reflets d'or et dont le
groin taillé comme une proue laboure la provende. Ce
groin ramène à l'ordre en même temps les mirmidons
indociles. L'excellente mère ne perd pas une lampée pour
cela. Voici le chœur des canards ; ils barbottent dans les
eaux ménagères et secouent au soleil leurs ailes souillées.
Le troupeau des oies ressemble à un tapis de neige am-
bulant. Faisons-lui place : il s'ébranle pour aller picorer
dans la campagne. Il est suivi par le noir escadron des
dindes dont les crêtes rouges et les jugulaires couleur de
sang scintillent comme des larmes de feu sur un drap
mortuaire. Les canards s'ébranlent à leur tour. Tout cela
marche en rang serré, en ordre de bataille. Les poules
se répandent en tirailleurs. Un coq, au cimier d'or, aux
éperons brunis, lance dans l'air sa fanfare victorieuse. On
dirait un clairon. Au milieu de ces bandes mal disciplinées
s'élèvent les sons les plus étranges, depuis le grognement
du vieux porc jusqu'à la note suraiguë du jeune poulet
dont la voix encore indécise rappelle le timbre des chan-

teurs de la chapelle Sixtine. Tout cela va fourrager dans
la campagne sous la conduite d'un enfant armé d'une
gaule et d'un chien invalide dont les crocs ont tordu jadis
le cou à bien des renards et à bien des loups. Relevé du
périlleux service de défendre les moutons, ce serviteur
toujours fidèle consacre les restes d'une ardeur qui s'éteint
à défendre les volatiles.

Cette cour ressemble peu à l'avenue d'une demeure
seigneuriale. Elle est encombrée d'instruments aratoires.
Évitons les chars; prenons garde à ces herses. Voici un
joug qui barre le passage. C'est un va-et-vient perpétuel
de tombereaux emportant des engrais ou rapportant des
récoltes, de bœufs et de chevaux qu'on attèle et qu'on dé-
tèle : tout le spectacle joyeux d'une grande ferme. Les
délicats doivent s'aventurer avec précaution dans ce la-
byrinthe de l'industrie agricole. Les odeurs n'y sont pas
toutes aromatiques. Mais, lorsqu'on en prend franchement
son parti, il s'exhale de toutes choses des émanations
pleines de santé! Les foins ont des odeurs pénétrantes;
les cuves dégagent des exhalaisons qui donnent la gaieté
lorsqu'on les respire avec précaution. Il y a dans la pratique d'une exploitation agricole un je ne sais quoi de
sain et de fortifiant que je recommande aux poitrinés
malades et aux esprits blasés. Ces robustes valets, ces
fortes servantes, hautes en couleur, à la chevelure en
broussailles, respirent la force du corps et la santé de
l'âme.

La maison *seigneuriale* de Fragny était occupée par
le fermier général, espèce de middleman placé comme
un intermédiaire entre le maître et les fermiers inférieurs.

Tout en pénétrant dans cette maison bizarre, moitié ferme, moitié château, je me demandais comment la famille Tisseur était parvenue à constituer cette vaste fortune territoriale dont l'origine, peut-être contemporaine de la féodalité, ne se rattachait par aucun lien à l'histoire ordinaire des fiefs. J'ai souvent réfléchi à cette question des origines de la bourgeoisie. Ce serait élucider un problème historique intéressant que de soulever le voile qui couvre le commencement de certaines familles dont la marche ascendante a produit une véritable floraison dans la race humaine. Ici, à la base, à la racine de la famille Tisseur, il y a évidemment un paysan.

La possession de Fragny est immémoriale chez elle. Quelle est l'histoire de ce fondateur d'une famille obscure, mais puissante dans sa modeste sphère? Si les documents pouvaient en être réunis, elle serait tout aussi intéressante que celle du chef de la troisième dynastie. Car il s'agit de nos ancêtres à nous tous contemporains. Hugues Capet était fils d'un boucher, le premier Tisseur naquit dans une ferme; mais comment ce dernier arriva-t-il à la conquête de la terre? Comment a-t-il pu absorber une région aussi considérable? Avait-il trouvé un trésor en remuant le sol? S'il était serf, comment s'est-il affranchi? Il devait avoir pour tout capital ses deux bras et son intelligence. L'histoire conjecturale marche ici à tâtons. Il y a également le chapitre des alliances. Les mariages ont servi de base à bien des fortunes. Une série d'événements heureux a pu grouper dans une seule main des possessions longtemps divisées. La France s'est faite en grande partie de cette manière. L'histoire officielle, au

moyen-âge, constate bien souvent que les grandes situations, voire même les couronnes, étaient conquises par des
aventuriers. Des faits analogues ont dû s'accomplir dans
les couches inférieures de la société. Dans les campagnes,
la richesse a quelquefois une source suspecte : tel rocher
a servi de repaire à un larron qui a fait souche de gentilshommes ; telle bicoque a servi d'officine à un usurier
dont les économies honteuses se sont transformées, sous la
main de ses enfants, en beaux et bons immeubles... Rien
de pareil ne me paraît supposable dans la famille Tisseur ;
les traditions populaires, les récits de la veillée trans-
mettent implacablement de bouche en bouche de pareils
souvenirs. Ici, la réputation est intacte, l'honorabilité s'affirme dans le respect et le dévouement des fermiers.
L'ancêtre de cette honorable famille est un de ces nombreux enfants de Jacques Bonhomme dont la persévérance et le travail infatigables se sont transformés en
terres. Il a fait souche, grâce à des accidents de famille
qui ont permis à sa descendance de maintenir intacte,
pendant plusieurs générations, sur la tête d'un seul, la
fortune immobilière accrue par l'économie et les héri-
tages. Les Tisseur ont marié leurs filles et les ont dotées
d'une manière médiocre : on compte les cousins par
centaines dans le voisinage. Les croisements et entre-
croisements dans les couches moyennes de la population
produisent des jeux et des caprices qui rappellent les
accidents de végétation dans une forêt. Les arbres les
plus vigoureux poussent leurs branches en plein soleil ;
ils s'épanouissent librement dans l'atmosphère ; les plants
rabougris étouffent dans l'ombre ou, s'ils végètent, ce

n'est qu'en s'appuyant sur leurs congénères plus forts ou
plus heureux.

Le grand-père de madame Daramon, le dernier de la
race qui eût vécu à Fragny, avait mené l'existence d'un
véritable campagnard, à en juger par son habitation. Le
rez-de-chaussée se divisait en compartiments innombrables,
mais solidaires d'une pièce principale. Cette grande salle
servait de cuisine, de salle à manger et au besoin de
salon. Toute cette partie inférieure avait été abandonnée
au sieur Patureau, fermier principal, et à sa nombreuse
lignée. Le second étage, à peu près démeublé et fort mal
entretenu, servait de pied-à-terre aux Tisseur de la plaine,
lorsque par hasard ils venaient chasser ou compter avec
les métayers. Cet appartement, lorsque nous y pénétrâmes, servait à emmagasiner leur part de récoltes. Les
meubles y étaient rares et ils apparaissaient comme des
îlots à moitié ensevelis sous des amas de blé, de noix et
de châtaignes dont la loi du métayage attribue une portion
au propriétaire.

C'est dans cette singulière demeure que vint brusque-
ment s'installer la fringante Parisienne que vous connaissez et dont les goûts peu rustiques la faisaient sou-
pirer, comme madame de Staël, après la boue du macadam.
Lorsque son intendant Patureau fut informé de cette résolution, il n'en pouvait pas croire ses oreilles.

Patureau n'était pas un simple paysan. Il jouissait
d'une aisance relative; il avait même reçu une certaine
instruction. En outre, il était le sixième où le septième
Patureau, par ordre chronologique, au service des Tisseur.
Il professait pour son maître et surtout pour ses filles un

respect et un dévouement qui allaient jusqu'à l'adoration. Jeune encore, et déjà père d'une nombreuse famille, il élevait ses enfants dans la crainte de Dieu et l'amour des Tisseur de l'un et l'autre sexe. Ce brave Patureau, je ne puis en parler sans une véritable émotion, il m'a été dévoué jusqu'au sacrifice.

Nous arrivâmes. Patureau avait convoqué le ban et l'arrière-ban des vassaux. Madame Daramon était à cheval, dans un costume d'amazone qui lui allait à ravir. Elle descendit au milieu de la foule émue et silencieuse. Elle passa tout le monde en revue et se comporta avec un tact et un savoir-faire exquis. Elle savait le nom de chacun des fermiers, celui de leurs femmes; elle connaissait le nombre de leurs enfants. Toute cette joyeuse marmaille pendue aux jupes des mères ouvrait de grands yeux étonnés. Elle eut un mot gracieux pour tous, avec des nuances charmantes. Les vieillards lui baisaient les mains, les jeunes femmes lui présentaient leurs nourrissons. Elle fut adorable et irrésistible, il y eut une explosion de larmes et de cris d'enthousiasme. Pauvre Céline! J'ai connu peu de femmes qui la valussent par le cœur et par l'intelligence. Quel trésor inépuisable pour un galant homme que cette ravissante créature prompte à toutes les émotions vraies et à tous les sentiments généreux! Lorsqu'elle aborda enfin Patureau qui présidait la fête, elle lui serra la main comme à un ami, avec une grâce affectueuse et digne. Ils avaient été camarades d'enfance. Elle complimenta madame Patureau sur sa fécondité, sur les joues roses des petits Patureau, et fit remarquer en riant que le nom des Patureau survivrait à celui des Tisseur qui menaçait de s'éteindre dans sa personne et dans celui de sa sœur. Elle termina la cérémonie en me présentant comme son futur beau-frère.

C'était au mois de juillet. Il faisait un temps admirable. Madame Daramon déclara à Patureau, qui s'excusait de la recevoir dans un pareil logis, qu'elle mangerait au besoin à sa table et que rien ne lui était plus agréable que de vivre de la vie campagnarde. Madame Tisseur avait envoyé à l'avance un fourgon de meubles et de toutes les choses indispensables à un campement. Nous nous installâmes avec gaieté.

C'était au mieux. Mais il fallait composer une maison, une sorte d'entourage qui alimentât l'activité de l'esprit inquiet et mobile de la châtelaine. Sa mère l'avait munie d'une forte Forézienne : celle-ci devait nous faire vivre. Obéissant à une inspiration de son excellent cœur, madame Daramon se rappela qu'elle avait dans le voisinage une cousine au quinzième degré, pauvre, orpheline, elle la fit venir : mademoiselle Victoire joua le rôle de dame de compagnie. Toinon Patureau, grande et belle fille de dix-huit ans, sachant parfaitement lire et écrire, un peu plus qu'une paysanne, fut enchantée de quitter la crèmerie et les marmots de son frère pour devenir femme de chambre.

VIII

Une fois maître de ce que je considérais comme une base indispensable d'opérations, je fis faire une démarche directe auprès de madame Tisseur : un de mes proches parents lui demanda pour moi la main de sa fille.

Ma demande fut accueillie d'une manière gracieuse. Madame Tisseur objecta l'âge d'Anaïs, le deuil récent dont elle portait encore les insignes. Mon mandataire avait ordre de se prêter à toutes les transactions possibles. Il répondit que je tenais surtout à prendre date ; que ma recherche s'accommoderait à toutes les convenances de famille. Il déclara qu'il n'était pas venu solliciter une réponse immédiate, mais bien soumettre une proposition respectueuse, laquelle comportait tous les délais nécessaires. Serrée de près, madame Tisseur demanda du temps pour réfléchir, pour se décider, pour consulter son frère.

Mon parent avait rempli sa mission. Il se retira. Le même jour, Céline quittait Fragny et remettait à sa sœur la lettre suivante :

« Chère enfant,

» Votre mère a reçu aujourd'hui la visite de mon parent, M***, qui lui a demandé votre main pour moi.

» Je suis en proie à une émotion délicieuse. Ma joie n'est cependant pas sans mélange. J'éprouve une crainte vague, indéfinissable. Pourquoi ? Je ne saurais le dire. Je vous aime tant que je deviens timide et peureux. Je tremble pour mon trésor.

» Ah ! vous l'êtes bien dans le sens le plus vrai, le plus

pur. C'est sur votre tête adorée que repose ma vie. Vous
perdre ! cette pensée me donne le frisson.

» A ce moment solennel, je fais mon examen de conscience. J'égrène un à un les événements de ma vie.
Faut-il vous le confesser? Je me trouve bien peu digne
de vous; je me sens bien pauvre et bien insuffisant.
Certes, si je fusse entré dans le monde avec votre
gracieuse image dans les yeux, j'aurais été tout autre.
Depuis que je vous aime, je ne suis plus le même
homme. Cette pensée-là me soutient. Le travail intérieur que j'ai accompli sur moi-même me répond de
l'avenir. Sous votre regard purificateur, à votre contact
béni, je le sens, je deviens de jour en jour moins im-
parfait.

» Chère enfant, je contracte vis-à-vis de vous une dette
immense. Je suis tenu de vous rendre toutes les joies
que vous m'avez fait éprouver depuis que je vous aime.
Oh! pour cela, je me sens au fond du cœur des richesses
inépuisables.

» Comment ne pas vous parler, dans une circonstance
aussi grave, de notre bonne et bien-aimée Céline? Bien
que vous n'ayez pas été tenue au courant d'une manière
complète des événements de son existence, vous les connaissez suffisamment pour vous rendre compte de sa position. Elle a été bien malheureuse... elle est seule au
monde; elle est condamnée à l'isolement. Chère enfant,
la vie a encore pour vous bien des secrets, vous ne pouvez pas, vous ne devez pas comprendre les douloureuses
réalités qu'elle recèle : je serai là, du reste, pour vous les
épargner et pour vous en défendre. Notre pauvre Céline

a besoin d'un abri. Nous le lui offrons, n'est-ce pas? elle sera, au milieu de nous, honorée et respectée. Nos joies seront les siennes et nous lui donnerons tout le bonheur qui peut dépendre d'une affection délicate, intelligente. — Je vous propose là une chose toute naturelle et qui va de soi — c'est vrai. Néanmoins, je tiens, au moment où vous allez prendre une résolution irrévocable, à ce que vous réfléchissiez bien à toutes les conséquences qu'elle entraîne. Céline ne sera pas complétement heureuse dans notre intérieur. Sa vie est manquée, elle n'a pas d'enfants. Elle se trouvera en contact perpétuel avec une famille heureuse. Son bonheur sera fait d'emprunt et se composera principalement du spectacle de celui des autres. Somme toute, elle se trouvera dans une situation difficile, qui deviendrait bien vite douloureuse si nous n'y mettions pas beaucoup de dévouement ; je sais, cher ange, qu'on peut vous demander tous les sacrifices. — Donc nous l'aimerons de toutes nos forces et nous la consolerons avec notre cœur. Ne trouvez pas étrange que je vous entretienne d'une pareille préoccupation. Chère Anaïs bien-aimée, nous devons envisager l'avenir avec une confiance sereine, mais avec une fermeté sagace et prudente.

» Quant à ma personne, je ne sais sous quel jour elle va apparaître aux yeux de votre famille. Je ne suis pas en mesure de supporter un examen bien rigoureux. J'ai besoin d'indulgence de sa part et d'une certaine partialité de la vôtre. Tendez-moi la main. Si un désir ardent de vous rendre heureuse, si une énergie de dévouement à toute épreuve constituent des titres, je les invoque résolûment. Mon amour est immense.

» Quels que soient les obstacles qui puissent s'élever entre nous — mon amour s'exagère sans doute des difficultés insignifiantes — je vous promets une foi absolue, je vous jure une fidélité inaltérable. J'attends avec confiance la réponse de votre mère, ma confiance repose en vous... Votre amour est ma religion : j'ai juré d'y vivre et d'y mourir. Comptez sur mon serment d'honnête homme. »

Depuis ce jour-là, madame Daramon alla passer régulièrement les dimanches auprès de sa mère. Elle remontait à Fragny le lundi ou le mardi.

Peu à peu, Fragny devint un centre très-agréable ; les visiteurs étaient nombreux, attirés par la bonne grâce et, je le dois dire aussi, par la réputation d'excentricité de la châtelaine. Les journaux, à l'occasion de son procès, lui avaient fait une véritable célébrité. Cette célébrité, fugitive dans le reste de la France, avait poussé des racines profondes dans le département de la Loire. On avait construit une véritable légende autour de cette héroïne d'un tournoi judiciaire. *Fama crescit eundo*. Fragny, dans l'esprit de certaines personnes, ressemblait à la tour de Nesle, Marguerite de Bourgogne, Lucrèce Borgia, Catherine de Russie n'auraient pas inspiré une horreur plus répulsive à certaines matrones du voisinage. On voyait bien des audacieux s'aventurer dans les domaines de la charmeresse ; était-il bien sûr qu'ils en fussent tous revenus? On était fort gai à Fragny ; on y vivait avec une certaine désinvolture. Je vous laisse à penser les récits et les amplifications que les colporteurs de nouvelles répandaient à deux lieues à la ronde. Les dames se montrèrent d'abord réfractaires : quelques-unes, vaincues par la curiosité, envoyaient leurs maris, leurs frères, en éclaireurs, pour étudier le terrain. Ils revenaient émerveillés, enchantés de la façon gracieuse et hospitalière avec laquelle ils avaient été reçus. Ils avaient rencontré une jeune femme simple, distinguée, pratiquant la vie de château dans une grange et trouvant le moyen de la rendre attrayante. Ces braves provinciaux furent conquis à première vue ; force leur fut bien, en rentrant chez eux, de déclarer qu'on ne leur avait servi aucun philtre, et qu'ils n'avaient pas été le moins du monde empoisonnés. Malgré tout, les visiteuses furent toujours rares.

Voilà l'optique de la province. Madame Daramon à Paris, seule, libre, ayant une maison ouverte, recevant une société choisie, ne provoquait aucune critique, était acceptée sans objection aucune ; transplantée dans un autre milieu, cette même femme devenait le point de mire de tous les sarcasmes. Un cordon sanitaire s'établissait tout naturellement autour d'elle. Son habitation devenait la tour d'un lépreux. Était-elle coupable ? Là n'était pas la question pour les censeurs. Elle était femme, elle prétendait vivre en liberté ; par là même elle donnait crédit et fondement à toutes les rumeurs.

Lorsque je franchissais le cercle magique tracé autour de cette pauvre victime comme l'enceinte d'un lazaret, je me sentais pris d'indignation contre ces injustes et odieuses pratiques. Outrages et calomnies, je foulais tout aux pieds. Mais lorsque je rentrais dans l'atmosphère banale, c'est-à-dire dans le milieu des relations habituelles de ma famille, j'étais en butte à des assauts terribles.

J'étais harcelé de toutes parts. Je ne vous parle pas de ces mauvais plaisants, qui, avec la prétention d'être malins et spirituels, me conseillaient, à voix basse, de mettre plus de prudence et plus de précautions dans mes démarches. Ces êtres immondes étaient l'écho de ceux qui croyaient à une intrigue et considéraient mon projet de mariage comme un prétexte, un palliatif. Ma famille tout entière, imbue, elle aussi, du préjugé général répandu contre madame Daramon, me déconseillait ce mariage. Mes amis me blâmaient avec énergie. Le public était railleur et la société forézienne comptait sur un bon scandale pour égayer sa saison d'hiver.

Voilà le courant qu'il s'agissait de remonter. Eh bien! j'ai lutté contre tous et contre tout. J'ai lutté contre les obstacles matériels et contre les difficultés morales. J'ai été vaincu, mais vaincu par la calomnie... Je n'ose, je ne dois accuser personne... j'ai été surtout vaincu par la fatalité générale qui pèse sur ma vie.

En présence de ce déchaînement de l'opinion publique, j'aurais pu discontinuer mes courses à Fragny. Alors mon succès devenait certain ; mais il fallait sacrifier la généreuse femme à qui je devais mon bonheur, l'amour grandi dans mes entrailles, l'amour de mon Anaïs adorée. Madame Daramon reprenait le chemin de Paris; elle rentrait dans le tourbillon et je m'en lavais les mains comme Ponce-Pilate. Cette lâche et odieuse combinaison ne traversa même pas mon esprit. Si je vous en parle, c'est que je me place aujourd'hui à un point de vue rétrospectif et désintéressé. Ma seule préoccupation était celle-ci : pourvu que madame Daramon écarte du cœur d'Anaïs

tous ces souffles impurs, pourvu qu'elle éloigne des
oreilles de cette enfant les imputations calomnieuses et
malhonnêtes, nous vaincrons.

J'ai passé de terribles et doux moments, partagé entre
la crainte et l'espérance. Ma prisonnière menaçait souvent de s'évader — la pauvre femme avait de bonnes
raisons pour s'éloigner de moi : à ce moment-là, je ne
pouvais pas même les soupçonner. Le cœur humain a des
replis impénétrables. — Elle m'apportait à Fragny, dont
nous nous éloignions et dont nous nous rapprochions ordinairement le même jour, le bulletin de la semaine. Il
y avait des hauts et des bas pour mes espérances. On
scrutait minutieusement ma vie privée. On avait institué
des espèces de *commissions rogatoires* dans toutes les
villes que j'avais successivement habitées. Mon village
avait la sienne, cela va sans dire. Ces commissaires, ces
juges d'instruction étaient des prêtres. Ils recevaient
d'une autorité supérieure, tout à fait inconnue pour moi,
l'ordre de fouiller ma conduite, de recueillir les faits et de
rassembler les témoignages des personnes qui avaient été
en rapport avec moi. Plus tard, j'ai retrouvé leurs traces
partout, et sur des points dont je croyais les avenues
impénétrables. Malheureusement ma vie n'était pas irréprochable. J'avais un certain nombre de peccadilles sur
la conscience. La police cléricale parvint, je ne sais comment, à reconstruire pièce par pièce toute mon existence.
J'admire malgré moi ce merveilleux travail de l'araignée
ecclésiastique. J'étais enlacé comme un insecte dans un
réseau de fils imperceptibles ; je me trouvais dans les
mailles d'un filet invisible. — On m'informait, jour par

10

jour, de cette marche souterraine. — Ne croyez pas que
j'aie le moins du monde le désir de récriminer. Ces choses-
là ne présentent aucun inconvénient à notre époque :
l'inquisition moderne est purement morale ; ses familiers
sont devenus de simples espions qui ne font peur à personne, et puis j'aime tant la liberté, que je concède
volontiers à mes ennemis le droit de discuter mon humble
personne. J'irai plus loin : dans cette circonstance c'était
leur devoir. Non pas que j'approuve les procédés sournois
ni les pratiques cauteleuses, pas le moins du monde. Mais
pourvu qu'on se borne à ramper autour de moi, à coller
les oreilles à ma porte, je m'accommode très-bien de ces
allures vénitiennes, à la condition néanmoins qu'il me
sera permis de les flétrir et de les signaler, en temps et
lieu, à l'indignation publique.

S'ils cherchaient en moi un Éliacin, ils avaient tort.
Jeune, avec un tempérament de feu, maître trop tôt de
ma liberté et de ma fortune, sans famille, j'avais payé un
large tribut aux entraînements de l'âge. Je n'étais pas un
fanfaron de vices; je ne faisais pas bravade de mes faiblesses. J'avais vécu comme la plupart de mes amis
et de mes camarades. Les premières ardeurs calmées,
la raison reprenait peu à peu le dessus chez moi.
J'étais arrivé à la résolution sage de vivre d'une façon
régulière et décente, et si je venais demander la main
d'une jeune fille honorable et pure, je le faisais comme
un galant homme, qui, revenu de ses erreurs, de ses folies,
prend le sérieux engagement de changer de conduite et
de remplir tous les devoirs de la position à laquelle il
aspire.

Quoi qu'il en soit, la maîtresse-pensée qui enveloppait comme un réseau ma vie entière me sonda jusque dans les reins. Je fus criblé, tamisé. Après le triage de l'ivraie, ma part de bon grain fut trouvée légère : on me déclara indigne.

Lorsque je fus informé de ce verdict, par voie indirecte, bien entendu, ma première pensée fut d'en provoquer l'exécution. Il y avait pour cela un moyen bien simple, c'était de renvoyer mon mandataire chez madame Tisseur. Il s'était déjà écoulé depuis ma première démarche un temps assez long. J'étais parfaitement en droit de solliciter une réponse définitive.

Madame Daramon s'opposa énergiquement à ma résolution et me supplia, au nom de sa sœur, de prendre patience et de ne provoquer aucune explication décisive.

— Anaïs vous aime, me dit-elle — elle vient de se prononcer énergiquement pour vous et de refuser M. X*** présenté par mon oncle.

— Mais on se moque de moi ! Comment ! on me congédie sans réponse et l'on considère ma demande comme n'existant pas.

— Mon pauvre ami, vous ne connaissez pas ces gens-là. Tout s'est passé dans le plus grand secret, à mon insu. Le mariage d'Anaïs avec M. X** une fois décidé, on aurait attendu la visite de votre parent et celui-ci vous aurait rapporté un refus poli, mais péremptoire. L'énergie d'Anaïs a fait crouler tout leur échafaudage. Elle m'a tout raconté. Aurez-vous le courage de l'abandonner après ce qu'elle vient de faire pour vous, et de mettre votre amour-propre au-dessus de votre amour ?

— Que faire ?

— Que faire ? ce que font vos ennemis, prendre patience et surtout persévérer. Il y a autour de ma mère
une congrégation de personnes pieuses et faméliques qui
reçoivent le mot d'ordre de M. Vienne et qui lui obéissent sur un geste. Ces âmes charitables passent leur vie
à médire de vous et à chanter les vertus de votre rival.
Il se sait éconduit par ma sœur, mais soutenu par mon
oncle. Il aspire à soustraire Anaïs aux griffes du démon;
l'amour viendra quand il pourra. C'est une espèce de
saint : il pourrait revêtir sans empêchement la robe
blanche des catéchumènes. Il est moins riche que vous,
mais il a toutes les vertus qui vous manquent. Si vous
ne savez pas mettre en déroute une armée de dévotes
et un vieux prêtre, c'est que vous êtes naïf et peu ingénieux.

— Ce n'est pas avec des plaisanteries, chère Céline, que nous surmonterons les obstacles; sérieux quoi
que vous en pensiez, qui me barrent le passage. Ce
vieux prêtre est un personnage puissant et, dans une
matière aussi délicate, qui touche à l'honneur de celle
que je considère comme ma femme, je ne me permettrai
pas et je ne permettrai à personne la plus légère incar-
tade. J'aime assez Anaïs pour renoncer à elle plutôt que
de la compromettre.

— Qui vous parle de la compromettre? Mon Dieu! ne
faites donc pas le puritain et le bon apôtre. Je ne vous
demande qu'une chose, de la patience et de la persévérance. Lorsque votre Anaïs aura refusé une demi-
douzaine de prétendants, on sera bien forcé de vous

subir. Pendant ce temps-là, vous leur tiendrez votre demande suspendue sur la tête. Est-ce clair?.

Je vous déclare que cette attitude passive et expectante était peu de mon goût et qu'elle me causait une gêne cruelle. Mais la loyauté m'en faisait un devoir. Anaïs, une enfant, par affection pour moi, pour sa sœur, venait de se compromettre, pour ainsi dire. La plus vulgaire probité exigeait de ma part le sacrifice pénible qu'on me demandait.

Je dois rendre justice à ceux qui s'opposaient à mon mariage. Leurs vues n'avaient rien de sordide. Ils voulaient un jeune homme pieux, de mœurs pures. Je n'étais pas leur fait. De là leurs objections et leur résistance contre moi. M. Vienne n'était pas un tartuffe : il avait des convictions profondes et professait, en véritable catholique, qu'en dehors de l'Église, au point de vue des croyances et au point de vue des mœurs, il n'y a point de salut.

Le refus et la déclaration d'Anaïs furent un coup de foudre. M. Vienne comprit tout de suite d'où le coup partait et où était l'obstacle. Dans sa conviction, Anaïs ne pouvait pas être heureuse avec moi : Il m'écartait, rien de plus simple. Je ne blâme pas M. Vienne de m'avoir repoussé. Mais ce que je flétris énergiquement, c'est d'avoir sacrifié son autre nièce à ce qu'il considérait comme une nécessité sociale et religieuse. Il se mit rapidement à l'œuvre. La jeune fille, une enfant, ne lui parut pas une difficulté sérieuse. Il alla droit à madame Daramon, à laquelle il attribuait la pensée de mon mariage et l'influence qui avait contre-carré ses projets, il fit à

10.

madame Tisseur, de l'éloignement de sa fille aînée, une question de conscience.

Pauvre madame Tisseur ! je l'ai plainte bien des fois ! rejeter de sa maison, de ses bras, sa propre enfant ! la traiter comme une brebis galeuse ! la rejeter ! et où ? dans le tourbillon de la vie parisienne, dans une existence équivoque, avec la perspective certaine de la dégradation morale et physique au bout de quelques années.

Aujourd'hui, je suis tout à fait de sang froid et je juge froidement les choses... Eh bien ! je déclare cette conduite criminelle. Je tendais la main à une pauvre femme déclassée, réduite à choisir entre un couvent et la vie de bohème. Je voulais lui ouvrir une maison dans laquelle elle aurait vécu avec sa mère et sa sœur. Je serais devenu le gardien de son honneur. — Cette femme avait une réputation détestable. — Je réponds : elle valait mieux que sa réputation. Était-ce un motif, du reste, pour que sa propre famille la transformât en paria et sanctionnât les rumeurs de la rue ? Je me mettais moi au-dessus des préjugés ; madame Daramon, comme toutes les natures généreuses et loyales, se montrait quelquefois imprudente et marchait sans regarder derrière elle. Des propos malicieux circulaient sur son compte ; on colportait des récits d'aventures mystérieuses. Et, après tout, cette créature, une fille, une nièce, ne valait-elle pas un effort pour la ramener au bon sens, à la dignité de la vie ? J'offrais, moi, de faire cette périlleuse expérience... ah ! le divin Maître doit bien souffrir, dans la profondeur de son éternité, lorsqu'il voit ce que les pharisiens font de sa mansuétude et de sa miséricorde. Je ne lui présentais pas à cette malheureuse femme, comme refuge, une vie de pénitence et de pratiques désagréables; je lui offrais une famille, une affection véritable qui l'eût régénérée, si la régénération était nécessaire; elle marchait sur le bord d'un précipice, je lui tendais la main. Livrée à elle-même, aux hasards de la liberté, on pouvait prédire sa chute à jour fixe. Ils s'y résignaient eux avec une tranquillité fataliste. Vous n'êtes pas chrétiens, vous qui, prisonniers dans la lettre, mais dans une lettre qui n'appartient pas au doux Jésus, rejetez la substance et la moelle de sa doctrine; son âme était tout amour, pardon; sa pureté à lui purifiait : elle pénétrait dans l'âme et dans la chair; la vôtre est toute négative, elle est de glace. Elle consiste à se préserver des éclaboussures de la vie, en se tenant à une distance égoïste. Vos joies sont faites de la douleur d'autrui; vous ressemblez à ces odieux sybarites, pour qui la vue des tempêtes et des naufrages contemplés du bord, redouble les jouissances de la retraite. Je vous ramenais une jeune femme malheureuse, atteinte par une catastrophe dont vous étiez les auteurs, car vous l'aviez mariée d'une façon stupide; je réparais une de vos bévues. Je n'étais pas un juste, d'accord! mais je faisais une œuvre de justice !!!

On ne signifia pas à madame Daramon un congé en règle. C'eût été par trop brutal; les dévots n'aiment pas les exécutions sommaires. On organisa autour d'elle un système de tracasseries sournoises et de petites persécuions sourdes, dont je vous épargne le détail.

Madame Daramon se réfugiait de plus en plus à Fra-

gny. Ses apparitions chez sa mère se réduisaient à de
simples visites. Il devenait de la plus haute importance,
dans l'intérêt de mon amour, de lui faire goûter le nouveau genre de vie accepté par elle.

IX

A force d'adresse et de persévérance, je vins à bout
d'allumer dans le cœur de madame Daramon un véritable dilettantisme pour la vie rurale. Je lui ai fait parcourir tout le cycle des travaux agricoles chantés par Virgile
dans ses admirables *Géorgiques* ; ma tâche n'était pas sans
difficultés. L'amour des champs était chez elle un goût
parasite qu'il fallait entretenir par des combinaisons savantes. J'avais trouvé dans Patureau un impresario d'une
remarquable intelligence. Cet homme de sens et de cœur
était devenu mon ami et le confident de mes préoccupations ; grâce à son dévouement et à son intelligence,
nous fîmes de Fragny une véritable succursale de l'Opéra-
Comique.

J'adore les champs, j'adore la vie campagnarde, j'aime
les foins, j'aime les fenaisons. A l'aube, les prairies sont
couvertes d'une brume blanchâtre qui ressemble à un lac
flottant. Les herbes humides affectent des teintes d'éme-
raude, chacune d'elles porte un diamant au front. La rosée tamise la lumière ; la lumière étincelle dans la rosée ;
les faucheurs, mouillés jusqu'aux genoux, tracent des sil-
lons parallèles dans un fouillis de verdure. La faux accomplit ses évolutions meurtrières ; on dirait un champ
de bataille : les herbes gisent couchées en ligne. Peu à

peu, la brume se dissipe, le soleil pompe les dernières vapeurs. Il est neuf heures, les travailleurs, couchés comme des Romains, prennent leur premier repas dans une vaste gamelle, la gourde circule de bouche en bouche. Les plus diligents réparent les brèches de leurs faux sur des enclumes fichées en terre. Le fer et l'acier résonnent. Les oiseaux chantent sur la lisière du bois, l'alouette monte dans une spirale d'harmonie, les merles sifflent, les geais parlent; tout est chansons, lumière et parfums. Le travail recommence, rude labeur! le soleil darde des rayons presque verticaux, la terre devient une fournaise, les herbes coupées frissonnent et se dessèchent, la symphonie des oiseaux s'arrête, la cigale fait entendre son cri monotone; un bourdonnement d'insectes remplit l'atmosphère embrasée; les faucheurs, nus jusqu'à la ceinture, essuyent la sueur qui coule de leurs visages, les faneuses armées de fourches, retournent le foin. Il est midi, l'heure de la sieste. Les travailleurs s'endorment la tête à l'ombre et les pieds au soleil; les bœufs, débarrassés du joug, apparaissent çà et là ensevelis dans les *andains*. Ils ruminent, la fumée monte de leurs naseaux; vous diriez des dieux égyptiens, tant il y a de noblesse dans leurs attitudes; ils ont les yeux demi clos; leurs muffles puissants reposent sur le sol, dans une immobilité de sphinx. Ils semblent plongés dans une contemplation puissante. A quoi pensent ces têtes monumentales? Le paysan, lui aussi, a de ces demi-sommeils semblables à ceux du bœuf. A quoi pensent, à quoi rêvent ces deux enfants de la nature? A coup sûr, si la nature pense, elle pense dans leurs cerveaux; si elle rêve, c'est dans leur sommeil.

L'emmagasinage des foins, la moisson, etc., me ser-
vaient de moyens pour distraire ma captive. Cela ne
suffisait pas pour l'occuper sérieusement. J'avais fait venir
d'excellents livres; je tâchais de la jeter dans des voies
d'activité sérieuse : je fatiguais son corps et j'occupais
son esprit.

Malgré tout, madame Daramon échappait à mes étrein-
tes. Elle me faisait vivre sur un qui-vive perpétuel. Il y
avait un secret entre elle et moi, c'était évident. Notre
intimité était devenue complète. Nous agissions absolument comme frère et sœur : Anaïs le voulait ainsi. Je la
pressais de questions; elle se déclarait parfaitement
heureuse et cependant, lorsque je regardais au fond de
ses yeux, elle me paraissait triste comme une personne
qui désire, qui espère, qui souffre. Avait-elle une passion
au cœur ? je penchais à le croire. Je l'étudiais avec la
patience d'un médecin et le dévouement d'un ami. Peine
inutile, je ne pouvais rien découvrir.

Du reste, tout cela n'était qu'accidentel, intermittent,
pour ainsi dire. Ses tristesses lui revenaient principalement pendant mon absence. Elle supportait difficilement
que je m'éloignasse de Fragny. Étais-je loin ? elle parlait
tout de suite de partir, de retourner à Paris. J'arrivais,
ses dispositions devenaient tout autres, elle se prêtait
avec une docilité exemplaire à toutes mes prescriptions.

Nous arrivâmes ainsi cahin-caha jusqu'à l'automne.
Madame Tisseur, fidèle au programme tracé par M. Vienne,
creusait de plus en plus la ligne de séparation entre elle
et sa fille. Les prétendants se succédèrent à ***, toujours
soigneusement repoussés par Anaïs ; je recevais tous les

huit jours la prière, à laquelle je ne pouvais pas ne pas me soumettre, de prendre patience et d'espérer.

Nous étions dans ces dispositions d'esprit et de cœur, lorsque nous fîmes les vendanges ; je continuais de mon côté l'application de mon programme.

Les vignobles de Fragny revêtent des côtes escarpées. Ils se composent d'une série d'étages qui partent des bords de la Loire et montent par des retraits successifs jusqu'aux cimes des coteaux. Chaque étage de vigne repose sur un mur en pierres sèches. Les ceps de mon pays sont des arbustes nains ; ils n'affectent pas, comme ceux de certains pays, les allures de guirlandes et de lianes qui se suspendent aux arbres fruitiers et courent de branche en branche, à perte de vue. Comme compensation, ils croissent dans des terrains rocheux qui ne pourraient pas recevoir d'autres cultures. Leurs fruits sont à la portée de la main. Les vendangeuses, munies d'une hotte, accostent la plante et suivent chacune une ligne de ceps, de manière à circonscrire une surface déterminée. C'est une besogne joyeuse. Vendangeurs et vendangeuses subissent l'influence de la grappe, la gaieté pétille sur tout le front de bataille. Les langues se transforment en raquettes, les plaisanteries volent de bouche en bouche ; hommes et femmes discutent, en termes joyeux et quelquefois salés, l'éternelle question de leurs mérites et de leurs défauts respectifs. Le sexe fort fait son procès au sexe faible ; celui-ci exerce sa verve aux dépens de celui-là. Quelquefois la lutte devient homérique. La discussion s'établit entre deux bandes distinctes. C'es absolument comme dans l'*Iliade*. Deux hérauts, les deux meilleures langues des troupes, engagées dans le dialogue, échangent des injures plaisantes, à distance. Les provocations se croisent. La verve gauloise s'épanche à long flot. Chose admirable ! le cliquetis des paroles n'arrête pas le travail : il provoque dans les deux camps des rires interminables.

L'apparition de madame Daramon au milieu de ces gens produisait sur eux l'effet d'un cordial. C'était une joie, une fête, une bien-venue enthousiaste. Les vendanges ont des coutumes charmantes et comportent certaines libertés. Une des vendangeuses vient-elle à laisser par mégarde une grappe sur un cep, les porteurs de *bennots*, qui se livrent derrière elle à une inspection minutieuse, après avoir dénoncé la faute, lui barbouillent la figure avec le raisin oublié. Il y a des erreurs, il y a des supercheries ; tout cela provoque des réclamations et des discussions joyeuses. L'usage veut que l'exécution se termine par une embrassade du bourreau sur les joues peintes de sa victime. Madame Daramon fut prise sur le fait. Son dénonciateur était un jeune gars de la plus belle mine. Partagé entre le respect et le désir, la grappe à la main, immobile, il ressemblait à un jeune faune en présence d'une déesse ; il souriait, il tortillait le raisin, mais une invincible timidité paralysait ses mouvements. J'intervins pour déclarer que la loi des vendanges était formelle. Patureau, sage comme Salomon, prononça que madame Daramon serait embrassée et que la servante forézienne serait barbouillée. Céline protesta et voulut être barbouillée et embrassée. Il fut fait selon son désir.

Les vacances amenèrent à Fragny un hôte nouveau

dont la présence introduisit un peu d'animation dans notre petit monde. Le visiteur était un de mes amis, mon camarade de collége, parent rapproché de la famille Tisseur.

Léo Grand était un mathématicien hors ligne, une intelligence d'élite. Il appartenait à cette petite Église de penseurs pour laquelle l'algèbre est une religion. Ces esprits absolus ramènent toutes choses à des formules abstraites. A les entendre, la vie, malgré ses aspects si changeants et si complexes, se réduit à un problème de mécanique, l'homme est un chiffre. Grand soutenait de la meilleure foi du monde les paradoxes les plus étranges, il ne reculait devant aucune conséquence. Au nom de la logique, il arrivait droit à l'absurde.

J'ai remarqué que presque tous les hommes de cette trempe sont d'une bonté et d'une simplicité extrêmes. L'habitude de vivre dans le monde des abstractions en fait de véritables enfants. Lorsqu'ils sont aux prises avec les réalités de l'existence, ils se montrent ingénus et naïfs.

Notre savant nous fit assister à une véritable comédie.

Je vous ai parlé de mademoiselle Victoire, cette parente pauvre de madame Daramon promue à la dignité de dame de compagnie. Mademoiselle Victoire était une vieille fille, si j'ose appliquer cette désobligeante qualification à une jeune personne de trente ans. Mademoiselle Victoire avait une vocation ardente pour le mariage et elle avait bien raison. J'ai rarement vu une créature plus apte à devenir une matrone. Le célibat, contre lequel elle luttait avec une énergie infatigable, avait accumulé dans

11

son cœur des trésors de tendresse qui se révélaient à l'extérieur par une richesse de formes vraiment attrayante; tout en elle semblait dire : aimez-moi, cueillez-moi, je suis mûre. C'était une de ces belles pêches savoureuses, appétissantes, vers lesquelles la main se dirige involontairement. Et ce beau fruit était encore suspendu à l'espalier ? — Mademoiselle Victoire était pauvre et puis mademoiselle Victoire n'avait pas assez d'épines. Elle ressemblait à une magnifique rose qui viendrait au-devant de la main. Le cœur humain est plein de contradictions : si on pouvait décrocher les étoiles et les monter en broches, les étoiles tomberaient au-dessous du diamant, lequel perdrait toute sa valeur s'il devenait aussi commun que les cailloux.

Mademoiselle Victoire, brune, avec un léger duvet sur la lèvre supérieure, devait être, depuis quinze ans au moins, apte au mariage. Figurez-vous une Otaïhitienne éclose dans nos régions tempérées. Si mademoiselle Victoire, — bourgeoisie oblige ! — avait pu lier son sort à un ouvrier modeste, la couronne de fleurs d'oranger aurait depuis longtemps fleuri pour elle. Les sens et l'ambition s'étaient livré des combats terribles dans sa tête, l'orgueil avait été le plus fort.

Notre mathématicien naïf lui tombait du ciel comme une manne dans le désert, elle se l'adjugea. Quoique Parisien depuis longues années, Grand était d'une candeur baptismale. Il avait eu comme tout le monde ses amours d'occasion; mais comme tous les cerveaux hantés par les théorèmes et les abstractions, il ne leur avait emprunté ni expérience de la vie, ni connaissance des femmes.

Du reste, il professait à l'endroit de l'amour les théories matérialistes qui faisaient le fond de sa doctrine générale.

J'ai à peine besoin de vous le dire, car c'est la règle ordinaire avec les personnages de cette espèce, ces théories ne dépassaient pas les limites de la conversation, et il leur donnait par son excellent cœur le démenti le plus énergique. Pour mademoiselle Victoire, c'était un véritable filon que cette nature vierge. Aussi, malgré les broussailles, malgré les aspérités qui semblaient faire de l'attaque de ce cœur une véritable escalade, mademoiselle Victoire se mit résolûment à l'œuvre. Elle avait un moyen de séduction irrésistible, c'était sa charmante personne : avec son expérience, elle vit tout de suite qu'elle pouvait aller très-loin. Grand était un honnête homme, incapable d'un abus de confiance; c'était un parent, un hôte de madame Daramon. Sûre d'elle-même, habituée comme la salamandre à vivre dans le feu, mademoiselle Victoire atteignit, avec le sang-froid et la sécurité d'un jongleur indien, les limites du possible. Notre mathématicien fut enivré et terrassé.

Je le vis venir un jour à moi grave et solennel, comme s'il eût fait une découverte importante dans les champs du calcul. Il me déclara le plus sérieusement du monde qu'il aimait mademoiselle Victoire et qu'il voulait l'épouser. Il y avait à cela une difficulté sérieuse ; Grand était encore plus pauvre que sa future. Dans cette étrange organisation, il y avait tous les contrastes ; il y avait à côté du grand calculateur un artiste et un bohémien. Ce que le mathématicien gagnait laborieusement, l'artiste et le bohémien le gaspillaient sans compter. Ce brave garçon, devenu

époux et père de famille, me représentait la disette transformée en famine.

Nous eûmes toutes les peines du monde à remettre les
choses en équilibre, madame Daramon et moi. Il fallut
employer un remède héroïque, et séparer les deux amoureux. Le temps fit le reste.

Nous en étions là de notre bucolique, lorsqu'un événement grave vint précipiter la crise et me jeta dans de terribles perplexités.

Madame Daramon avait pour voisin de campagne un
personnage extrêmement original, qui avait acheté par
une fantaisie bizarre, une vieille ruine gothique à deux
lieues de Fragny, sur les bords de la Loire. Il avait res-
tauré ce castel avec le goût et la patience d'un antiquaire,
ou plutôt de plusieurs antiquaires dont il avait utilisé la
science et le talent. Vals (c'est le nom du gothique manoir) était devenu un rêve des *Mille et une nuits*.

Cet archéologue *in partibus* avait la passion des belles
femmes. Ce goût est parfaitement naturel, allez-vous me
dire, mais ce qui constitue l'originalité du sien, c'est qu'il
ne sortait pas auprès d'elles de la réserve la plus platonique.
Il possédait pour le plaisir des yeux un véritable harem dis-
séminé sur plusieurs points de la France. Il avait été marié; était-il veuf? cette question embarrassait tout le monde.
Sa femme, une créole je crois, quelque peu juive, passait
à l'état de légende. Elle avait traversé notre pays comme
une apparition. Quoi qu'il en soit, M. Galtier cherchait une
châtelaine pour Vals. Il avait jeté les yeux sur madame
Daramon dont il avait entendu vanter l'éclatante beauté;
instruit de ma présence à Fragny, il invoqua l'intimité

de nos familles pour obtenir de lui être présenté par moi. Ses projets ne me furent révélés que plus tard. Au moment où il me manifestait ce désir je ne pouvais voir en lui qu'un voisin, qu'un homme de bonne compagnie désireux de fréquenter une femme distinguée. Il fut accueilli d'une manière parfaite, resta à dîner, et ne se retira qu'après avoir obtenu la promesse que la colonie tout entière visiterait son château de Vals, dont tous nous avions entendu vanter la merveilleuse restauration.

M. Galtier avait des façons de grand seigneur ; au jour convenu, nous le vîmes arriver avec une escouade de mariniers qui devaient nous transporter, sur des bateaux transformés en élégantes gondoles, par la Loire, de Fragny à Vals. Nous fîmes un voyage charmant ; cette partie du fleuve est admirablement pittoresque; nous mîmes tout un jour pour accomplir une traversée de deux heures. En homme habile, M. Galtier avait voulu nous présenter son habitation par le côté le plus favorable ; vu du milieu de la Loire, le château, posé sur un mamelon, encadré lui-même par plusieurs étages de montagnes, se présente aux voyageurs d'une manière ravissante : figurez-vous une gerbe de tourelles jaillissant du milieu d'un bouquet de verdure. A cette apparition imprévue, nous battîmes des mains.

J'ai visité les ruines de Pompeï; j'ai surpris au sein de cette nécropole les secrets de la vie romaine dans ses détails les plus intimes ; M. Galtier nous offrait là, au point de vue du moyen âge, un spectacle aussi intéressant et aussi complet. Le château de Vals a été construit par un d'Estaing

dont l'anoblissement date de la bataille de Bouvines.
C'est un des spécimen les plus remarquables de l'architecture du treizième siècle. De tous les genres de gothique, celui de cette époque mérite le premier rang par sa
simplicité pleine de grandeur. Lorsque M. Galtier acheta
le château, il était littéralement en ruines : il ne restait
d'intact que la grande porte et la charpente de la toiture.
Il l'avait restitué avec la patience d'un bénédictin aux
prises avec un palimpseste.

Le vestibule, grand comme une petite cathédrale, porte, suspendues à ses murailles, des panoplies d'armes anciennes. On dirait un musée. Deux grandes portes s'ouvrent
sur ce vestibule : celle de droite est l'entrée d'un salon
Louis XV, une des rares infidélités au moyen âge com-
mises par M. Galtier ; celle de gauche conduit à une spa-
cieuse salle à manger dont les meubles en vieux chêne,
solides et massifs, sont de vrais monuments, dont les buf-
fets et les dressoirs regorgent de vaisselle et de faïence de
tous les styles. Il y a là une douzaine de plats sur lesquels
Bernard de Palissy a sculpté de sa main savante des serpents, des lézards, des fleurs et des fruits, toute une flore,
toute une faune.

Le second étage se compose d'une multitude de
chambres toutes meublées avec le scrupule historique le
plus sévère. Chaque siècle y est représenté au point de
vue des meubles. Les lits à baldaquins ressemblent à des
appartements.

Nous visitâmes sans désemparer tous les recoins de
cette habitation féerique ; nous arrivâmes enfin, après un
véritable voyage, jusqu'aux créneaux. Nous nous trouvions

sur une plate-forme circulaire dont le parcours constitue un promenoir avec une vue incomparable. Notre amphitryon nous fit remarquer, et c'était justice, comme une merveille, au milieu de toutes ces merveilles, la toiture du château, dont on pouvait, en marchant, saisir tous les détails. Nous nous engageâmes dans une véritable forêt de chênes dans les attitudes les plus diverses et les plus originales. Je ne connais pas d'église dont la charpente à jour présente une végétation plus touffue et plus accidentée.

Je me laisse emporter par le plaisir de la description et j'oublie l'incident dont je veux vous entretenir.

L'hospitalité de M. Galtier fut tout à fait digne de sa demeure. Madame Daramon avait été logée dans le petit appartement Louis XV qui complétait le grand salon du même style. J'occupais moi-même une chambre renaissance contiguë. J'ignorais entièrement ce voisinage.

Le soir, lorsque je rentrai chez moi, ma première préoccupation fut de jouir d'une magnifique nuit d'automne dont les étoiles étincelantes et l'air embaumé invitaient à la rêverie. La fenêtre que j'ouvris se trouva une porte qui me conduisit sur une terrasse, véritable jardin suspendu à cent mètres au moins au-dessus de la base du château, dont la paroi raide et droite se confondait avec les murs. Cette terrasse régnait tout le long de ma chambre ; de plus elle semblait se continuer au-devant de plusieurs autres pièces et ménager un salon de verdure à tous les appartements voisins. Je m'avançai sans lumière, à tâtons, entre deux lignes de caisses d'orangers. Je marchais de surprise en surprise. Les fleurs les plus rares se mariaient aux fleurs indigènes. Grâce à une lune intermittente, mais faible, je les devinais plutôt que je ne les distinguais; je reconnus néanmoins des buissons de camélias, de fuchsias et de lauriers-roses. Les parfums remplaçaient les couleurs; l'odorat me tenait lieu de la vue. La nuit, les odeurs comme les sons acquièrent une intensité plus grande : ces plantes ressemblaient à de véritables cassolettes. J'étais inondé de senteurs et d'aromes. Dans le groupement des arbustes il y avait des combinaisons et des sertissures de bouquetière. Mais, comme toujours, l'art avait été vaincu par la nature. Un grand lierre, à cet endroit, s'accrochait comme une draperie aux pierres de la muraille. — Les rayons de la lune dessinaient de temps en temps sur cette étoffe vivante des moires et des plaques d'argent. Si un souffle d'air venait à l'agiter, il frissonnait du haut en bas et bruissait comme une cascatelle.

J'avais déjà dépassé deux ou trois berceaux de verdure, lorsque je me trouvai en présence d'un nouveau massif formé par une espèce de jasmin vivace dont le nom m'échappe. L'arbuste, en se reproduisant par boutures, avait envahi toute la place. Un bruit de cascade m'attira dans l'intérieur de ce réduit qui paraissait impénétrable. Un jet d'eau remplissait un énorme coquillage : j'aurais pu sans beaucoup d'efforts d'imagination me croire dans le domaine d'une fée.

Toutes les fenêtres étaient encadrées de lianes qui paraissaient avoir poussé là naturellement. Les treilles dessinaient leurs arabesques de manière à présenter un raisin à côté d'une pêche. Les plus beaux fruits alternaient avec les plus belles fleurs. J'ai su plus tard que cette mise en scène changeait à chaque saison. Nous nous trouvions en automne : on avait garni sa corbeille d'une manière complète. L'hiver on se promenait dans une serre chaude.

Après avoir erré pendant une heure au moins, je finis par trouver un banc placé devant une fenêtre au fond d'une galerie de verdure qui aboutissait à la rampe de la terrasse. Je me couchai sur ce siége la tête sur le rebord de la fenêtre, en proie à une rêverie délicieuse, m'enivrant de parfums, prêtant l'oreille aux mille bruits vagues qui montaient de la plaine. Les étoiles se balançaient comme des fruits d'or au milieu des branches repliées en berceau. Les lucioles allumaient leurs petites lampes. Les insectes me frolaient de leurs ailes. Je me trouvais suspendu entre le songe et la veille, dans un état voisin de l'extase. Je dus faire un effort violent pour me dérober au véritable sommeil qui m'envahissait complétement et j'allai m'accouder sur le parapet de la terrasse.

J'avais sous mes pieds une douzaine de maisons groupées sans ordre ; elles étaient noyées dans l'ombre du château. A la naissance de la lumière, commençaient des prairies interminables découpées en échiquier par des lignes de peupliers dont les ombres grêles se dessinaient sur un fond vert sombre. Plus loin, la Loire élargie, grâce à un double resserrement de montagnes, prenait les proportions d'un lac. La lune glissait sur la nappe des eaux avec des miroitements et des reflets de fer rougi. La naïade, tantôt agitée et tantôt immobile, ressemblait à

11.

une Suzanne surprise au bain. De temps en temps une
légère vapeur montait à la surface : on eût dit qu'elle se
sentait sous le coup d'un regard et qu'elle cherchait à
voiler la nudité de son beau corps. La blonde Phébé
redoublait de lumière : l'ombre se repliait en forme de
couronne et formait un cadre au miroir où elle reflétait
son croissant délicat. Les vagues atteintes par la flamme
renvoyaient des étincelles de diamant. A la Loire succédaient des étages de bois de pins jusqu'aux limites de
l'horizon. Tout ce paysage m'apparaissait noyé dans une
brume insaisissable, estompé par une gaze flottante. Rien
de précis, point de contours arrêtés ; des lignes indécises,
des accidents, des oppositions d'ombre et de lumière. Ces
horizons et ces aspects mobiles et douteux procurent à
l'œil des jouissances comparables à celles produites pour
l'oreille par une musique jouée en sourdine. Il y avait
des souffles dans l'air ; j'entendais des bruits de respira-
tion. Des cris bizarres et inconnus jaillissaient des profondeurs ; le silence même avait des voix. Magique et
puissant spectacle !

A ma gauche, le vieux château de Tignère profilait dans
le ciel sa ruine colossale. Il dominait de toute la tête la
masse sombre et profonde des bois.

Après avoir épuisé jusqu'à la dernière goutte les jouissances de ce paysage nocturne, je vins m'asseoir une seconde fois sur le banc que j'avais abandonné. J'étais
plongé dans une véritable ivresse, les parfums dont j'étais
pour ainsi dire imprégné me montaient au cerveau. Ils
agissaient sur mes nerfs avec l'énergie du hachich. Tout à
coup, un rossignol, posé sur un laurier-rose, à deux pas,

éclata comme une fusée mélodieuse. Ce fut une fête ; tous
les bruits tombèrent ; les lumières redoublèrent d'éclat
et les parfums d'intensité. Je n'oublierai jamais les sensations que me fit éprouver cette musique entendue à travers un rêve. L'oiseau se jouait dans une cascade d'harmonie. Les sons m'enveloppaient et me portaient comme
des ondes. Je me sentais tour à tour des ailes et des nageoires : tantôt je prenais mon essor et je montais, je montais dans la direction du zénith. Puis je redescendais, je
redescendais et, cessant de faire usage de mes ailes, je
plongeais au moyen de mes nageoires à travers de nouvelles
vagues plus denses, jusqu'à des profondeurs éblouissantes.
Mais toujours les ondes aériennes ou liquides que je tra-
versais étaient harmonieuses. Combien cela dura-t-il de
temps ? je n'en sais absolument rien, j'avais la tête ren-
versée sur la pierre de la fenêtre qui dominait le banc où
je m'étais endormi. Je sentis tout à coup deux bras chauds
qui s'enlaçaient autour de mon cou et une bouche brûlante qui se collait sur mes lèvres. Je crus à la continua-
tion du rêve ; je fis à peine un mouvement. Mais la pression des bras et de la bouche devenant plus énergique,
je me sentis pour ainsi dire embrasé. Après un effort violent, je me levai et j'emportai dans mes bras une créature
vivante et brûlée par la fièvre. — C'était madame Daramon demi-nue.

Je ne suis pas un saint, et il me serait difficile de supporter les épreuves dont la légende fait honneur à quelques-uns d'entre eux. Mais je suis un honnête homme.
— Je rappelai à moi mon honneur, ma conscience. Ne
pas abuser d'une pareille situation, c'était tout simplement

pour moi ne pas commettre une infamie. J'avais dans mes bras une femme malade. Je ne jouai pas l'étonnement. J'accueillis ces marques d'une passion fébrile comme des témoignages d'affection fraternelle. J'acceptai pendant quelques secondes ces caresses dévorantes en les interprétant de vive voix, en leur donnant un sens, une portée qui pût faire rentrer le calme et l'équilibre dans cette pauvre tête égarée. Elle tremblait de tous ses membres. Ses dents claquaient. Je l'emportai dans sa chambre, je la couchai comme un enfant. Elle laissait faire. Il semblait que mes paroles la berçassent. Peu à peu ses deux mains abandonnèrent ma main gauche; je sentis sa tête peser plus lourdement sur mon bras droit, elle venait de s'endormir.

Allons, pensai-je en me retirant sur la pointe des pieds, ce sera un mauvais rêve. Demain j'aurai l'air d'avoir dormi profondément. Ma pauvre Céline aura eu un moment de fièvre et de délire. Lorsqu'elle me verra calme, elle mettra l'événement de cette nuit sur le compte du cauchemar.

Terrible découverte ! cette femme m'aimait. Elle m'aimait depuis longtemps, elle m'avait aimé d'un amour qui me la rendait sacrée, puisque cet amour allait jusqu'au sacrifice de soi-même. Elle me donnait sa sœur, convaincue que j'aurais été malheureux avec elle et que je serais heureux avec celle-là. Mon devoir était clair : je devais la traiter comme une malade, avec le respect que les anciens montraient à certaines créatures atteintes par la fatalité. Tout s'expliquait pour moi. Maintenue dans un long tête-à-tête, elle avait d'abord lutté énergiquement contre son amour, maintenant elle s'avouait vaincue. Me voyant près d'elle, endormi, par une nuit tentatrice, dans une atmosphère enivrante, elle s'était penchée sur moi, vaincue ; elle s'était affaissée.

Faisons la part, si vous le voulez, d'une situation fausse, ambiguë, mais disons-le hautement : pour la femme, il n'y a de dignité, de sécurité que dans le mariage. En dehors, à côté, elle descend une pente fatale ; en changeant d'amour, elle change d'âme, pour ainsi dire. A chaque troc, elle fait une chute ; je ne parle pas du devoir, je me préoccupe de la simple mesure, de la prudence la plus vulgaire. Lorsqu'elle tombe, c'est pour rouler dans l'abîme. Si l'on a vu des hétaïres célèbres conserver une sorte de dignité dans le désordre et tout en livrant leurs corps maintenir leurs âmes à une certaine hauteur, croyez bien que ce sont là des monstres, je veux dire des exceptions. Ces prétendues femmes n'ont de leur sexe que les organes. Je plains ceux qui subissent leurs caresses.

Je me trouvais dans une position difficile et dangereuse. Je me voyais condamné à marcher sur un terrain brûlant, plein d'embûches, à côtoyer pour le reste de mes jours une passion inavouée, maladive. Je fus accablé pendant un moment. Que faire ? abandonner la lutte ? fuir ? Mon véritable amour se dressait devant moi ardent, inexorable. J'avais pris des engagements solennels. Du reste, comment faire comprendre à une enfant pure et naïve, les terribles mystères du cœur humain ? Le moyen de les faire entrevoir à une jeune fille confiante, sans empoisonner sa vie, sans salir son imagination.

Non, non! m'écriai-je dans un transport d'exaltation
généreuse, je resterai à mon poste comme un ami, comme
un médecin, l'œil toujours ouvert, l'esprit toujours
en éveil.

Ma résolution une fois prise, j'attendis avec confiance
l'épreuve de l'entrevue du lendemain. Je sortis de bonne
heure et j'allai explorer à cheval les environs de Vals.
Cette course violente me remit complétement. Je me
présentai avec calme dans la salle à manger, où tout le
monde était déjà réuni pour le déjeuner. Grâce à cette
circonstance, je pus adresser mes compliments du matin
à distance. Madame Daramon paraissait un peu pâle,
mais rien, ni dans son attitude, ni dans l'accent de sa
voix, ne trahissait le moindre souvenir des émotions
de la nuit. Son visage était impassible. M. Galtier ne
laissa pas tomber la conversation interrompue par mon
entrée, et reprit le cours des explications auxquelles
l'obligeait un feu roulant de questions motivées par les
merveilles qui nous entouraient et dont il était le créateur.

À la fin du déjeuner, je voulus rendre l'épreuve décisive. J'offris mon bras à madame Daramon, annonçant à
haute voix que je voulais lui faire admirer un miracle de
goût et d'élégance, c'est-à-dire le jardin suspendu de la
terrasse que j'avais découvert pendant la nuit. Tout le
monde se précipita sur nos pas. Son bras tremblait d'une
manière presque imperceptible sur le mien. Elle affronta
héroïquement les lieux. Elle fut si parfaitement calme et
maîtresse d'elle-même, que je crus avoir rêvé moi-même.
Deux larmes de joie coulèrent de mes yeux. Si elle eût

exigé le sacrifice de ma vie en ce moment, je la lui aurais donnée avec bonheur.

Il ne faut pas demander l'impossible à la nature humaine. L'héroïsme n'est pas un état normal. Madame Daramon se sacrifiait une seconde fois. La prudence me commandait de sortir sans retard de cette situation violente et dangereuse. Aussitôt que nous fûmes rentrés à Fragny, j'annonçai ma résolution irrévocable de brusquer le dénoûment. Il fut décidé que je ferais une démarche personnelle auprès de M. l'abbé Vienne, arbitre de ma destinée.

X

Lyon est une ville dont le voyageur se contente ordinairement d'admirer d'une manière rapide et distraite la merveilleuse situation, au confluent de deux grandes rivières. C'est un tort. J'abandonne le Lyon archéologique et officiel, le Lyon gaulois, romain et surtout impérial, le Lyon de la soie et du velours même. J'accorde que les proconsuls modernes ont fait plus de sacrifices à la ligne droite, la stratégie, qu'à la ligne courbe, la beauté. Lyon est devenu depuis quinze ans, comme Paris, la proie des maçons. Soit encore. — Mais le touriste, qui ne s'arrête pas à la surface des choses, peut trouver à Lyon des trésors d'étude et d'observation. Un mot suffira pour vous faire comprendre ma pensée : Lyon est la capitale catholique de la France.

Le clergé de ce diocèse constitue une armée compacte, qui se recrute avec facilité. La propagation de la foi y est née ; elle y prospère, cette œuvre dont le budget se compose d'oboles ajoutées à des oboles et grossit chaque année la phalange de ses apôtres volontaires. Le dénombrement des institutions de tout genre, nées sous l'influence de la pensée religieuse, serait interminable. La colline de Fourvières porte à son sommet un temple qui attire des colonnes de pèlerins. Nulle part la Vierge ne compte autant de dévots. Lyon enfin est une des provinces les plus importantes de l'ordre de Jésus.

Le sentiment religieux plonge par des racines indestructibles dans le cœur humain. Jeté sur ce petit tas de boue qui s'appelle la terre, où il rampe comme un insecte, l'homme embrasse par la pensée l'horizon de l'infini. L'instinct lui courbe la tête ; une invincible attraction la lui relève. Le passé, l'avenir, le resserrent dans un présent fugitif. Le moyen de ne pas chercher, de ne pas interroger ? Où sont les oracles ? Où sont les interprètes de la pensée mystérieuse dont le spectacle régulier et changeant des phénomènes nous révèle la présence ? De tout temps, des hommes se sont présentés qui ont dit à leurs semblables : Nous sommes en communication directe avec le Dieu qui règne et qui gouverne dans les cieux et sur la terre. Il nous a choisis comme ses mandataires. Voici la loi, voici ses commandements. Les religions sont nées avec l'homme : elles sont un produit nécessaire de son organisation morale. L'homme ne peut pas ne pas adorer Dieu : il l'adore comme il respire.

Et cependant l'histoire des religions est un catalogue des conceptions les plus bizarres et souvent les plus extravagantes. Le christianisme, la dernière venue, marque un progrès immense. A-t-il trouvé la formule précise et compréhensive qui résout tout entier le problème de la destinée humaine? Ses docteurs le prétendent et les docteurs catholiques affirment qu'ils la possèdent seuls à l'exclusion de tous les dissidents et malgré toutes les prétentions contraires.

L'Église a rendu d'incontestables services à la civilisation. Sans elle, le monde se serait peut-être abîmé pour toujours dans la nuit sombre et sanglante du moyen âge. Après avoir lutté énergiquement contre la barbarie, elle est devenue une puissance elle-même. Discutée à son tour, elle a vu s'opérer dans son sein de cruels déchirements. La Réformation l'a pour ainsi dire coupée en deux. Mais ce malheur n'a pas été sans compensation. De cette époque date pour elle une véritable renaissance. De puissantes milices se sont organisées ou réformées pour monter la garde autour du temple menacé. La Compagnie de Jésus est contemporaine de la Réformation. Ignace de Loyola relève le gant jeté par Luther. Un soldat, devenu moine, organise une milice ecclésiastique sur le modèle des bataillons mamelucks, dont les jeunes recrues se dévouaient corps et âme à la discipline, et échangeaient leur liberté contre les règles inflexibles de la consigne militaire. Les jésuites, devenus les séides de l'Église, se trouvent mêlés à tous les événements de l'histoire contemporaine. On trouve un jésuite dans toutes les cours de l'Europe : confesseur ou espion, bourreau ou martyr, suivant les circonstances et selon les besoins de la cause. Ils ont fait l'éducation d'une moitié de l'Europe

pendant trois siècles. Voltaire a été le plus brillant de
leurs élèves. Le dix-huitième siècle croyait les avoir
frappés au cœur. Un pape avait supprimé leur ordre. La
persécution d'abord et la Révolution ensuite les avaient
dispersés aux quatre coins du monde. Longtemps on les
a crus morts. Aujourd'hui ils sont plus nombreux que
jamais. La milice de l'immortel Ignace de Loyola compte
plus de sept mille combattants.

L'homme avec lequel j'entreprenais d'entrer en lutte
ouverte à propos de mon mariage, M. Vienne, était un
jésuite.

M. Vienne n'était pas un personnage vulgaire. Il appartenait à une vieille famille de la bourgeoisie lyonnaise;
possesseur d'une grande fortune, il avait été magistrat
pendant plus de vingt ans. Marié, père d'une jeune
fille charmante, rien ne manquait à sa vie. Un double
malheur était venu le frapper presque simultanément
dans ses affections d'époux et de père ; ce double deuil
l'avait fait prêtre et jésuite. Un pareil homme ne pouvait pas entrer comme un outil vulgaire dans la savante
organisation de la compagnie de Jésus. Il représentait
pour elle une grande influence. On s'était bien gardé d'en
faire un agent passif, on l'employait aux missions délicates,
aux négociations d'argent, aux affaires. Il administrait la
fortune de la société.

Lorsque je me décidai à lui faire une visite, M. Vienne
habitait sur la colline de Fourvières une maison à physionomie indécise : tout y sentait le provisoire, l'hôtellerie,
pour ainsi dire. Les jésuites, toujours sur le qui-vive,
affectent de donner à leurs retraites une tournure de cam-

pement. Ce sont des soldats qui peuvent replier leurs tentes du jour au lendemain ; leur modeste bagage entre facilement dans une valise. Un bâton à la main, ils décampent. Les voilà partis dans toutes les directions du monde.

Lorsque je me trouvai en présence de M. Vienne, je me sentis ému. Le personnage m'inspirait un véritable respect ; cet homme-là n'avait pas obéi à une de ces vocations banales qui trop souvent transforment en prêtre un garçon de charrue. Il avait aimé, il avait souffert, il avait pleuré ; la religion était devenue pour lui un asile, un port de refuge. Je n'avais pas affaire non plus à un de ces ambitieux pour qui le froc est un masque et la profession un marche-pied. Je m'adressais à un croyant sincère, à une victime éprouvée par le malheur. M. Vienne était un homme de cinquante ans, grand, mince. Sa figure austère respirait une douceur extrême.

J'avais été introduit dans un jardin fort simple. Ce jardin, dominait comme un observatoire l'incomparable panorama de la plaine du Dauphiné encadrée par les Alpes. M. Vienne cheminait dans une allée dont les bordures en buis encadraient les légumes les plus vulgaires, un véritable promenoir de religieux.

Au premier mot de l'objet de ma visite, M. Vienne me déclara qu'il était étranger à toutes les résolutions prises par madame Tisseur relativement au mariage de sa fille, qu'il avait été consulté par pure bienséance, à titre officieux simplement.

M. Vienne manquait de franchise. C'était peut-être politesse de sa part ; il ne voulait pas sans doute me bles-

ser moi, dont il avait fait écarter la demande. Je vis qu'il
fallait changer de tactique. J'écartai sur-le-champ les
circonlocutions.

— Permettez-moi, monsieur, de procéder avec la plus
entière franchise : je ne viens pas solliciter votre concours.
Il m'a été refusé, j'en suis certain. Ma préoccupation est
celle-ci : je vous apporte des explications loyales ; je désire discuter avec vous une situation grave, dans laquelle
sont en jeu mon honneur et la dignité de votre famille.

M. Vienne se montra attentif.

— J'aime votre nièce. Je crois ne pas lui être indifférent.
Je ne suis pas assez sot pour attribuer à mon seul mérite
l'impression favorable produite par moi sur l'esprit et sur
le cœur de mademoiselle Anaïs. J'ai eu auprès d'elle un
avocat irrésistible, madame Daramon. Vous avez fait écarter ma demande, parce que l'enquête à laquelle vous avez
soumis mon passé m'a été défavorable. Plusieurs prétendants ont été successivement appuyés par vous. Toutes les
fois qu'elle est interrogée, mademoiselle Anaïs se prononce en ma faveur. Votre famille se divise en deux
camps. C'est moi qui suis la cause de cette division pénible.
Voilà une situation fausse, dangereuse pour tous ; je viens
vous offrir de la faire cesser.

Démontrez-moi que je suis indigne de la faveur que je
sollicite, je me retire à l'instant ; vous m'avez discuté ab-
sent, permettez-moi de prendre la parole à mon tour et
de répondre aux accusations dont je suis l'objet.

Cette attaque à brûle-pourpoint ne déconcerta pas le
moins du monde mon interlocuteur. Il resta impassible.
Il me répondit sans le moindre embarras :

—Votre franchise, monsieur, est honorable. J'y répondrai par une franchise égale. Vous avez été écarté pour des considérations qui vous sont personnelles d'abord, et qui touchent en second lieu à la personne dont vous avez eu tort d'invoquer l'appui. Quant aux motifs qui ont déterminé ma sœur, ils sont simples et concluants. Elle veut un gendre pieux, vous ne l'êtes pas. Elle désire séparer ses deux filles; vous vous présentez sous le patronage de l'aînée, au contact de laquelle il importe, par un douloureux sacrifice, qu'elle dérobe la plus jeune.

—Je vous remercie, monsieur, de m'avoir reconnu digne d'un tel langage. Je vous dois en retour les motifs de ma conduite. Je me considère comme engagé en conscience et sur l'honneur avec mademoiselle Anaïs. Elle s'est prononcée en ma faveur. Elle m'a fait promettre d'attendre et d'espérer. Je fais fonds sur son cœur. Aussi longtemps qu'elle persévérera, je persisterai. Laissez-moi vous épargner la peine de m'adresser un reproche que la politesse arrête sur vos lèvres. Vos yeux me disent : Vous avez eu tort de surprendre le cœur de cette jeune fille sans l'aveu de ses parents.

M. Vienne fit un signe d'assentiment.

—Ainsi donc vous avez trois griefs contre moi ; d'après vous, j'ai eu tort de profiter des circonstances favorables dans lesquelles je me suis trouvé vis-à-vis de mademoiselle Anaïs. En second lieu, mes rapports avec madame Daramon sont blâmables. Troisièmement, je ne suis pas un homme pieux.

Aujourd'hui, j'offre de vous faire une véritable confession. Je vais vous soumettre un à un tous les faits de ma

vie. Ce n'est pas tout. Je vous exposerai sans restriction,
sans ambages, mes principes, mes doctrines. Vous avez
cherché à connaître ce que je pensais, ce que je croyais,
ce que je pratiquais. Je vous reconnais ce droit plein et
entier. Ma seule crainte, c'est qu'on vous ait mal renseigné, ou qu'on vous ait renseigné d'une manière incomplète. Quel sera le résultat de notre entretien? je l'i-
gnore. J'aurai peut-être rendu entre nous la séparation
plus profonde. Peu importe. Il est de mon devoir, il importe à mon honneur d'agir comme je le fais et de ne
laisser planer aucun nuage sur ma conduite.

— Parlez, monsieur.

— J'ai connu madame Daramon à Paris pendant que je
faisais mon droit. J'ai été reçu chez elle comme un compatriote, comme un ami. Elle m'a donné plus tard une
lettre d'introduction auprès de M. Tisseur, votre beau-
frère. La pensée de mon mariage est née dans son esprit.
Elle en a parlé à son père : M. Tisseur s'y montrait favorable. Les circonstances m'ont rapproché de mademoiselle
Anaïs; j'ai conçu pour elle une affection profonde. Jusque-là, je ne vois rien de blâmable dans ma conduite.

— Absolument rien.

— M. Tisseur était souffrant, sa maladie s'aggrava.
Madame Daramon vint s'installer auprès de son père.
Je la rencontre avec sa sœur : elles sont en larmes, je les
console. M. Tisseur expire. Je pleure avec votre famille,
et j'accompagne jusqu'à sa dernière demeure celui que je
considérais déjà comme un second père.

Une affection est née au milieu de ce deuil. Où est
mon tort? J'aimais cette jeune fille. Elle pleurait. Ma

bouche est restée muette, je vous le jure. Mes yeux ont
parlé, je ne le nierai pas. Madame Daramon a parlé, cela
est certain. Elle connaissait la vive sympathie de M. Tisseur pour moi. Elle n'a pas combattu le penchant de sa
sœur ; j'irai jusque-là : elle l'a fait éclore. Elle en avait le
droit. Le vœu du père de famille la justifie et me justifie
en même temps.

— Vous auriez dû ne pas user des moyens de rapprochement que vous facilitait madame Daramon.

— Permettez, monsieur, je ne suis pas un saint, je suis
un homme. J'aime mademoiselle Anaïs, et refuser de
la voir lorsque je pouvais la rencontrer avec sa sœur,
eût été au-dessus de mes forces. Dans tous les cas, si
j'ai fait mal, je soutiens que le casuiste le plus rigide ran-
gerait ma faute dans la catégorie des péchés véniels.

M. Vienne ne put s'empêcher de sourire.

— Voilà, ce me semble, le premier point, le point le
plus délicat, complétement vidé. Je passe au second. Mon
mariage signifierait, dites-vous, rapprochement, intimité
avec madame Daramon. C'est vrai. Vous la repoussez ;
moi, je lui tends la main. Votre attitude vis-à-vis d'elle
suppose une conviction bien triste : vous croyez à la déchéance de cette pauvre femme.

M. Vienne inclina la tête en signe d'assentiment.

— Vous êtes sévère. Je ne connais pas la source de vos
renseignements. J'admets avec vous toutes les hypothèses
possibles, toutes les faiblesses qu'on lui prête. Tant qu'il
ne sera pas établi que j'ai affaire à une prostituée, je ne
marchande pas les termes, je considère la tâche de la relever comme un devoir. Je dois être le guide, le gardien

de la sœur de ma femme. Le jour où j'aurai reconnu l'inutilité de mes efforts, ce jour-là seulement je pourrai sans crime retirer le bras qui la protége, et la laisser périr dans un naufrage définitif. Personne n'a encore tenté cette noble et sainte entreprise. On a eu pour elle des procédés sévères. On l'a aigrie. Je ne crois pas le mal irréparable : la cure me paraît sinon facile, au moins possible. Quant au contact des deux sœurs, qui paraît vous effrayer par-dessus tout, à mon avis il n'offre aucun danger. Madame Daramon n'est pas atteinte d'une maladie contagieuse, une femme raisonnable, conseillée par un mari intelligent, peut la fréquenter sans crainte. Croyez-moi, elle ne peut être un objet d'envie : elle fait plutôt pitié. Le spectacle de ses ennuis et de son isolement est et sera une leçon permanente. Ma femme (passez-moi l'expression) pleurera peut-être avec sa sœur, elle la plaindra, mais elle ne songera pas à l'imiter. Il me sera si facile de lui faire voir le fond de cette existence troublée dont la surface n'est pas même brillante !

Je parle à un prêtre. Placé sur ce terrain que j'appellerai religieux, je crois ma justification complète.

J'avais peu réfléchi, au début de ma recherche matrimoniale, aux inconvénients de la situation équivoque de ma future belle-sœur. Ma famille, mes amis, ont appelé mon attention sur ce point délicat. J'ai écarté leurs objections comme j'écarte les vôtres. Je vais plus loin : dût-il en résulter pour moi un désagrément sérieux, je ne veux ni ne peux reculer, par la raison souveraine que j'aime mademoiselle Anaïs et que je suis aimé d'elle. J'ai fait éclore dans son cœur un sentiment qui me lie et qui

m'oblige à passer outre malgré les obstacles placés entre
elle et moi.

J'arrive enfin, monsieur, à mon humble personne. Je
me propose de la disséquer devant vous, comme si nous
nous trouvions dans un amphithéâtre d'anatomie, avec le
sang-froid d'un opérateur aux prises avec le cadavre d'un
inconnu. Je vous supplie de m'écouter. Je n'ai pas la
prétention de vous convaincre : votre robe vous défend
contre ma rhétorique. Ma seule espérance, c'est de conquérir peut-être, en dépit de vous-même, sinon votre
affection et votre consentement, au moins votre estime.

Vous m'avez dit : Vous n'êtes pas pieux. — C'est vrai.
— La question religieuse est peut-être ce qui nous divise
le plus profondément. Vous me pardonneriez, je le crois,
les peccadilles de ma jeunesse, si je les avais confessées au
tribunal de la pénitence. Si la croyance catholique dominait encore dans mon esprit, vous feriez la part de
l'âge, des circonstances, et vous m'absoudriez. Vous vous
préoccupez de l'âme de votre jeune nièce ; vous pensez
à son salut. Avec moi, elle vous paraît exposée au péril
de la damnation. Je ne suis pas un fidèle au sens rigoureux du mot ; je lui fais courir des risques moraux auxquels vous désirez la soustraire. Vous frappez madame
Daramon surtout pour m'atteindre.

— C'est vrai, monsieur, voilà le principal motif qui
fait écarter votre demande, honorable du reste à tous
égards. Vous n'êtes pas catholique. Ma nièce a été élevée
par une mère pieuse et profondément attachée à sa religion. Je vous en fais juge vous-même, peut-elle, sans
blesser sa conscience, vous confier le sort de sa fille,

12

fussiez-vous à part cela, et je le reconnais sans peine,
le plus honnête homme de la terre ?

—Avant de vous répondre, je désire vous faire connaître
l'histoire religieuse de mon esprit. C'est le meilleur moyen
de me découvrir tout entier. De cette façon, je me pla-
cerai sous un jour qui vous permettra de scruter mon
âme et mon cœur jusque dans leurs fondements.

Personne plus que moi n'a été nourri dans les véritables traditions du catholicisme ; je les ai sucées avec le
lait. Des ecclésiastiques respectables et que j'aimerai
toute ma vie, les ont fait pénétrer dans mon intelligence
en même temps que l'éducation et l'instruction. Néanmoins
je m'en suis détaché peu à peu. A un point de vue théo-
rique, il est vrai, j'ai d'abord été protestant. Aujourd'hui,
je suis libre penseur ; ma religion est la religion naturelle.

Comment se sont accomplies ces transformations successives ? — Le voici :

J'ai toujours eu un goût très-vif pour les questions religieuses, philosophiques et politiques. J'ai commencé par la
politique. La révolution de février ayant tout mis en question, il fallait tout défendre. A cette époque, les hommes
de cœur prenaient la plume d'une main et le fusil de
l'autre. J'ai fait comme tout le monde, je me suis battu et
j'ai écrit un livre pour défendre les principes fondamentaux de la société. Ce livre, resté inédit pour des motifs
dont il est inutile de vous entretenir, m'a fait faire un
examen rétrospectif et critique de toutes mes idées. La
religion s'est présentée tout d'abord. Pour en parler avec
convenance et utilité, j'ai dû remonter aux sources et re-

prendre par la base mes études rapides et insuffisantes. J'ai
lu immensément. J'ai lu, à peu d'exceptions près, tout ce
qui a été publié de notre temps. Or, le résultat de ces recherches me conduisit directement au protestantisme, non
pas au protestantisme de Luther et de Calvin, prisonnier
dans le dogme de la prédestination et des peines éternelles,
mais au protestantisme philosophique, élagué de la plupart des croyances que retiennent encore les confessions
dissidentes. Dans un opuscule destiné aux masses, je ne
faisais pas de la controverse, je me bornais à dessiner
les grandes lignes du christianisme rationaliste, tel qu'il
m'apparaissait d'après mes nouvelles études. Je faisais
ressortir les vérités essentielles de la religion chrétienne
et l'admirable morale de l'Évangile.

Voilà ma première étape religieuse.

Jésus-Christ est le fils de Dieu, l'Évangile contient
sa doctrine. — L'Église catholique affirme qu'elle en a
reçu le dépôt exclusif avec mission de la maintenir intacte
et de l'interpréter au fur et à mesure des besoins de la
société chrétienne. Le rôle de dépositaire et d'interprète
ne constitue que la moitié de sa fonction. Elle prétend
en outre avoir reçu la charge de diriger les âmes et de
gouverner les consciences, au moyen d'une hiérarchie
ecclésiastique dont les membres constituent — les uns
disent par leur ensemble, d'autres dans la personne d'un
pontife suprême — une autorité souveraine et infaillible.
Telle est, si je ne me trompe, la substance du catholicisme.

Enfant, ces doctrines étaient entrées sans peine dans
mon esprit. La partie morale de l'Évangile me ravissait.
Le Christ m'apparaissait les mains pleines de miséricordes

et de consolations. Mes convictions religieuses étaient
un sentiment. Mais le jour où j'examinai d'une manière
scrupuleuse les textes et les autorités, le jour enfin où je
fis usage de mon intelligence au lieu de mon cœur, il me
sembla que j'avais été dupe d'une véritable illusion
d'optique. Du fonds simple et pauvre de l'Évangile, je vis
surgir une végétation luxuriante, mais parasite ; la hiérarchie catholique m'apparut sous son vrai jour : un fait
humain. Je voyais bien quelques hommes privilégiés
auprès du Christ, recevant de première main sa doctrine et chargés par lui de la répandre; mais c'était tout.
Pour arriver à la savante organisation de l'Église catholique moderne, je me trouvais empêché par des obstacles
insurmontables. L'histoire ne me paraissait pas se prêter
avec plus de facilité aux constructions régulières et sy-
métriques que comporte le plan catholique.

J'étais donc protestant. La seconde évolution religieuse
accomplie par mon intelligence est tellement grave, qu'il
me paraît inutile d'insister sur la première. Pour l'homme
qui se déclare libre penseur au point de vue religieux, il
importe peu qu'il ait passé par des phases intermédiaires.

J'arrive immédiatement à mes nouvelles croyances.
Celles-ci, je ne les ai consignées nulle part. Je les formule devant vous pour la première fois.

Je ne suis plus chrétien.

J'oppose au christianisme deux sortes d'arguments :
une argumentation *a posteriori* et une argumentation *a
priori*, Je n'ai pas la prétention d'établir ma thèse ; je
me confesse purement et simplement.

La science moderne a ébranlé ou plutôt a détruit jusque

dans ses fondements la cosmogonie de Moïse. — En réalité, la terre tourne ; le soleil est immobile. Dans la Bible, c'est tout le contraire. Je le sais très-bien, les théologiens soutiennent que les solutions contradictoires de ce grand problème astronomique sont indifférentes au point de vue de la Bible, et que les doctrines religieuses de Moïse se concilient parfaitement avec les théories scientifiques de Galilée. C'est un raisonnement sage et conciliateur, je le reconnais. La théologie chrétienne fait de nécessité vertu. Mais, pour les esprits sérieux, la base même du mosaïsme s'écroule. Depuis Copernic, il repose sur le vide et sur l'erreur.

Je ne veux pas reprendre les objections des encyclopédistes contre la Bible. Je ne les trouve ni sérieuses ni dignes. Les encyclopédistes étaient des demi-savants et des hommes passionnés : ils ne discutaient pas, ils injuriaient. Ce que j'invoque contre la révélation, ce qui est accablant pour elle, ce sont les travaux si graves, si neufs, si complets, de la critique moderne. Vous devez les connaître. Les exégètes contemporains n'ont pas laissé une page, une ligne, une virgule des livres saints sans en rechercher la valeur, l'origine, le fondement. Or, il est résulté de cette opération une refonte complète de ce que l'on croyait la vérité, un triage sévère entre l'histoire et la légende. Les faits ont été nettoyés de la rouille qui les recouvrait : ils ont retrouvé leur importance absolue et relative. Les énigmes se sont ouvertes. On a compris la Bible pour la première fois. Impossible d'admettre aujourd'hui que ce livre plein d'interpolations, dont les véritables auteurs sont à peine connus, dont les dates sont incertaines, contient la parole de Dieu. Lisez-le avec sang-froid, lisez-le avec ses nouveaux commentateurs. Le peuple de Dieu (il mérite encore ce beau nom à plus d'un titre) nous a été restitué avec ses grandeurs et ses faiblesses de proportion humaine. Moïse, comme Homère, disparaît dans un nuage : il est la signature sociale d'une collection de législateurs anonymes.

L'Évangile a subi la même épreuve que la Bible. Les quatre évangélistes ont été soumis à une étude sévère, mathématique, pour ainsi dire... De tout cela il résulte que Jésus, le divin Jésus, est un fondateur de religion de l'ordre des Sakiamuni et des Mahomet. Le miracle, qui est le fondement de la révélation, s'évanouit devant la critique historique comme l'ombre aux rayons du soleil.

Je passe à l'argumentation *a priori*. Je vous supplie encore une fois d'excuser ma franchise. Je blesse en vous des convictions que je respecte. Je ne viens pas vous braver; je suis venu vous dire : étudiez-moi et jugez-moi. Mes idées nouvelles reposent sur des convictions longuement mûries, je n'ai aucun intérêt à en faire parade; tout au contraire, j'aurais un intérêt sérieux à les dissimuler jusqu'à nouvel ordre. Si donc je vous tiens un pareil langage, c'est pour faire disparaître entre nous toute équivoque. Je continue.

Le christianisme tout entier repose sur la déchéance du premier homme, sur le péché originel. Il a pour corollaire la damnation éternelle. Cela est si vrai que, si vous supprimez le péché du premier homme, vous supprimez

l'incarnation, vous supprimez la religion. Je soutiens que
le sens moral repousse des notions pareilles. Je nie le
péché originel au nom de la justice; je nie les peines
éternelles au nom de Dieu.

Comment ces dogmes monstrueux se sont-ils introduits
dans le monde? Je l'ignore. Presque toutes les religions
anciennes reposent sur cet horrible principe : La vie est
un mal, la vie est un châtiment. On conçoit que des idées
semblables, filles du cauchemar, fleurissent sur les bords
du Gange, dans ces contrées maudites où le soleil et la
théocratie dévorent l'espèce humaine. Mais en plein Oc-
cident, je me demande comment elles ont pu trouver
accès dans les intelligences.

Je ne veux pas entreprendre la tâche facile de démontrer ce qu'elles contiennent d'injuste et d'odieux.
Pour moi, elles sont une pierre de touche infaillible;
vous les feriez accepter de mon esprit qu'elles révolte-
raient encore mon cœur. Aucune dialectique ne me fera
admettre que la faute du père doit être punie dans la
personne du fils. Le progrès des mœurs a fait disparaître
de nos codes l'odieuse peine de la confiscation. Personne n'ose plus soutenir parmi nous que des innocents
peuvent être frappés pour des coupables. Le christianisme n'a pas d'autre base que cette horrible confusion.

C'est ma conviction profonde, si l'Évangile ne masquait
pas de ses admirables maximes de charité et de dévouement ces abominables conceptions juives, on en ferait
justice sans délai. — Malheureusement, ou plutôt heureusement, il y a dans l'histoire religieuse du monde des

contradictions sublimes : le bien se fait jour en dépit de notre ignorance et de nos mauvais instincts. L'incarnation divine voile le péché originel ; elle voile jusqu'à l'enfer.

Aucun syllogisme ne parviendra à démontrer la légitimité des peines éternelles. Ce que la justice exige, c'est la réparation, c'est la sanction du délit. Là encore la raison publique impose à la conscience moderne la véritable mesure. La peine doit être proportionnelle à la faute. En second lieu, elle a pour but d'améliorer le coupable. La religion chrétienne rabaisse Dieu au-dessous de l'homme : elle le fait injuste et froidement cruel.

C'est un signe des temps. Les questions religieuses passionnent nos contemporains. Le dix-neuvième siècle tout entier agit sur lui-même comme Descartes au début de sa carrière philosophique. Il commence par se dépouiller de toutes les idées reçues, et pour employer le langage de l'illustre fondateur de la philosophie française, il fait table rase.

Quelle construction va-t-il élever sur ce terrain déblayé? Je ne le vois pas très-bien. Ce que je vois mieux, ce sont ses tendances négatives. Je ne suis pas de ceux qui crient à l'éclipse, à la nuit, et qui tremblent. Je suis un homme religieux à ma manière. Je crois en Dieu comme à ma propre existence. Il me suffit de modifier légèrement la formule de Descartes : Je pense, donc Dieu existe. Cette proposition contient en germe, à la manière des axiomes mathématiques, une série de conséquences qui dominent de toute l'autorité de la loi le monde moral. Avec Dieu sur ma tête, la raison dans mon intelligence, la justice dans mon cœur, je suis en mesure de résoudre tous les problèmes de la vie. La philosophie ne craint pas la discussion sur ce terrain. On reste confondu lorsqu'on entend les objections, je devrais plutôt dire les plaisanteries dont elle est l'objet de la part de certaines personnes. Prenons le bilan des vérités et des erreurs contenues d'une part dans les sectes religieuses, de l'autre dans les écoles philosophiques. Mettons en présence la révélation et la raison. Mais à quoi bon ?

Ne croyez pas au naufrage des idées religieuses, malgré tout cela. Je le sens, le sentiment religieux est impérissable. Les prétendus athées sont des fanfarons ; s'ils pouvaient être de bonne foi, ils seraient descendus au-dessous de l'idiotisme. Dieu, semblable à la lumière d'une lampe voilée, se montre à nous à travers l'écorce du monde. Le rayon divin, par intervalles, illumine l'espace.

Mais là où Dieu parle à la créature le langage le plus clair, le plus intelligible, c'est dans notre cœur. Nous l'avons tous entendue cette parole suave et fortifiante, la parole d'un père à son enfant. Dieu est le père. Avec cette conception, on peut tout reconstruire. Il y a un livre admirable, lorsqu'on le dépouille de son enveloppe mystique, lorsqu'on le goûte jusqu'au noyau, jusqu'à la moelle philosophique ; qui nous donne la vraie saveur, la véritable signification de l'amour divin : c'est l'*Imitation de Jésus-Christ*. Faites de ce chrétien agenouillé, humilié, une créature agissante ; ajoutez à la contemplation l'action, à la foi et à l'amour la confiance et le courage, vous aurez le sens et la pratique des vrais rapports de l'homme avec Dieu.

Je vais vous paraître étrange avec mes prétentions d'homme religieux. Entre vous et moi, il n'y a qu'un malentendu. Nous ne nous comprenons pas, voilà tout : élevons-nous au-dessus de la routine intellectuelle. Pour vous, je suis une brebis galeuse. C'est tout au plus si vous me croyez de bonne foi. Si vous avez écouté sans m'interrompre ce que je viens de vous dire, je le dois à votre éducation d'homme du monde. Catholique, jésuite, vous me jugez sévèrement. Laissez-moi vous dire comme le poëte :

Des Dieux que nous servons, connais la différence.

Moi qui ai vécu au milieu des prêtres et des catholiques, moi qui les ai fréquentés tous les jours, je les considère comme des frères, non pas malades, mais d'une santé insuffisante. Je voudrais pouvoir les fortifier. J'ai l'esprit et le cœur sympathiques. J'aime, je respecte et j'admire tous les hommes de bonne foi et de bonne volonté. Que celui qui est sans haine me jette la première pierre !

Voulez-vous une profession de foi plus explicite? Je ne suis pas de ces démolisseurs atrabilaires qui détruisent pour le plaisir de faire des décombres. Je suis convaincu que l'avenir dégagera des ruines du présent une croyance nouvelle, plus large, plus synthétique, laquelle absorbera le christianisme rajeuni, redevenu pur de tout alliage. Provisoirement, je partage l'opinion de ceux qui, respectant le fonds divin des religions régnantes, proposent de les amener pas à pas, progressivement, sur le terrain des transactions et des moyens termes. Le protestantisme, qui porte déjà dans ses entrailles, comme un principe de vie, le libre examen ; le protestantisme, en dépit de certains docteurs inconséquents cramponnés à une sorte de tradition pseudo-catholique, entre dans la voie des transactions nécessaires. Pourquoi de ce bouillonnement, de cette fermentation des intelligences, l'idée religieuse moderne ne se dégagerait-elle pas pure et brillante, ne se formulerait-elle pas avec l'irrésistible évidence des notions simples et fondamentales qui s'imposent à tous les esprits ? Le patrimoine moral du genre humain grossit tous les jours. Comparez l'homme antique à l'homme moderne : quelle différence ! La justice, trop souvent absente de la législation grecque et romaine, pénètre de plus en plus dans nos lois et dans nos mœurs. Où sont les esclaves ? L'épouse grecque, la matrone romaine, je ne parle pas de la femme orientale, ressemblent-elles à nos mères et à nos sœurs ? Où sont les barbares ? Les peuples ont appris à se respecter. C'est un commencement : le respect deviendra plus tard de l'affection. Vous m'objecterez peut-être que le fond de la moralité humaine est toujours le même ; que les vices, les appétits brutaux n'ont pas déserté le cœur de l'homme. Vous avez cent fois raison. Mais quel progrès ! l'âme même du Romain, si vous la soumettiez à l'analyse psychologique, vous présenterait un spectacle auquel nos yeux ne sont plus habitués. A côté de quelques vertus, vous y rencontreriez de véritables maladies morales que le temp et l'éducation ont déracinées en nous. La pitié pour le faible, la charité envers le pauvre, le respect de la

femme, le dévouement à son semblable, voilà des sentiments qui n'ont jamais ému les poitrines stoïciennes
des Grecs et des Romains. Je sais que vous faites honneur au christianisme de cette morale nouvelle. Qu'importe la source! Il me suffit de constater le fait.

Je ne crois pas à la venue d'un nouveau messie, lequel,
s'inspirant des procédés des novateurs religieux, pré-
sentera une doctrine toute faite ; de même que le christianisme a grandi par des greffes successives, l'évangile
nouveau sera un produit lent et progressif. Il sera
surtout une œuvre anonyme et collective. On a écrit l'histoire dogmatique du christianisme. Les conciles œcumé-
niques, qu'ont-ils été si ce n'est des espèces de con-
ventions ecclésiastiques chargées de donner un corps
aux inspirations vagues et flottantes de la communauté?
Les dogmes ont été élaborés par la foule. Ils ont subi une
première gestation dans le cerveau de la multitude. Les
Pères de l'Église ne faisaient qu'une chose : ils leur
donnaient un nom, ils les baptisaient. Soyez convaincu
que le jour où les religions actuelles seront usées, le jour
où elles cesseront d'être bienfaisantes, il se dégagera, du
fond des masses mûries par le christianisme, une lumière, une voix, que sais-je? un consentement unanime
à l'étreinte duquel il sera difficile de se soustraire. Rappelez-vous le désarroi produit par les premiers prêcheurs
au milieu du paganisme. Il était devenu vide, la pensée
religieuse qui le faisait vivre s'en était retirée. Les
idoles n'avaient plus d'âme. Le sens profond des mythes
avait disparu. Quel écroulement et quelle victoire!

Aujourd'hui le spectacle est le même, et cependant il diffère d'une manière radicale. La lutte avec le christianisme a pour but de le rajeunir et de le dépouiller des excroissances parasites qui le défigurent. Le sentiment religieux moderne cherche à y creuser son lit en l'élargissant.

XI

M. Lachal fit une pause.

— Je vous ennuie avec mes dissertations théologiques, bien que vous m'écoutiez avec la même patience que M. l'abbé Vienne.

— Il y a une différence cependant, répondis-je ; vous avez en moi un auditeur tout à fait sympathique. Vous m'avez fait un véritable plaisir. Vous avez donné un corps, une forme à des idées qui préoccupent mon esprit depuis longtemps et qui flottent pour ainsi dire dans l'air. Je suis un de ces nombreux chrétiens dont l'unique attache à la religion consiste dans leur baptême et leur première communion. Emporté comme tant d'autres par l'âge et par les distractions, je confesse avoir singulièrement négligé mes devoirs religieux. Néanmoins, je dois le dire, j'éprouve un véritable malaise à ne pas me rendre un compte exact de mes croyances. Je me sens venir depuis quelque temps une sérieuse tendance à m'occuper des grands problèmes de la destinée humaine. Vos paroles si graves, si religieuses, m'ont ému profondément. Je ne sais pas si vous avez raison d'une manière absolue; mais il me semble que vous n'êtes pas entièrement dans le faux.

13

— Je n'ai pas essayé avec M. Vienne d'établir mes propositions d'une manière scientifique. Je ne veux pas l'entreprendre avec vous non plus. Mais, si la question vous intéresse, nous pouvons la creuser un peu plus profond : elle en vaut la peine. C'est l'affaire capitale de la vie. De nos déterminations à ce sujet dépendent et notre conduite dans ce monde et notre sort par delà le tombeau.

— De grand cœur, mon cher monsieur, vous n'êtes pas le premier que je voie prendre corps à corps les anciennes doctrines, et, après les avoir ébranlées, proposer nettement de leur substituer la religion naturelle. J'ai lu, mais avec un peu de précipitation, deux ouvrages de M. Laroque, un livre de critique et un livre de doctrine, dont les conclusions me paraissent identiques aux vôtres. Je les ai lus parce qu'ils ont provoqué une polémique ardente, et surtout par curiosité.

— Il se fait en France, je devrais dire en Europe, car la France, comme cela lui arrive souvent, n'est qu'un écho, et, grâce à sa merveilleuse langue, elle est devenue le vulgarisateur des idées élaborées ailleurs ; il se fait partout, dis-je, un mouvement au sein des communions religieuses dont on ne peut méconnaître l'importance sans être aveugle.

— Cela me frappe, moi qui suis un homme inattentif.

— Tenez, l'année dernière, j'étais allé prendre les eaux dans une localité insignifiante. Les buveurs y étaient peu nombreux. Nous nous y trouvions un peu comme les passagers sur le pont d'un navire, obligés de vivre en commun, de nous serrer les uns contre les autres, faute d'espace et par besoin de distraction. Comme il arrive en

pareille occasion, les personnes de la même éducation
se rapprochaient tout naturellement, et formaient un
cercle de causeries. Nous étions là une douzaine, venus
des quatre coins de la France. C'était bien le hasard qui
avait formé ce noyau de discoureurs. Savez-vous quelle
question revenait le plus souvent et le plus volontiers
sur le tapis? la question religieuse. Savez-vous combien
d'entre nous se déclaraient chrétiens? deux : un sénateur,
philologue distingué, linguiste de la force du cardinal
Mezzofanti, et un ancien préfet de Louis-Philippe, député
sous la Constituante, homme encore jeune, que la délicatesse de sa santé avait mis dans la nécessité de renoncer aux fonctions publiques. Les dix autres, en me
comptant à cause de l'arithmétique, parfaitement capables
de donner la réplique aux deux premiers, professaient
la religion naturelle. Je fus frappé de ce fait, qui à première vue paraît insignifiant, mais dont l'importance ne
vous échappera pas, si vous voulez réfléchir qu'il n'est
pas isolé, et qu'il est possible d'en renouveler la consta-
tation dans tous les cercles et dans toutes les assemblées
d'hommes aujourd'hui en Europe.

— Je puis fournir également une preuve à l'appui de
votre observation. Je suis allé il y a quelques mois aux
Eaux de... Je m'y étais lié avec un négociant de Paris,
lancé par la nature de ses affaires dans les plus vastes
spéculations. C'était un parvenu, mais un de ces parvenus
chez qui une intelligence supérieure tient lieu de tout
et supplée l'éducation. Cet homme avait à peine reçu les
premiers éléments de l'instruction primaire que l'on
distribue aux gamins de Paris. En dehors des quatre

règles et de ce qu'il avait retenu de la lecture des journaux, il savait peu de chose, ou plutôt il ne savait rien du tout. Il avait un admirable bon sens, et il éprouvait l'impérieux besoin de se faire une conviction sérieuse sur toutes choses. En politique, il avait des idées nettes; mais au point de vue religieux, il hésitait, il tâtonnait. Vous parliez tout à l'heure de Descartes et de son doute érigé en système? Mon homme doutait véritablement, et se trouvait très-malheureux de ne pas pouvoir mettre la main sur une formule qui satisfît tout à la fois son cœur et son esprit. Ce n'était pas une nature vulgaire, je vous l'affirme, ce négociant sachant s'élever au-dessus des préoccupations de son énorme comptoir pour chercher la vérité, la vérité religieuse, avec la patience d'un néophyte et l'énergie d'un philosophe. Savez-vous à quel parti il s'était arrêté? Vous allez rire probablement. Il avait fini par s'adresser à un penseur en renom et l'avait chargé de lui rédiger une doctrine religieuse. Il portait dans sa poche ce catéchisme d'un nouveau genre. Il me le fit lire et me demanda ce que j'en pensais. Quant à lui, il ne paraissait pas satisfait de l'enseignement du maître.

— Quelle était la doctrine contenue dans le manuscrit?

— Le positivisme.

— Je le crois bien.

— A présent que notre conversation me ramène à ce fait bizarre, il prend à mes yeux une importance inattendue.

— Vous avez mille fois raison. Je connais une foule de personnes dans la situation morale de votre ami. Les communions religieuses dans lesquelles nous avons été élevés présentent aux intelligences adultes les problèmes de la vie sous un jour qui les choque; elles sont pleines de contradictions qu'elles éludent ou qu'elles taisent, si c'est possible. Les hommes qui ont le temps de s'instruire et de discuter ouvrent les yeux et s'éloignent. Il y a un courant manifeste qui porte les catholiques au protestantisme et les protestants à la libre pensée. C'est l'affaire d'une ou de deux étapes, suivant le point de départ. Mais là commence la difficulté; pour certaines intelligences d'élite, elle n'est pas insurmontable. Elles ont bien vite organisé leurs nouvelles croyances : avec deux ou trois points de repère solides, l'édifice s'élève comme par enchantement. Mais les esprits moyens, mais les hommes occupés, n'ont ni la capacité ni le temps que demande un pareil travail. Ils flottent dans le vide; ils sont ballottés par le doute; ils souffrent, car l'homme a besoin de croire, comme il a besoin de respirer. C'est pourquoi je suis d'avis de conserver comme un *A B C* provisoire toutes les anciennes formules religieuses, et je cons eille aux hommes de bon sens de s'y rattacher sans préférence pour celle-ci ou pour celle-là.

— Il me semble qu'il y a sur ce point une contradiction dans vos idées.

— Veuillez suivre mon raisonnement. Je crois au fond divin de toutes les religions. Elles ont toutes pour racine ce besoin impérieux, fatal pour ainsi dire, du cœur de l'homme, lequel a soif de croire et d'aimer. Qu'elles donnent une satisfaction plus ou moins complète à cette

nécessité, ce n'est pas ce qui me préoccupe en ce moment. L'essentiel, c'est qu'elles la satisfassent dans une
certaine mesure. Si la France jouissait comme l'Amérique d'une liberté religieuse absolue, c'est-à-dire si
chacun parmi nous avait le droit de prêcher ses idées
religieuses et de pratiquer un culte à sa guise, je chan-
gerais complétement de langage. Nous autres Français,
nous ne pouvons être publiquement que catholiques,
protestants ou juifs; ajoutons : musulmans en Algérie.
En dehors de ces frontières religieuses, il nous est interdit toute espèce de manifestation publique, de sorte
que si je n'appartiens à l'une de ces quatre grandes catégories de croyants, je suis condamné à un mutisme absolu.
Vous le sentez très-bien, cela ressemble à la liberté religieuse comme la nuit ressemble au jour, comme une négation ressemble à une affirmation. Que faire en attendant le
jour de l'affranchissement religieux ? Eh ! mon Dieu ! c'est
bien simple, profiter du fragment de liberté que nous avons
conquis en 89, la liberté de discussion religieuse, signaler
les abus, attaquer les erreurs, faire chacun dans la
mesure de nos forces une active propagande au profit du
vrai... et puis, lorsque nous avons besoin de prier, entrer
dans une église, dans un temple, au besoin dans une
mosquée. On trouve partout le vrai Dieu, et la prière
partie du cœur ne s'égare jamais en chemin quel que
soit le lieu où l'homme s'agenouille.

Le jour, ce jour-là viendra, où les adhérents à la
religion naturelle pourront pratiquer un culte public,
tous les citoyens condamnés à cette hypocrisie relative
que je déplore, mais à laquelle je ne vois pas le moyen

d'échapper, se réuniront dans des temples de leur choix, bâtis avec leurs deniers. Ce jour-là, vous verrez s'accomplir un immense progrès religieux.

— Mais c'est une utopie.

— C'est une réalité palpable. Vous n'avez jamais visité l'Amérique du Nord? Si vous tenez à être témoin d'un spectacle d'une incomparable grandeur au point de vue religieux, faites la traversée. Vous verrez dans les États-Unis, au milieu de toutes les religions pratiquées en Europe, au milieu de toutes les sectes plus ou moins dépendantes du protestantisme, surgir et prospérer l'unitairisme qui n'est pas autre chose que la réalisation et l'application de la religion naturelle. Channing a laissé son âme au milieu de cette société religieuse nouvelle. Voulez-vous que je vous dise toute ma pensée? l'unitairisme est la religion de l'avenir.

— Ainsi soit-il.

— Vous riez, nous rions de tout en France. Depuis quelques années cependant, la vieille gaieté française a pris un masque sérieux. Entrez dans une boutique de libraire, qu'y voyez-vous? Des livres de controverse religieuse écrits par des laïques. La polémique des journaux, sur quoi se fait-elle ardente et passionnée? sur des questions de dogme, et un vent de doctrine a passé sur nos têtes. Rappelez-vous les cavaliers et les têtes rondes de Walter Scott. De quoi dissertent-ils, quand ils n'échangent pas des coups d'épée? de la suprématie papale, de la grâce et de l'autorité des livres saints. Nous sommes revenus aux jours orageux de la réformation. C'est le même choc d'idées, la même lutte d'opinions; avec un progrès cependant : c'est que nous ne nous égorgeons plus et que l'inquisition a éteint ses bûchers.

— Mais il me semble que ce mouvement religieux ou anti-religieux, cela dépend du point de vue, a éclaté d'une manière bien subite.

— En France, c'est vrai. Mais il y a trente ans qu'il se prépare dans les universités allemandes. L'Allemagne aura encore cette fois l'honneur d'avoir produit Luther. Vous rappelez-vous la sensation produite par le livre de Strauss, il y a une trentaine d'années ? Le contre-coup s'en fit ressentir jusqu'en France. Nos docteurs injurièrent le docteur allemand, et tout fut dit. Depuis ce moment, il se fait de l'autre côté du Rhin un travail à la mine et à la sape autour de la citadelle du christianisme qui en met à nu les fondements... Pendant ce temps-là, les jésuites faisaient sentinelle sur le sommet des tours; ils ajoutaient une nouvelle construction ; sans regarder sous leurs pieds, ils élevaient sur leurs têtes le dogme de l'immaculée conception de la vierge Marie...

Ce que la science allemande a accumulé de matériaux et de découvertes sur l'histoire des religions est énorme. Il faut avoir le courage de pénétrer dans cette langue inextricable pour s'en rendre compte. Les savants français qui ont eu la fortune de s'y aventurer en sont revenus les mains pleines. Rien qu'à traduire et à vulgariser les conceptions de nos voisins, ils ont conquis la célébrité.

Vous ne sauriez croire quelle lumière ces admirables travaux jettent sur l'origine et sur la formation des idées religieuses. Au commencement du siècle, Creutzer avait

déchiffré le grimoire de la mythologie. De l'anthropomor-
phisme grec on a passé au panthéisme indien et au monothéisme sémitique. Puis sont venues les religions modernes. Les mécanismes théocratiques ont été démontés
et analysés pièce par pièce, ressort par ressort... De cet
ensemble de recherches coordonnées, il résulte ceci, c'est
que l'homme primitif, placé en face des forces naturelles,
n'est pas assez fort pour remonter des effets à la cause,
et qu'il ne trouve pas de plain-pied l'absolu dans le rela-
tif ; en d'autres termes, qu'il n'a pas pu ou n'a pas su
s'élever jusqu'au vrai Dieu. L'humanité a débuté par le
fétichisme. Rappelez-vous l'histoire des Juifs. C'est le
récit d'une lutte perpétuelle entre le monothéisme et le
polythéisme. Les législateurs, les prêtres et les princes
israélites passent leur vie à renverser le veau d'or et
à relever les autels de Jéhovah. Le vice inné, le vice fon-
damental qu'ils ont combattu, c'est l'idolâtrie.

Faisons un pas de plus. Le prêtre se présente partout
avec un double caractère : il est d'abord un ministre du
progrès et plus tard il devient un instrument de despotisme :
instrumentum regni. Éclairer son semblable et le dompter ensuite, voilà toute la mission du prêtre faisant partie
d'une caste et ne se confondant pas avec les autres citoyens. Les premiers prêtres ont été d'abord des pères
de famille, des vieillards, des ancêtres, pour ainsi dire.
Dans la tribu, l'aïeul faisait la prière en commun et
remplissait la fonction de sacrificateur. C'est là le sacer-
doce dans sa pureté primitive. Peu à peu les passions
humaines corrompent l'institution patriarcale. Les pas-
teurs deviennent guerriers, conquérants. Lorsqu'on s'est

13.

installé les armes à la main dans un pays conquis, il faut
une milice permanente pour contenir les vaincus et re-
pousser les agresseurs. Les esclaves cultiveront la terre.
La guerre et le culte deviennent en même temps des pro-
fessions par lesquelles vivent ceux qui les embrassent.
Chacun se cantonne dans son privilége et cherche à
l'élargir. Le clergé entasse les dons et les richesses ; il
devient propriétaire et rend sa propriété éternelle par la
mainmorte. Habile à régner, il pousse les castes les unes
contre les autres, et lorsqu'il les a successivement affai-
blies et domptées, il établit sur toutes une inébranlable
domination.

Vous pensez peut-être que je vous parle de l'Hindoûs-
tan. Mes paroles s'appliquent parfaitement à l'Europe ; et
n'était la différence du climat, les riverains de la Méditerranée en seraient peut-être encore aujourd'hui réduits à supporter le même joug que leurs frères des bords du Gange.

Mais, cher monsieur, vous me laissez aller à des diva-
gations sans fin ; si je ne reprends pas le fil de mon récit,
nous resterons sur ce banc jusqu'à demain matin. —

J'avais brûlé mes vaisseaux. Mon cœur débordait : j'en
avais laissé couler le trop-plein. J'étais heureux de ma
franchise. La diplomatie est un procédé antipathique
à mon tempérament. J'ai l'habitude, dans les affaires de
la vie, de prendre le taureau par les cornes. J'étais venu
droit à mon ennemi, et je lui avais offert des explications
catégoriques. Croyez-le bien, je ne changeais pas ma
situation ; je ne la rendais ni meilleure ni pire ; je l'amélio-
rais plutôt. Je forçais M. Vienne à m'estimer dans son
for intérieur.

Nous nous séparâmes d'une manière tout à fait cour-
toise. Le jésuite, dans ce moment, s'effaça derrière
l'homme du monde. L'attitude de mon hôte, au fur et à
mesure de la conversation, était devenue de plus en plus
je ne dirai pas affectueuse, le mot serait trop fort, mais
de plus en plus empreinte d'égards et de respect pour son
visiteur.

La pensée de la démarche que je venais de faire m'a-
vait surexcité pendant plusieurs jours. J'entrevoyais un
combat à livrer, j'avais le cœur plein d'énergie. Mais
le lendemain la surexcitation fit place à un profond découragement. J'éprouvais une sorte d'effroi à la pensée
de revoir madame Daramon. La pauvre femme m'attendait
avec anxiété pour connaître le résultat de ma visite. Elle
ne soupçonnait pas, je ne lui avais pas fait pressentir
l'attitude que j'avais résolu d'adopter vis-à-vis de son
oncle.

Sous peine d'abandonner la partie, il fallait reprendre
mes anciennes habitudes et recommencer mes courses
de Fragny. Je me sentais moins confiant, moins coura-
geux. La perspective de me trouver en tête-à-tête avec
une passion mal éteinte, dont j'avais entendu les grondements souterrains, me paraissait terrible. Que faire
cependant? Ajoutez à cela que l'hiver rendait la solitude,
ou tout au moins l'isolement de Fragny insupportable à
cette créature nerveuse, irritable, aux prises avec un
sentiment douloureux, prompte aux sacrifices, à la condition qu'ils fussent rapides, mais peu propre au rôle de
victime, lorsqu'il demandait de la persévérance et une
résignation patiente.

Je partis. J'avais choisi un jour très-froid et très-sec.
La veille et l'avant-veille, il était tombé une neige abon-
dante. Je me trouvai au milieu d'un paysage admirable,
approprié à la situation de mon esprit.

Je connais des raffinés qui n'aiment pas l'hiver à la
campagne, qui fuient à tire-d'aile aux plus légers frimas,
auxquels il faut un double domicile, comme aux hiron-
delles. Je ne suis pas de ceux-là. J'aime la nature sous
tous ses aspects, verdoyants, jaunissants et blanchis-
sants. Fils pieux, j'aime ma mère à tout âge; je l'aime
plus encore avec sa cornette blanche. Je me sens alors
plus près de son cœur. C'est comme une sorte d'aïeule
dont la tendresse m'enveloppe. Êtes-vous triste, cherchez
un refuge dans ses bras caressants. Vous y trouverez un
berceau comme aux jours riants de votre enfance. Elle
a des sourires voilés d'une douceur divine pour les malheureux. Je souffrais; un inexprimable sentiment de
tristesse prévalait dans tout mon être.

Lorsque je me trouvai au milieu de cette nature dé-
pouillée, il me sembla que je rentrais dans mon foyer
domestique. Mes chers morts, mon père et ma mère, mes
frères et mes sœurs, semblèrent se lever sur mon passage
comme des ombres amies. Invisibles et visibles tour à
tour, ils me faisaient cortége et m'encourageaient avec
des paroles muettes pour ainsi dire, qui, sans arriver à
mon oreille, retentissaient dans mon cœur. Une inquié-
tude vague assiégeait mon esprit; ils l'écartaient d'une
main attentive... Je marchais dans un rêve comme un
somnambule dont une sollicitude intelligente surveille
les moindres mouvements. J'étais dans un état physique et

moral tout à fait extraordinaire. Je fermais à demi les
yeux pour échapper à la sensation aiguë que me faisait
éprouver la blancheur éclatante de la neige. Elle cra-
quait sous mes pieds, elle se déroulait à perte de vue.
L'horizon était blanc, les arbres étaient blancs. Si par
hasard un rayon de soleil venait à glisser sur leurs
branches, elles étincelaient comme des girandoles de
cristal... Les stalactites chatoyaient de lumière. Certains
bouquets d'arbres isolés ressemblaient à des groupes de
fantômes. J'étais en proie à une véritable hallucination.
Le vent sifflait : il avait des gémissements et des sanglots.
La nuit tomba; le crépuscule jetait une lueur blafarde sur
cette blancheur implacable. Emprisonné dans mon manteau, je roulais comme un navire poussé par la tempête.
Singulière sensation! Je perdais de plus en plus la conscience de la réalité. Je marchais en vertu d'une force
intérieure; je me sentais ballotté par une puissance inconnue dont la main capricieuse me jetait comme un
volant entre deux raquettes, et me faisait aller du prêtre
que je quittais à la femme que j'allais rejoindre......

Croyez-vous aux pressentiments? c'est une faiblesse,
je l'avoue. J'eus comme une illumination. Je touchais à
la crise de ma vie.

En arrivant, je trouvai madame Daramon plongée
dans une désolation profonde. Elle me sauta au cou en
pleurant.

— Ma sœur se marie! s'écria-t-elle.

— Que s'est-il donc passé?

— Il y a une infamie là-dessous. Ma sœur est bien
changée à mon égard. Elle pleure en m'embrassant. Je

n'ai rien pu obtenir d'elle, aucun éclaircissement. Elle a un secret sur les lèvres. La pauvre enfant a fait une promesse, un vœu, que sais-je? On la surveille attentivement, et, depuis plus d'un mois, je n'ai pas pu me trouver un instant seule avec elle.

— Vous n'avez interrogé personne?

— Mon Dieu si! mais les explications que l'on m'a données sont si révoltantes que je n'ose pas vous les répéter.

— Osez, ma chère Céline, je puis tout entendre.

— On lui a fait croire que j'étais votre maîtresse.

La pauvre femme, en répétant ces paroles, qui lui brûlaient les lèvres, cacha sa tête dans mes bras. Elle le pouvait en ce moment; elle m'était plus sacrée encore qu'au moment où elle était défendue par le souvenir de sa sœur.

— Il n'y a rien à faire, plus rien à espérer? repris-je après un moment d'hésitation.

— Plus rien, tout est arrêté. M. Vienne a fait agréer son douzième prétendant. C'est M. ***. Anaïs a consenti.

Il y a dix ans de cela. Je me sens encore froid au cœur en vous racontant cette pénible scène que j'abrége. Je souffris en une minute une éternité de supplices. Je me sentais comme tordu et brisé tout à la fois.

Après un quart d'heure de prostration, je me remis un peu. Je songeai à la pauvre femme qui sanglotait sur mon cœur. La pensée de son avenir fut un dérivatif énergique pour ma propre douleur.

— Et vous, ma chère Céline? lui dis-je, prenant ses deux mains dans mes mains. — Il n'était plus question entre nous de sentiments égoïstes. Je me sentais pour mon compte au-dessus de toute atteinte. Je ne voyais plus dans madame Daramon qu'une victime sacrifiée à d'odieux préjugés.

— Oh! moi, reprit-elle, je vais reprendre tristement le chemin de Paris. Ma sœur... mon beau-frère me considèrent comme une ennemie... Cet homme-là saute par-dessus des considérations et des obstacles qui feraient reculer un... Rien ne l'arrête. Il est jugé pour moi. N'en parlons plus.

— N'en parlons plus, chère Céline; c'est bien mon intention. Ne parlons plus de personne. A partir de ce moment, vous n'entendrez jamais sortir de ma bouche une parole de récrimination... Mais parlons de vous. Qu'allez-vous devenir? — Je me sens pour vous la tendresse d'un frère... Cette catastrophe vous a rendue plus chère à mon cœur, si la chose est possible. Si je souffre, je l'avoue sans difficulté, je souffre horriblement... c'est peut-être plus à cause de vous que par le fait d'une autre.

— Cher Georges, je n'ai aucun parti pris. Je vais aller devant moi, à Paris, dans mon petit domicile. Là, je mettrai ma tête dans mes deux mains. Je réfléchirai... A présent, je suis abasourdie, j'ai la tête en feu. Je me sens incapable d'une résolution et même d'une explication.

— Un peu de courage, ma chère Céline, nous allons nous séparer. Nous ne pouvons plus vivre l'un près de l'autre.

Elle fit un mouvement.

— Non pas que je veuille établir entre vous et moi

une barrière absolue. Dieu m'en garde! Je serai trop
heureux de vous voir... Mais nous nous devons à nous-
mêmes, nous devons à notre honneur de donner un démenti éclatant à l'ignoble calomnie dont nous sommes
les victimes. Nous devons mettre dans nos rapports une
circonspection excessive. Je considère comme tellement
odieux le calcul infâme dont on me suppose capable, que
je suis prêt aux plus grands sacrifices pour lui donner un
démenti. Et croyez-le bien, il n'y a pas pour moi de plus
grand sacrifice que d'interrompre nos relations, même
momentanément.

Mais si vous ne voulez pas que je sois absolument
malheureux, dites-moi ce que vous allez faire, quels sont
vos projets... Je voudrais vous savoir heureuse. Je voudrais que vous en prissiez les moyens.

Elle secoua tristement la tête. Elle me regarda dans
les yeux. Elle me vit si triste, et cependant si sympathique
pour elle... elle sentit dans le fond de mes entrailles une
affection si profonde et si vraie, que la femme amoureuse
s'évapora avec sa faiblesse dans un holocauste sublime. Ce
fut une immolation. Elle se releva transfigurée. Me regardant alors avec la conscience du sacrifice qu'elle venait
d'accomplir intérieurement, elle me dit d'une voix brisée,
mais ferme :

— Je ne puis plus être heureuse...
Après une pause :

— Je m'étourdirai !

Je l'interrompis.

— Vous vous étourdirez! ah! chère enfant, je vous
arrête à ce mot. Laissez-moi vous parler comme un frère,

L'existence d'une femme dans votre position est chose difficile et pénible... Vous allez la rendre horrible et impossible. Vous étourdir ! Songez aux conséquences de la ligne
de conduite que vous allez adopter... Pesez bien le pour
et le contre... Avez-vous été heureuse jusqu'à présent ?

Elle secoua la tête.

— Je ne parle pas seulement de l'époque de votre
mariage. Je vous prends à partir du moment où vous êtes
redevenue libre. Il y a dans votre existence un point obscur que je n'ai jamais voulu éclaircir. Cependant, malgré
ma discrétion, bien que je me misse pour ainsi dire un
bandeau sur les yeux, je n'ai pas pu ne pas entrevoir, je
n'ai pas pu ne pas deviner. Vous n'avez pas été heureuse
pendant cette période de votre vie. Vous ferez de nouvelles
expériences ; je vous prédis à coup sûr que vous ne réus-
sirez pas mieux.

Ses mains tremblaient dans les miennes. Elle courbait
la tête dans une désolation morne.

— Cependant, repris-je avec émotion, votre pauvre
cœur a faim et soif d'amour. Vous avez des trésors d'affection à dépenser... Et vous en êtes réduite à dérober
furtivement quelques miettes au banquet où d'autres qui
valent moins que vous s'asseoient en public et festoient
tout le long du jour. C'est une injustice, c'est un malheur
irréparable. Qu'y faire, chère enfant ? Mieux vaut la faim
et la soif que la déconsidération et la honte. Il y a dans
la vie de nobles buts qui vous sont ouverts. Votre fortune vous permet de rouvrir ce salon hospitalier où
les hommes d'élite continueront comme par le passé de
vous entourer de leurs hommages et de leur respect. Vous

avez une intelligence remarquable, ouverte aux belles et grandes choses, aux nobles aspirations ; faites-vous une spécialité, une occupation ; cultivez un art, la littérature.

Devenez un homme, ne pouvant pas être une femme. Vivez par le cerveau, puisque la vie du cœur vous est interdite. Plus je vais, plus je me convaincs qu'à tout prendre, l'homme est maître de sa destinée. La fortune peut l'exalter ou l'abaisser ; peu importe ! l'essentiel c'est que sa volonté reste ferme et intelligente. Qu'il veuille : il sera heureux en dépit de tout et de tous.

Je suis très-malheureux en ce moment ; rien qu'à vous consoler, à vous fortifier, je me sens plus fort, moins triste. Il n'est donné qu'à un petit nombre de sortir de la foule et de gravir les sommets. Admettons que vous éprouveriez une défaillance sur le rude chemin qui mène à la réputation. Je vous réserve un sentier plus facile, moins escarpé : c'est celui des bonnes œuvres. Vous êtes riche ; faites la charité, chère amie. Adoptez une enfant, élevez-la. Ce n'est pas assez pour votre activité : ouvrez un asile à de jeunes filles pauvres ; faites-vous leur institutrice, leur mère. Consolez et soulagez les malheureux. Il y a mille moyens d'être heureux par la bienfaisance et de dépenser le trop-plein de son cœur.

Mais, au nom du ciel ! ne vous laissez pas emporter par le tourbillon parisien. Ne vous fourvoyez pas !

Je dépensai à la convaincre tout ce que j'ai au cœur de sensibilité et d'affection.

Nous nous séparâmes, elle pour retourner à Paris, et moi pour m'embarquer à Marseille.

J'étouffais en France. L'Italie est une admirable contrée. Elle plaît aux voyageurs dans toutes les situations d'esprit. Joyeux ou triste, vous trouvez chez elle des sites, des scènes et des souvenirs appropriés à l'état de votre cœur. J'étais bien jeune encore, je souffrais bien violemment. Mon mal avait les allures d'une fièvre aiguë. Le temps et la distance devaient la guérir dans une certaine mesure. Le golfe de Naples m'a été une admirable médication. Lorsqu'on se fait bercer par une barque sur ses flots bleus ; lorsque la lumière de cet admirable ciel vous entre dans les yeux ; lorsque ces horizons divins vous entourent de leurs courbes caressantes, la douleur perd son aiguillon : peu à peu elle devient de la mélancolie.

Le mariage se fit pendant mon absence. J'en fus informé par une lettre de madame Daramon qui me parvint à Palerme... J'avais payé mon tribut avant de partir.

Tels sont, monsieur, les uniques incidents de ma vie qui offrent une apparence d'intérêt : vous l'avez voulu, je vous en ai fait le récit sincère.

———

— Et cette charmante madame Daramon, qu'est-elle devenue ?

— Vous l'avez sans doute deviné : après notre séparation, elle se jeta à corps perdu dans le tourbillon de la vie parisienne. Elle y a fait naufrage comme tant d'autres.

La femme est un être divin qui ne peut pas supporter la même somme de souillures que l'homme. Où notre peau grossière se frotte sans inconvénient, elle laisse des lam-

beaux de son délicat épiderme. Il lui faut une atmosphère
pure et saine; elle ne vit pas longtemps au milieu des
miasmes sans se flétrir... L'histoire de madame Daramon
est lamentable... Je l'ai suivie pendant dix années avec
patience, avec tendresse. Je l'ai vue descendre gradin par
gradin jusqu'au fond de l'abîme. C'était un douloureux
spectacle que celui de cette jeune et charmante femme,
supérieure à son triste entourage par ses instincts et par
son éducation, luttant contre le vice qui l'envahissait
peu à peu... Ses chutes ont été progressives, pour ainsi
dire. A chaque étape, son langage et son attitude trahissaient à mon regard scrutateur le changement et accu-
saient un progrès dans le mal. J'ai fait des efforts violents
pour l'arracher à sa destinée. J'ai tout essayé, conseils,
supplications, tout inutilement. Il y avait un *pli*. J'y ai
renoncé, et à l'heure qu'il est, j'ignore absolument ce
qu'elle est devenue.

Mademoiselle Tisseur est sous-préfète je ne sais où.

Mademoiselle Victoire a épousé un agent d'assurances.

Mon ami Grand continue à former des bacheliers.

Patureau est maire de Fragny. Et moi je promène par
le monde mon inconstante activité, tour à tour avocat,
financier, journaliste, le tout par accident et par bou-
tade, cherchant la pierre philosophale du bonheur, et ne
trouvant dans le noyau du fruit de la vie que ce qu'il y a
réellement : une substance amère.

Francheville, 25 janvier 186...

Qui tranchera cet interminable procès entre les brunes

et les blondes qui s'agite depuis tantôt six mille ans ? Pâris, sur le mont Ida, donna la palme de la beauté à la blonde Cypris. Il y a eu appel contre ce jugement. *Adhuc sub judice lis est.* La jurisprudence menace d'être éternellement divisée. J'apporte aujourd'hui un nouvel argument qui, je le crains bien, ne terminera pas encore la querelle.

Madame Gennetier est blonde comme un épi. Elle chante comme un hautbois. Un de mes amis, connaisseur délicat, gourmet de toutes les fines choses, disait l'autre jour : On jurerait que madame Gennetier a une anche dans le gosier. Cette appréciation exprime admirablement le charme de cette merveilleuse voix, le suave, le moelleux, le velouté, toutes les qualités sonores du bois mises au service de la mélodie par une âme ardente. Pour relever ce qu'il y a d'un peu langoureux sur ce fond peut-être trop uniformément tendre, se détache un léger *tremolo* qui remue les fibres les plus délicates de l'auditeur.

On est bien malheureux lorsqu'on est obligé de rendre avec des mots certaines nuances ou certaines impressions. Il y a dans les choses de ces phénomènes fugitifs que l'œil perçoit, que l'esprit comprend, mais que la langue est impuissante à exprimer.

Madame Gennetier est notre quatrième première chanteuse par ordre de débuts, depuis le commencement de l'année théâtrale. A la première phrase musicale, elle avait fait oublier ses devancières. Le public, ému, émerveillé, ouvrait les yeux et les oreilles. On buvait cette musique enchanteresse. Les abonnés se regardaient

comme s'ils eussent assisté à un événement. Plaignez-
les ces pauvres victimes; ne sont-ils pas des espèces
d'esclaves réservés à l'expérimentation de tous les poi-
sons? — Figurez-vous les Israélites égarés dans le
désert, recueillant la manne céleste. Figurez-vous des
malheureux condamnés au régime du pain et de l'eau,
qui voient tout à coup un festin dressé par Chevet.
Figurez-vous Tantale délivré de son supplice.

Madame Gennetier, soyez la bienvenue. Nous ne vous
rendrons jamais par nos bravos la monnaie des jouissances que vous nous procurez. Nos applaudissements sont
du billon, et votre gosier est une mine de perles. Je le
déclare, au nom de tous mes camarades d'infortune, nous
sommes vos débiteurs.

Madame Gennetier a chanté dans le *Barbier de Séville*,
le *Domino Noir* et *Galathée*; toujours égale perfection. Je
m'occuperai principalement de la représentation de
Galathée, parce que dans ce cadre, qu'elle remplit d'une
manière plus complète, et où elle est admirablement se-
condée par M. Eybord, qui joue Pygmalion, elle peut
déployer tout à l'aise ses admirables qualités comme
artiste et toutes ses grâces comme femme. Et puis, ce
sera l'occasion de vous développer mes théories à l'endroit de la sculpture. Vous savez mon programme : *De
omni re scibili et quibusdam aliis.*

Quelle est la Galathée dont il s'agit dans l'opéra de
M. Massé; est-ce celle de Virgile?

Malo me Galatea petit lasciva puella
Et fugit ad salices et se cupit ante videri.

Pas le moins du monde. La Galathée qui nous occupe
est celle que le sculpteur Pygmalion avait taillée dans
le marbre, dont il devint amoureux, et pour laquelle il
obtint le don de la vie par une faveur spéciale des dieux.
Mais les deux Galathées, celle du poëte et celle du
sculpteur, sont le type le plus complet de la coquetterie.
La coquetterie! voilà un mot qui recèle dans ses flancs
de bien curieux problèmes. Il faudrait pour le creuser refaire l'histoire universelle. Vous allez, me dira-t-on,
réduire Bossuet aux proportions d'Ovide ou de Gentil-
Bernard. Rassurez-vous; il y a moyen de prendre la
question de plus haut et d'envisager le rôle de la femme
par ses grands côtés.

Ève... Pardon, je viens d'apercevoir la nouvelle tra-
duction d'Horace de Jules Janin.

> Nec reditum Diomedis ab interitu Meleagri,
> Nec gemino bellum trojanum orditur ab ovo.

Que signifie ce besoin d'amour qui travaille le cœur
de toutes les femmes, ce besoin inassouvi, insatiable?
Soyons justes : s'il y a des Galathées de par le monde,
il y a des Lovelaces et des don Juans, j'imagine. Les passions, les instincts, tout ce qu'il y a de fatal dans notre
nature, procède évidemment d'une même cause. Quelle
est cette cause? L'homme et la femme se cherchent, se
poursuivent depuis le commencement du monde... Don
Juan promène par le monde ses changeantes préféren-
ces... Galathée a le don de l'ubiquité, l'ubiquité dans le
temps et dans l'espace. Les instincts de mobilité, de
changement, de coquetterie, dont les noms varient suivant

qu'ils s'appliquent à l'homme ou à la femme, sont immortels et universels. Cette soif de plaisir que les poëtes
antiques ont réduite à de mesquines proportions et dont
ils ont fait une petite peinture, cette soif ardente, inextinguible, que les modernes ont mieux comprise et surtout
mieux interprétée, c'est la soif de l'idéal dont l'âme humaine haletante recueille avidement les débris épars. Je
fais bon marché d'Anacréon et de Catulle : Chateaubriand,
Lamartine, Byron et Alfred de Musset, dans leurs immortelles tristesses, ont bien mieux exprimé les besoins et
les aspirations de nos cœurs.

Quoi qu'il en soit, Pygmalion est amoureux de sa
statue, parce qu'elle est belle. On disputera jusqu'à la
fin des siècles sur les conditions de la beauté. Je prends
madame Gennetier pour exemple : est-elle belle au sens
sculptural du mot ? je n'oserais pas donner une réponse
absolue. Mais si vous voulez parler de la beauté morale,
de cette beauté qui ne s'exprime ni par des lignes ni par
des contours, de cette beauté qui se relève par le rayon-
nement de l'âme, évidemment madame Gennetier est
belle, admirablement belle !

La beauté grecque, du reste, n'est pas la beauté moderne. On peut écrire une histoire à l'aide de la sculpture.
Prenez les statues les plus célèbres de l'antiquité, les
merveilleux chefs-d'œuvre qui rayonnent dans nos
musées et que le temps semble rajeunir, ils vous laissent
deviner, après une étude attentive, la condition morale
des femmes qu'ils représentent. J'entends une objection : Ces marbres représentent pour la plupart des
déesses et non des mortelles. Rassurez-vous, chers

lecteurs : l'Olympe est l'image exacte de la société hellénique. La mythologie n'est qu'un splendide anthropo-
morphisme. Junon procède de la matrone grecque. La
courtisane a trouvé dans Vénus sa déification. Soyez
convaincus que les sculpteurs grecs ont emprunté leurs
types à la même source que les poëtes. Lorsqu'ils ont
voulu représenter les déesses, ils n'ont eu qu'à copier
les torses admirables, les profils merveilleux qu'ils ren-
contraient sur leur passage ; le ciel et la terre se confondent dans ces pays privilégiés, et le dieu n'y est qu'un
homme idéalisé.

Or, étudiez ces femmes et ces déesses, vous les diriez,
sauf les linéaments de la figure, extraites d'un même
moule : une petite tête sur un torse puissant avec un
long cou flexible comme trait d'union. Serait-ce un parti
pris, un système ? Pas le moins le monde. L'artiste rend
naïvement, à son insu, les idées et les croyances de son
époque. La femme grecque, la déesse grecque, représentent sur la terre comme dans le ciel des êtres subalternes accomplissant dans l'ordre général une fonction
secondaire.

J'ai devant les yeux une réduction de la Vénus de
Milo. La Vénus de Milo est l'expression la plus complète
et la mieux réussie de la pensée que j'essaye de faire
comprendre. Elle est nue jusqu'à la ceinture ; ses vastes
flancs destinés à porter les générations futures retiennent
à peine les draperies tombantes. Son merveilleux buste
s'élance de cette espèce de coupe avec la vigueur
d'une jeune tige et, couronnement rival de cet incomparable ensemble , s'épanouit comme une fleur de

grâce et de beauté une tête, petite, fine, admirable.

La force physique et la beauté des formes dominent dans cette statue incomparable; tandis que la vie morale, la vie de la pensée, se manifeste à peine sur son front déprimé que l'art a su pourtant rendre miraculeusement beau.

Il n'existe pas de peintures contemporaines de la Vénus de Milo. Je suis convaincu que nous retrouverions dans les tableaux d'Apelles et de Zeuxis les procédés et les errements que je signale dans les marbres de Phidias et de Polyclète.

A chaque époque, la sculpture écrit sur le marbre l'histoire de la femme. Prenez le buste d'une dame romaine. Les deux Cornélie, Agrippine, attestent que la civilisation a fait un pas immense. La femme est devenue la matrone, c'est-à-dire un objet de respect pour son mari et pour ses enfants.

Le christianisme a fait plus encore. Étudiez les Vierges de Raphaël. Ce sont toujours des spécimens puissants de la maternité; mais quelles têtes! Le cerveau s'est agrandi ; la pensée y a fait invasion; toutes les grâces et tous les charmes y ont pénétré avec les vertus chrétiennes.

L'histoire de la sculpture, au point de vue du type masculin, suit une marche parallèle; elle exprime également des idées originales et profondes et nous fait pénétrer dans la vie des peuples. Si vous remontez du Jupiter olympien de Phidias au Moïse de Michel-Ange, vous lisez comme dans un livre les révolutions politiques, sociales et religieuses qui séparent ces deux chefs-d'œuvre. La forme est moins calme, moins harmonieuse dans le second que dans le premier; mais comme celui-ci reprend la supériorité dans le mouvement, dans la pensée !

Si le Moïse marque l'apogée de l'art spiritualiste, quel admirable progrès atteste le Jupiter sur la sculpture antérieure. Le premier travail d'art de l'homme enfant, c'est le dieu grossier qu'il se façonne, un tronc d'arbre équarri, une pierre grossièrement taillée. Il fait un pas : voici le dieu hindou, moitié homme, moitié animal. Un progrès de plus : c'est le sphinx égyptien qui n'a plus qu'une tête de taureau, mais dont les bras sont encore immobiles le long du corps.

Les grands chefs-d'œuvre de l'art grec marquent un pas aussi décisif dans les conquêtes de l'esprit humain que les grandes œuvres de la Renaissance. Le dieu s'est fait homme.

Donc Galathée, rendue vivante par le souffle tout-puissant de l'amour, se meut, vit, aime, est infidèle. Cette pièce est devenue une espèce de pont aux ânes dramatique. Madame Gennetier a rendu ce rôle tout nouveau par sa manière de le jouer et de le chanter. Elle est incomparable dans cette charmante féerie musicale. Chose extraordinaire! dans la scène de la coupe, elle a trouvé moyen de se surpasser elle-même. La bacchante antique, demi-nue, le thyrse en avant, devait avoir de ces attitudes et de ces élans. L'ivresse jaillissait de ses yeux et de ses lèvres; l'ivresse musicale se répandait comme un fluide magnétique autour d'elle. Nous buvions ces notes enchanteresses, et toujours l'artiste, en proie au démon inspirateur, montait comme soulevée par l'enthousiasme. Il y a eu un moment sublime; la salle a failli crouler sous les applaudissements.

Madame Gennetier nous déroule chaque semaine, comme une chaîne d'or, ses rôles les plus charmants. Mardi, elle a joué les *Mousquetaires de la Reine* avec un magnifique succès. Tout s'anime et se transforme autour d'elle. M. Van Trapp a été parfait dans le rôle d'Olivier d'Entragues. Musique et jeu, je dois tout louer. Il a rendu avec bonheur cette figure sentimentale et quelque peu mélancolique.

M. Eybord est le favori du public : c'est justice. Après madame Gennetier, à une distance respectueuse, c'est le meilleur artiste de notre troupe lyrique. M. Génin fait de louables efforts; malheureusement sa voix, lorsqu'il chante, arrive à peine aux oreilles de ses auditeurs.

Mademoiselle Dennelle me paraît destinée à faire une piquante soubrette tout de suite, et avec le temps une Déjazet charmante... Mais je ne la crois pas de la force de Paganini... pour la musique.

Francheville, 15 janvier 186...

Le *Faust* de M. Gounod m'a fait relire le *Faust* de Gœthe.

Le docteur Faust cherche l'idéal à travers la science. Il a vieilli sur les livres et sur un creuset sans connaître l'amour. La science reculant toujours ses horizons indéfinis à mesure qu'il faisait un effort pour les atteindre, la science l'a lassé ; elle l'a brisé.

La science est un escalier gigantesque, contournant
une tour de Babel et montant dans l'infini par une spirale
immense.

Les efforts du savant lui ont fait franchir les premiers
gradins, de là sa vue est devenue plus forte : la perspective
s'est agrandie. Mais avec l'ampleur des perspectives est
arrivé le vertige.

Un travail sans trêve l'a conduit à la vieillesse. Le
vieillard sent le doute se glisser dans son esprit. Découragé, en proie au désespoir, il appelle le néant, il
invoque le génie du mal.

Quelle délicieuse création que celle de Marguerite !
Ary Scheffer, un Allemand devenu Français, a popularisé
parmi nous ce type adorable de grâce, d'élégance et de
pureté. Qui ne se rappelle Marguerite au jardin ? La
jeune fille s'ouvre à la vie comme une fleur en bouton
s'ouvre à la lumière. Qui racontera le poëme de l'amour
éclosant dans un cœur de jeune fille ? Qui dira les émotions et les ivresses de la vierge ? L'Ève allemande est
blonde comme son aïeule. Elle marche avec des balan-
cements et des ondulations de gazelle qui s'effraye de
son ombre. L'enfant n'a pas complétement disparu. Qui
sondera les mystères de la puberté ? Honte au sacrilége
qui ne contemplerait pas avec un respect religieux les
rites qu'accomplit la nature immuable et infaillible ! La
séve monte dans cette jeune tige. Elle va gonfler ces seins
ingénus. Elle fait palpiter ces narines frémissantes ; elle
fait étinceler ces yeux timides et chercheurs. La vie éclate
sur ce front adolescent en rougeurs subites, pâles éclairs
qui annoncent les grondements lointains de la passion.

14.

Oh ! c'est un délicieux concert que ce cantique des cantiques de l'épanouissement de la vierge... Elle marche
pleine de surprises au milieu des ignorances de l'Éden;
tout lui est émotion, mystère ; elle palpite, elle est inquiète. Elle a des aspirations sans but ; elle éprouve des
joies et des tristesses sans cause. Psyché tressaille au
contact de l'amour invisible.

Méphistophélès nous fait pénétrer dans le domaine du
fantastique. C'est un filon que le génie allemand exploite
d'une façon supérieure. L'esprit humain marche à la
lueur d'un flambeau qui ne projette ses rayons qu'à une
faible distance; au delà de ce cercle lumineux commence
une sphère sombre, et encore, à la circonférence du cercle,
voit-on se dessiner une zone que se partagent ou plutôt
que se disputent les ténèbres et la lumière. C'est le domaine du fantastique. L'œil de la raison, à cette distance
et dans ce jour douteux, aperçoit les objets d'une manière
incomplète. L'imagination peut reconstruire suivant ses
caprices ce que l'intelligence ne fait qu'entrevoir. Alors
s'élève le magique édifice de la féerie et de la fantaisie.
Quelle splendide carrière pour les esprits rêveurs, et
les Allemands sont tous plus ou moins rêveurs. Ajoutez
à cela que ceux-ci parlent une langue souple, malléable,
qui se prête à rendre les nuances les plus ténues et les
grossissements les plus extraordinaires. Nous sommes
plus riches et plus pauvres tout à la fois. La langue française est antipathique à cette poésie flottante et imper-
sonnelle. Notre prose lumineuse chasse les fantômes.

Le Méphistophélès de Gœthe appartient au monde
fantastique : c'est le démon de la légende.

Le génie du mal a trouvé une définition précise dans toutes les théogonies qui ont successivement dominé le monde. Le Satan de la Bible, l'Ahrimane du Zend-Avesta, sont des personnages pour ainsi dire historiques. La personnification du mal n'apparaît pas sous un jour moins clair dans les livres sacrés de l'Inde. La conception du mal, telle qu'elle résulte des grands systèmes religieux, est une conception savante, délibérée. Mais au-dessous des religions positives, à côté des dogmes écrits, il y a ces croyances populaires, vagues et flottantes; il y a la légende.

Les chrétiens font intervenir le démon dans le gouvernement du monde et s'inclinent devant lui comme devant une puissance. C'est à cet ordre de croyance que Gœthe a emprunté son Méphistophélès. Il en a fait une sorte de sceptique railleur qui met son adresse bien plus que son pouvoir au service des mauvais instincts de l'homme. Gœthe, esprit profondément sceptique bien qu'imagination luxuriante, parle par la bouche de ce personnage étrange. Méphistophélès est le porte-voix de son créateur, et son rire strident raille l'humanité tout entière. Gœthe bafoue la science dans la personne du docteur Faust; de l'amour, il fait un poison pour Marguerite. Le dévouement est un piége pour Valentin... Cette composition bizarre, extravagante, constitue un poëme admirable, inouï. On dirait une forêt vierge : toutes les grâces et toutes les horreurs y sont comme accumulées et entre-mêlées à plaisir. Faust semble l'œuvre en collaboration de Voltaire et de Shakespeare. Gœthe résume ces deux admirables génies en leur prêtant je ne sais quelle saveur germanique qui fait de son poëme une création incomparable.

Jamais le problème de la vie n'a été posé d'une manière aussi formidable.

Ma réponse n'est pas celle de Gœthe.

La science! la science est le vrai patrimoine de l'homme. Jeté sur un grain de sable, perdu dans l'immensité, véritable infusoire de l'infini, comment se relèvera-t-il cet être qui pense et qui veut ? — Par la science... Penser et vouloir, voilà les ailes qui lui ont été données pour prendre son essor.

Maître souverain, tu pouvais faire de moi un monde ou un ange. Monde, j'aurais roulé dans l'espace emportant sur mes épaules des océans, des empires, des civilisations. Glorieuse destinée des brutes et des machines, je te repousse. Ange indéfectible, je me consumerais comme un encensoir en effusions devant ton trône. Existence enchanteresse des papillons célestes, je te repousse également. Tu m'as fait supérieur à tout cela, ô mon Dieu ; tu m'as fait libre, libre de choisir entre le mieux et le pire, et tu as laissé le mal s'épandre dans ton œuvre pour que je puisse lutter, parce que la lutte est le fondement de la grandeur morale. Je crois à l'immortalité ; mais cette immortalité ne fût-elle qu'un enjeu, fût-elle seulement le prix du combat, je préfère les chances qui attestent ma dignité par ma responsabilité aux béatitudes sans périls et sans gloire des êtres impeccables.

— C'est là sans doute une philosophie fière, répondrait Gœthe, mais ce n'est pas justifier la présence du mal et de la douleur dans le monde. L'esprit conçoit Dieu souverainement bon. Néanmoins il y a des êtres malheureux, souffrants, victimes prédestinées dans leurs âmes et dans leurs corps. Vous acceptez la lutte, parce que vous êtes armé. Vos parents vous ont engendré plein de force et d'énergie, votre esprit a reçu une culture savante ; la morale a pénétré dans votre âme avec l'éducation. Mais comment motiverez-vous l'existence de ces milliards de créatures humaines, véritable troupeau de brutes qui couvrent tour à tour le monde de leurs fourmilières ? Le rayon divin luit à peine dans leurs intelligences. L'animal lui-même, sous la loi fatale de l'instinct, échappe-t-il à la douleur ? Pourquoi votre Dieu souverainement bon fait-il souffrir tant de créatures innocentes ? Pourquoi ces hécatombes, ces tueries ? Le monde est un amphithéâtre, un cirque, où égorgeurs et égorgés s'entassent dans un charnier commun. Destruction, décomposition, transformation, voilà le sort de la matière vivante et organique. Dans tous les règnes de la nature, depuis le minéral jusqu'à l'homme, c'est un flux et un reflux, un va-et-vient de causes et d'effets aboutissant tous au même résultat lugubre et inévitable, la mort. Vous pouvez jeter un voile de poésie sur l'horrible chaudière où s'élabore la vie, vous pouvez entasser des images, il n'en restera pas moins démontré que le mal, la douleur et la destruction président, comme les trois sorcières de Macbeth, à cet épouvantable sabbat. Que si vous faites flotter l'espérance, comme une sorte de d'arc-en-ciel, sur ce cataclysme organisé, cela constitue un sentiment et non un argument.

Nous sommes, il faut en convenir, en présence

d'un mystère terrible. La raison est impuissante à expliquer ces problèmes obscurs. Le mal, sous toutes ses formes, est une protestation violente contre la bonté de Dieu ; la prescience de celui-ci est une négation de la liberté de l'homme.

Eh bien, malgré tout, ma conscience atteste invinciblement que je suis libre et que le bien est un devoir pour moi. Les obscurités et les contradictions qui assiégent mon esprit s'évanouissent devant cette vérité d'évidence et d'intuition : je suis libre, et par suite je suis responsable. Le bien m'apparaît comme une lumière au milieu des ombres du doute. Le sens intime m'avertit lorsque je transgresse la loi morale. Les passions me sollicitent en sens contraire : il est là calme et inflexible. Sa voix s'élève, amicale avant mes transgressions, vengeresse après. Cela me suffit pour asseoir sur un fondement inébranlable la morale et le devoir. Que mon esprit borné n'embrasse pas d'ensemble le plan divin, qu'importe? J'aperçois des hiatus, des bizarreries, des contradictions dans l'ordonnance générale des choses, qu'importe encore? Dieu a exprimé d'une manière claire et manifeste ses commandements moraux. Il a rendu accessible à tous la notion du devoir. Je me cramponne avec énergie et reconnaissance à cette ancre qui fixe sur un roc mon intelligence ballottée sur l'orageux océan de la vie.

Remercions Dieu et ne blasphémons pas l'existence, qui nous permet de pratiquer la science et l'amour.

L'amour! adolescents nous le respirons comme une fleur; hommes, nous le cueillons comme un beau fruit; vieillards, il nous réchauffe comme un dernier soleil.

La vie est bonne : rappelez-vous, blasphémateurs, l'heure divine où votre cœur s'est ouvert. Évoquez la fête de vos vingt ans. Voyageurs inexpérimentés, chaque chose recélait une sensation délicieuse ; vos yeux et votre poitrine n'étaient pas assez vastes pour tout embrasser, pour tout contenir. Un fantôme mystérieux vous faisait des signes : vous couriez à sa magique apparition. Feu follet rapide, il avait quitté la place où vous pensiez l'atteindre, et vous recommenciez sans trêve une course sans fin, et le mirage n'épuisait pas ses féeries et ses enchantements. Un jour enfin, jour béni entre les jours, vous vîtes surgir à un détour du chemin une créature gracieuse... C'était elle. Alors éclata dans tout votre être l'explosion de la vie. L'amour vous sacra roi, et vous devîntes véritablement grand par l'esprit et par le cœur. Tous les nobles instincts s'épanouirent dans votre cœur ; toutes les grandes inspirations trouvèrent place dans votre esprit ; tous les dévouements s'offrirent à votre volonté ! Heure solennelle et mystique, qui ne voudrait le revivre au prix de mille sacrifices, au prix de tous les dangers, au prix de la mort ? Nature enchanteresse, éclose au souffle de la bien-aimée, je le sens, tu n'es qu'un pâle reflet des splendeurs idéales dont tu recouvres les incommunicables réalités.

Dieu travaille incessamment, il crée sans cesse. Artiste, il a produit la beauté, l'harmonie ; mathématicien, il a posé l'ordre et les lois ; père, il nous a engendrés avec notre esprit chercheur et intelligent pour arriver à la science, la science qui nous fait gravir les hauteurs sur lesquelles se réfugie son impénétrable essence. Travaillons,

étudions, il nous est donné de conquérir une parcelle de
l'infini. Ne nous laissons pas décourager parce que l'objet
de notre recherche est inaccessible, insaisissable. Qui
sait si le destin de l'homme ne consiste pas dans une série
d'ascensions qui le conduisent toujours plus près de Dieu?
Ne me faites pas entrevoir le paradis comme une Capoue
indolente. Je souscris volontiers à une immortalité d'efforts vers le beau, vers le juste. Je consens à parcourir,
le front baigné de sueurs, des myriades de mondes à la
poursuite de l'idéal, pourvu qu'après chaque combat je
puisse mieux l'étreindre, et qu'à chaque étape de cette
pérégrination dans l'infini, la Providence me donne,
comme des hôtes consolateurs, l'amour et la science.

Je me déclare satisfait de cette destinée.

Francheville, 18 février 186...

— On a joué le *Pré aux Clercs*, la *Dame Blanche* et le
Domino Noir. J'ai entendu exalter et j'ai souvent exalté
moi-même la musique italienne et la musique allemande.
Je goûte, comme ils le méritent, Rossini et Meyerbeer,
Bellini et Mozart; mais ce sentiment ne doit nous rendre
ni aveugles ni injustes pour les maîtres français. Ne ressemblons pas à ces voyageurs presbytes qui ne savent
pas voir les merveilleux paysages de notre France, et qui
réservent tous leurs points d'exclamation pour les sites
de la Suisse ou les horizons de l'Italie.

La muse française peut donner sans crainte la main à
ses deux aînées : les trois Grâces de Germain Pilon laissent
indécis leurs admirateurs. Je la vois marcher devant moi,

Elle porte au front une lumière ; elle est vive, enjouée ;
parfois une larme perle dans ses beaux yeux. Elle a
toutes les grâces et tous les charmes de la femme française. — La femme française ! on ne l'apprécie bien que
par comparaison, que par infidélité, si j'ose m'exprimer
ainsi. Notre ravissante compatriote concentre comme
dans un foyer les agréments des femmes de tous les pays :
elle a de beaux cheveux cendrés ; cette teinte délicate ne
résume-t-elle pas les beaux reflets du blond et du brun ?
Sa taille est moyenne, ni trop grande ni trop petite ; elle a
le port gracieux. — Elle est gaie et elle est sensible tout
à la fois. Son cœur condense les langueurs du Nord et les
ardeurs du Midi. Muses et femmes françaises, vous êtes
bien les filles de cet admirable climat qui produit le vin
de Bourgogne et le vin de Champagne. Les liqueurs de
Chypre et de Madère versent dans nos veines des sensations plus brûlantes ; les parfums et les essences de l'O-
rient nous enivrent de senteurs plus intenses ; les fruits
des tropiques ont des aromes plus pénétrants, des chairs
plus colorées... Mais, femmes, fleurs et fruits étrangers
ne sont ni aussi savoureux, ni aussi délicats, ni aussi
élégants que femmes, fleurs et fruits de notre incomparable France.

Les interprètes les plus distingués de l'Euterpe française sont, à mon sens, Boïeldieu, Hérold et M. Auber.
Leurs trois chefs-d'œuvre, *la Dame blanche, le Pré aux
Clercs* et *le Domino noir*, expriment d'une manière remarquable sa qualité dominante, la clarté.

Madame Gennetier interprète ces ravissantes partitions
avec un égal succès. Il faut convenir cependant qu'elle

15

est supérieure à elle-même, si la chose est possible, dans *le Domino noir*. Francheville n'a jamais entendu, Francheville, je le crains, n'entendra jamais plus rien de pareil. Quelle charmante femme! quelle délicieuse cantatrice! Sous le domino noir, avec la basquine aragonaise, ensevelie dans un capuchon de religieuse, à chaque évolution elle vous apparaît sous un jour imprévu, avec une perfection nouvelle. Nonne, elle égrène comme un chapelet les mélodies les plus suaves ; servante aragonaise, elle chante, au son des castagnettes, un fringant boléro ; femme du monde, elle exhale les chants les plus exquis pour exprimer la passion contenue qui tourmente son cœur.

J'ai fait tout à l'heure une sorte de rapprochement entre les trois musiques française, italienne et allemande. Je veux établir qu'il y a sous ces trois formules de l'art une question de race.

Je néglige le problème de l'unité ou de la variété de l'espèce humaine. Cette discussion, qui passionne les savants de l'Europe et de l'Amérique, mène, comme une avenue, tout droit à la tour de Babel. Je me contente de la race caucasique, ou, pour parler le langage à la mode, de la race indo-européenne. C'est à elle qu'appartient l'avenir ; c'est à elle qu'a été remis le commandement de ce monde.

Tous les peuples européens sont frères, et, chose qui va peut-être vous surprendre, nous sommes cousins germains des populations qui habitent les bords du Gange. Toutes les langues européennes et indiennes découlent du kanscrit, ou avec lui d'un autre idiome plus vieux encore,

Une comparaison : figurez-vous que l'Océan, au lieu d'être le réceptacle définitif des fleuves, en est le générateur. Le grec, le latin, le slave, l'allemand, et, comme des rivières qui se détacheraient d'un courant antérieur, l'italien, le français, l'espagnol, l'anglais, se rattachent à cette source commune. Des savants, au moyen d'un procédé analogue à celui de Cuvier, ont reconstruit ce merveilleux ensemble.

Malheureusement, ou plutôt heureusement pour la civilisation, les peuples ont fait comme l'Enfant prodigue : ils ont abandonné le toit paternel. On peut les suivre étape par étape. C'est une véritable odyssée. A chaque nouvelle émigration, les premiers partis étaient obligés de transporter leurs tentes sur d'autres points ; aussi à mesure qu'ils s'éloignèrent, perdirent-ils jusqu'au souvenir de leurs origines et leurs traditions s'obscurcirent complétement.

Il y a aujourd'hui en Europe trois ou quatre races prépondérantes, la race gréco-latine, la race anglo-allemande, et enfin la race slave.

Un mot sur chacune de ces grandes agglomérations. J'ai la prétention d'écrire l'histoire de l'avenir. C'est presque de la prophétie que j'entreprends. Vous allez voir, le rôle de voyant n'est pas difficile.

Je commence par la race gréco-latine, la race initiatrice et civilisatrice par excellence. A quelle époque cette famille aristocratique s'est-elle répandue sur le bord de la Méditerranée, dont elle a fait une sorte de propriété patrimoniale? L'histoire manque d'éléments certains pour le dire. La fable et la légende gardent, comme deux sphinx, le sens de ses origines. Les tribus pélasgique, hellénique et étrusque occupent presque simultanément les points civilisés de cet admirable bassin. Rome est une colonie étrusque ; la Gaule devient une colonie romaine. Tous ces éléments que les siècles avaient rendus hétérogènes, la domination romaine les a fondus comme dans un creuset. Le génie romain a servi de moule ; il les a marqués de son empreinte ineffaçable. C'est de cette matrice féconde qu'est sortie la race latine.

Le français, l'italien, l'espagnol, le grec moderne ne sont que des dialectes, des patois élevés au rang d'idiome. Creusez toutes les grammaires occidentales, vous trouvez un fonds commun, c'est-à-dire une syntaxe identique. Philosophes, historiens, poëtes révèlent une consanguinité évidente : ce sont des frères qui empruntent des formules variées pour rendre des idées dont les analogies sont évidentes.

Je néglige volontairement les nuances et les distinctions : elles sont plus apparentes que réelles, et d'ailleurs elles occupent une place bien moindre que les similitudes.

Donc, avec le temps, les familles, les peuplades, les nations doivent se fondre et constituer un peuple immense. Mais unité ne veut pas dire uniformité. Il y aura toujours sous cette espèce de centralisation de l'avenir la variété qui fait le mouvement et le fédéralisme qui maintient l'autonomie. Au-dessus des divisions indispensables planera une sorte d'amphictyonie que cimenteront la langue, la philosophie et la religion.

Quelle sera cette langue? — Je n'hésite pas à le dire,

le français. J'ai l'air d'émettre une vue prophétique lorsque je constate simplement un fait. Certains océans dévorent les roches qui leur résistent ; le français ronge les langues qu'il rencontre sur son passage. Les chemins de fer et les télégraphes électriques rendent indispensable, pour les peuples entassés autour des mêmes rivages, une langue commune. Quelle autre langue peut remplir plus utilement cet office de truchement universel que la langue du bon sens et de la raison, la langue qui a sa racine dans la logique ? L'esprit humain s'y reflète comme dans un miroir vivant.

Quelle sera cette religion ? Le catholicisme. Le Français, l'Italien et l'Espagnol sont catholiques : ils n'ont qu'une main à tendre au Grec schismatique. Le schisme est un catholicisme hybride : il accouple dans une union monstrueuse la couronne et la tiare. Le travail des idées modernes consiste à séparer ces deux attributs de la puissance souveraine ; leur triomphe sera de les faire vivre dans des sphères indépendantes.

Quelle sera cette philosophie ? — Elle découle, comme un fleuve sacré, des lèvres de Platon et de Descartes.

Quel sera le lieu de cette grande fédération ?

La Méditerranée. Cette mer charmante ne résume-t-elle pas, comme dans une synthèse, tous les génies de cette race merveilleuse ? Napoléon voulait la transformer en un lac français ; ce fut le rêve prophétique d'un grand homme. Il a échoué devant la force des choses ; la force des choses accomplira le miracle en le modifiant.

La race anglo-allemande présente à l'observateur un caractère bien tranché. Elle paraît destinée à accomplir

dans le monde une fonction tout à fait spéciale : l'enseignement de la liberté. Vous allez crier au paradoxe. Et
les républiques grecques et la république romaine?
allez-vous m'objecter. — Je les invoque précisément à
l'appui de ma thèse. Je soutiens que les Grecs et les
Romains n'ont jamais connu et encore moins pratiqué la
liberté. Ces peuples ont conçu dans leur esprit et, par
suite, transporté dans leurs institutions, une notion de
l'État qui réalise la servitude de tous au profit d'une
abstraction, d'une catégorie de l'entendement, pour parler
le langage de Kant. L'État dans cette théorie, c'est-à-
dire la majorité, a le droit d'exiger de chacun le sacrifice absolu de sa personne et de ses biens. Les sociétés
grecque et romaine étaient tout; chez elles l'individu
n'était rien. Maintenant, que cette puissance collective
fonctionne au moyen d'un instrument qui s'appelle démocratie, aristocratie ou monarchie, peu importe : au
fond, c'est toujours la pensée gouvernementale qui s'affirme et qui, semblable au char de Jaggernat, brise tout
sur son passage. Ajoutez à cela que ce monde artificiel
reposait sur l'esclavage... C'était une pyramide vivante,
dont chaque assise humaine était écrasée par l'assise supérieure. Les peuples d'origine germanique ont rapporté
du fond de leurs forêts un idéal de gouvernement que
Tacite célébrait déjà, bien qu'à l'état rudimentaire. Il a
fallu de longs siècles d'élaboration pour le faire arriver
à la perfection relative. La seconde expérience en a été
faite en Angleterre. La troisième et suprême s'accomplit
sous nos yeux dans les immenses territoires de l'Amérique du Nord.

C'est une république de rois que cette confédération américaine. Le citoyen y gouverne avec une liberté absolue sa personne et ses affaires. Chaque commune est un royaume indépendant. Le lien fédéral n'est qu'une frêle attache qui soutient, sans le gêner, le mouvement général.

Cette forte race occupera un jour l'Amérique tout entière... Les Allemands, comme s'ils allaient rejoindre des frères, s'écoulent dans ce vaste réservoir de la population anglo-saxonne... L'Anglais est fils de l'Allemand : Shakspeare est devenu un poëte national en Allemagne.

Il me reste, pour compléter cette monographie des grandes races, à parler des Slaves.

Ah! ceux-ci se réveillent et s'agitent toujours. Comme des tronçons épars, ils cherchent à ressouder leurs anneaux brisés. Les deux grandes peuplades slaves sont sœurs. Les Russes et les Polonais parlent deux dialectes d'une même langue. Jusqu'à ce jour, ils se sont égorgés comme Étéocle et Polynice; demain ils s'embrasseront. Collez votre oreille contre terre, on entend venir du Nord des rumeurs sourdes : c'est le bruit du craquement; on dirait l'explosion du travail intérieur qui se fait dans un édifice vermoulu. Aspirez l'air, il vous arrive tour à tour des odeurs de fermentation et de parfums de germination. Le temps marche... L'idée ronge les barrières, elle glisse comme l'eau à travers les doigts; l'idée mine lentement, mais sûrement, le colosse aux pieds d'argile... Encore quelques moments, et sa chute étonnera et réjouira le monde.

Quel sera le lot de cette vaillante race dont la plus noble partie nous est liée par la fraternité des armes? — L'Orient.

Ouf! une fois qu'on est sur le trépied, il devient fort difficile d'en descendre. Je vais entendre madame Gennetier dans *le Barbier de Séville*. David rappelait Saül au bon sens au moyen de sa harpe. Notre charmante prima. donna me réserve une douche d'harmonie qui fera le plus grand bien à mon esprit surmené. Je recommande ce nouveau genre de médication et je ne prends pas de brevet pour cela.

Francheville, 1er mars 186..

PREMIER CLOWN. — This same scull, sir, this same scull, sir, was Yorick's scull, the king's jester.
HAMLET. — This? — (Takes the scull)
PREMIER CLOWN. — E'en that.
HAMLET. — Let me see. Alas, poor Yorick! I knew him, Horatio : a fellow of infinite jest, of most excellent fancy.
(*Hamlet*, acte V, scène 1re.)

Sans doute, il est trop tard pour parler encor d'elle,
Depuis qu'elle n'est plus quinze jours sont passés ;
Et, dans ce pays-ci, quinze jours, je le sais,
Font d'une mort récente une vieille nouvelle.
De quelque nom, d'ailleurs, que le regret s'appelle,
L'homme, par tout pays, en a bien vite assez.

(ALFRED DE MUSSET. — *Stances à la Malibran.*)

Madame Cambardi est morte il y a une quinzaine de jours. Elle est morte d'une maladie dont elle avait em-

porté le germe de Francheville, morte dans la fleur de la
jeunesse et du talent. Le rôle de Léonor a été son chant
du cygne : il ne reste plus d'elle qu'un souvenir vague
comme celui des mélodies qu'elle a interprétées.

Nous avons enterré, la semaine dernière, notre premier comique, M. Moustié. Le pauvre garçon est tombé
sur le champ de bataille. Il avait la mort sur les lèvres,
et il jouait une pièce bouffonne sans queue ni tête : les
Gardes du roi de Siam. Ce brave acteur luttait contre le
mal, comme le Spartiate avec le renard qui lui déchirait
la poitrine. Tout à coup nous le vîmes pâlir et chanceler.
Il n'y eut qu'un cri dans la salle : Assez! M. Moustié
dut se retirer. Il se coucha pour mourir.

Singulière destinée que celle du comédien! Il passe en
chantant ou en déclamant, et, lorsque sa voix ne se fait
plus entendre, il meurt tout entier. On peut même dire
qu'il meurt deux fois : sa première mort est sa sortie du
théâtre. Les peintres, les sculpteurs, les poëtes sont immortels : ils s'incarnent dans leurs œuvres. Les grands
orateurs se survivent à eux-mêmes; il n'y a que le
comédien qui périt en eux. A la distance de trois mille
ans, nous entendons encore les grandes voix d'Es-
chine et de Démosthène. Les échos du Forum se réveillent pleins de rumeurs lorsqu'on leur parle de
Cicéron.

Pauvre Yorick! Pauvre Moustié! C'était aussi un joyeux
compagnon. Il avait le rire contagieux, la verve commu-
nicative. Cette gaieté s'est figée sur son masque. Il est
mort. La mort, terrible énigme! la vie, problème redoutable! Au milieu de cette danse macabre que nous exé-

cutons tous, à travers son évolution tourbillonnante, on
voit se dessiner tout à coup un profil sinistre et camard.
Le sourire est le dessus d'une grimace; la joie est cousue
avec la douleur. La vie est doublée d'oppositions et de
contrastes violents. Médaille galvanisée à la surface : or
pour les yeux, fer pour la pensée.

Le chrétien s'endort sur l'oreiller de la foi; sa mort
est un réveil; mais pour le philosophe il y a des jours,
des heures, il y a des circonstances où il sent chanceler
sa raison surtout, lorsqu'il scrute les grandes questions de
la vie et de la mort. Nous ressemblons à ces mineurs qui
creusent des galeries souterraines à la lueur d'une lampe.
Nous sommes à la recherche d'un filon qui nous échappe
sans cesse. Un souffle fait vaciller la flamme qui nous
éclaire; un souffle vient l'éteindre. Il faut marcher à
tâtons, sur les genoux, les mains en avant. Nous arrosons
la route de notre sang, notre cœur se déchire d'angoisses.
Soleil de la raison, quand te lèveras-tu dans un ciel sans
nuages?

Cette pauvre madame Cambardi est morte dans la fleur
de l'âge et dans tout l'épanouissement de son talent. Ne
la plaignons pas trop, néanmoins, elle a éprouvé des
joies et des émotions qui remplissent la vie même la plus
courte. N'est-ce donc rien que d'avoir fait battre des
milliers de cœurs, d'avoir suspendu à ses lèvres des foules
enivrées?

Le public d'un théâtre, sous la main d'un artiste puissant, ressemble à ces orgues immenses qui expriment
tous les sentiments et toutes les passions. Chaque spectateur devient une touche de ce clavier vivant. La voix

du comédien fait rendre à l'âme humaine tous les accents
et toutes les harmonies. Oh ! ce doit être pour un artiste
bien doué une joie immense que de sentir son inspiration passer dans la poitrine des autres! Maître du public,
comme l'ouragan est maître des vagues, il le soulève ou
l'apaise, le calme ou le passionne tour à tour. Je ne connais qu'un plaisir supérieur à celui-là, c'est l'enivrement
de l'orateur. En lui se confondent les jouissances du poëte
et du comédien, car il exprime sa propre pensée. Il est
créateur. C'est presque un dieu !

Pauvre madame Cambardi ! la vie lui réservait encore
des joies sans nombre. Elle avait su se faire une retraite
au milieu de la vie orageuse du théâtre. Elle demandait
à la vie de famille le repos et le calme réparateurs. C'est
dans cet asile sacré que la mort est venue la prendre...
Je souhaite que ce souvenir germe comme une fleur sur
sa tombe.

Je n'oublierai jamais la pénible émotion que nous
éprouvâmes tous, lorsque nous vîmes la douleur faire
pour ainsi dire explosion sur la figure barbouillée de
rouge de ce pauvre Moustié. La fatalité se plaît à ces
jeux-là. Le développement de la pièce l'avait amené à
revêtir un costume de femme. La garde du roi de Siam
est composée d'amazones qui doivent fournir, avant d'y
entrer, un certificat de vertu. Vous voyez la situation.
M. Moustié, égaré par la fantaisie des auteurs sur les
bords du Meïnam, comme Orphée à la recherche de son
Eurydice, poursuit sa femme, une grisette de Paris, qu'il
trouve enrôlée dans le bataillon des vestales siamoises.
Sa Pénélope vagabonde ne trouve pas de meilleur moyen

pour lui sauver la vie que d'en faire une recrue. Le malheureux, la mort sur les lèvres, chantait et cabriolait.
C'était un douloureux spectacle.

Triboulet, dans *le Roi s'amuse*, se livre en présence du
roi qui vient de le déshonorer à des plaisanteries déchi-
rantes. Le spectateur supporte cette situation, parce qu'il
devine que le personnage joue un rôle et qu'il met à sa
vengeance un masque de bouffon. Mais en présence de
cette réalité terrible qui se substituait tout à coup à une
farce sans nom, nous sommes restés accablés.

Et la vie est ainsi faite. Nous tous, comédiens sans le
savoir, nous jouons des rôles dans le genre de celui du
malheureux acteur dont j'esquisse la fin terrible. Écoutez :
la cloche qui vient de sonner pour un enterrement va
trouver dans un moment de joyeux carillons pour un
baptême. Vous êtes dans la rue, votre oreille entend tout
à la fois une gravelure et une parole sérieuse.

Contradictions! anomalies! voilà la trame sur laquelle
se noue la vie.

Vient enfin le fossoyeur qui jette sur le cadavre à
peine refroidi sa pelletée de terre et ses équivoques
obscènes.

Poor Yorick ! pauvre Moustié !

Francheville, 20 mars 186...

Je viens de voir exécuter dans un salon un opéra comique par une troupe d'amateurs. *Le Toreador* a été joué
devant une réunion de cent cinquante personnes. Un
mot des acteurs.

M. R... *l'amoureux*. C'est l'homme-papillon : il rappelle Camille, qui courait sur la pointe des épis
sans les courber. Les dames de Francheville sont
les épis de M. R...; il les effleure toutes de son pied
léger ; toutes portent au front une marque plus ou moins
durable de son passage. Singulière nature! il échauffe
et ne brûle pas. C'est une lumière qui répand de la
chaleur et ne produit pas de flamme. Aussi nos dames
s'approchent-elles du flambeau sans crainte de s'y brû-
ler les doigts, ou plutôt les ailes. On en voit même qui
jouent avec ce feu.

Il faut le voir dans un bal parcourant le cercle des
danseuses charmées. Chaque station est une fête pour la
jeune fille ou pour la jeune femme à laquelle il veut
bien consacrer quelques minutes de son temps précieux.

Chose étrange! les hommes, je parle de ceux qui le
fréquentent, bien entendu, ses amis surtout, l'adorent;
leur amitié ressemble à de l'amour. Moi, qui écris ces
lignes, j'éprouve pour lui une véritable tendresse. Son
absence m'est pénible ; sa vue m'est délicieuse. L'explication de ce mystère est bien simple : nous sommes en
présence d'une nature féminine. Les femmes, qui ont un
instinct si sûr en matière de sentiments, ne s'y trompent
pas; elles s'approchent de lui sans crainte. C'est presque
une sœur, disent-elles. Les hommes à l'autre pôle tiennent
un raisonnement qui confirme celui-ci. Ils obéissent vis-à-
vis de lui à une sensation indéfinissable, dans le genre de
celles qui naissent de la différence des sexes; ils se sentent attirés par le charme délicieux que le jeune Alcibiade

faisait éprouver au vieux Socrate. Conclusion : M. R...
est un hermaphrodite au moral.

Il faut convenir que sa charmante personne n'est pas
faite pour détruire ces impressions, Il est difficile de voir
une figure plus gracieusement spirituelle, plus finement
régulière. M. R... n'appartient pas au type grandiose. Pour
trouver son équivalent sculptural il faut descendre jusqu'à l'Apollino de la tribune de Florence.

M. P... le *toréador*, est un silène. Représentez-vous une
manière de Lablache. De tous les deux on peut dire avec
exactitude : *mens agitat molem*. Ils sont aussi spirituels
qu'ils sont gros : je vous prie de ne pas considérer le
compliment comme médiocre. Ces hommes-là sont bâtis
à la manière des constructions cyclopéennes et composés
de blocs erratiques. Cette architecture humaine semble
appartenir au genre antédiluvien et rappelle vaguement
les mastodontes. Il faudrait le crayon de Michel-Ange pour
dessiner ces extravagantes protubérances qui finissent
cependant par se fondre dans un harmonieux ensemble.

La tête d'abord a quelque chose de léonin ; la chevelure est une crinière. En apercevant de loin ce colossal
personnage, vous craignez de vous trouver face à face
avec le roi des races fauves. Illusion ! approchez. Toute
cette exubérance physique se résout en une grâce souriante qui se révèle par des yeux spirituels et une bouche
gracieuse ; de ces yeux jaillissent des étincelles et non
du sang ; cette bouche respire la sensualité et non la fé-
rocité. Le lion est devenu amoureux et gourmand. Ses
instincts féroces se sont transformés. Le carnassier a fait

place à un omnivore dont l'embonpoint atteste les progrès
de la cuisine française.

Violetta, la *prima donna*. Une tête petite comme celle
de la Vénus de Médicis, posée sur des épaules de caria-
tide : la grâce dominant la force. Une taille à tenir dans
un anneau moyen et servant de trait d'union à des bras
et à des jambes que pourrait découvrir la Diane chasse-
resse : la grâce du roseau et la force du chêne. Des pieds
et des mains un peu forts qui ne jurent cependant pas
avec une bouche, merveille de petitesse. Trente-deux
perles fines garnissent cette bouche que ferment deux
lèvres découpées dans l'onyx par un Benvenuto Cellini de
hasard. Des yeux pleins de douceur, ni bleus, ni noirs,
ni gris : velours lumineux et caressant, effluves de l'âme
qui vous enveloppent comme des ondes et vous sub-
mergent.

D'où vient Violetta ? A la voir marcher fière et simple
tout à la fois, drapant avec la majesté d'une reine la
moindre loque autour de son admirable personne, on est
tenté d'ouvrir un livre de blason pour lui chercher des
aïeux contemporains de la première croisade ; cependant
son père et sa mère n'ont jamais possédé d'armoiries.
Ils étaient jeunes et ils étaient beaux, lorsque l'amour
fit jaillir et palpiter Violetta.

A quelle source mystérieuse ce couple sans histoire
avait-il puisé le don de la beauté qui s'épanouissait en
diadème sur le front de ses enfants ? Source mystérieuse,
en effet, qui remonte de génération en génération jusqu'au rapprochement de deux êtres supérieurs. On
trouve encore en province de véritables tribus dont les

hommes et les femmes se distinguent par un type excep-
tionnellement beau.

Quoi qu'il en soit, Violetta, sans être duchesse, réalise
physiquement l'idéal de la grâce et de la distinction.
Lorsqu'elle passe dans la rue, les hommes éprouvent au
cœur une secousse électrique qui leur fait dire : Voici
une vraie femme ! Les vieillards sourient et les adolescents rêvent.

Violetta n'est point une Romaine ni une femme forte.
C'est encore la créature relativement inférieure, telle que
l'ont faite notre tyrannie et nos préjugés. Elle est frivole,
si vous le voulez. Un compliment délicat la transporte d'aise. Des fleurs, un ruban la rendent heureuse.
C'est une enfant. Eh ! mon Dieu, n'y a-t-il pas un
charme infini dans les inconséquences des enfants ? —
Elle est femme de la plante des pieds à la racine
des cheveux. Je la crois même un peu coquette. Mais
tout cela recouvre d'admirables qualités. Viennent les
temps nébuleux, pour parler le langage d'Ovide, ce
vaillant cœur se roidit comme une épée de combat. Cette
épaule se fait oreiller pour le front meurtri ; ce sein ré-
chauffera jusqu'à vos pieds sanglants.

— Vous nous parlez de la pièce et des acteurs. C'est
parfait. Mais le feuilletoniste ? — Qui je suis ? un personnage bizarre, difficile à peindre, plus difficile à raconter.
Ni beau ni laid, ni jeune ni vieux, ni spirituel ni stupide.
Je suis le commun des martyrs et j'en résume d'une
manière synthétique les qualités et les défauts. Le commun des martyrs ! c'est moi, c'est vous, c'est notre
voisin, c'est tout le monde. *Homo sum , nihil humani a*

me alienum puto. C'est l'homme. Je représente, si vous voulez, ce personnage muet qui assiste à tous les spectacles de la vie, gais ou tristes, grotesques ou sublimes, et auquel de loin en loin le plaisir ou la douleur, l'émotion enfin, arrachent un cri. Je suis le chœur. Depuis mon aîné qui figurait sur le théâtre d'Athènes jusqu'à votre humble serviteur, il n'y a jamais eu d'hiatus ni de solution de continuité. Que les événements s'accomplissent à la face du soleil ou derrière un paravent, que les décors marchent sur des trucs ou qu'ils soient obligés de faire appel à l'imagination des spectateurs, vous ou moi, l'homme enfin ouvre les yeux toujours, la bouche rarement.

Que dirions-nous si nous parlions? nous aurions cependant bien des choses à dire du drame et des acteurs. Si les carpes pouvaient parler! Si les brochets le leur permettaient! Admettons pour un moment que la violence de l'émotion nous donne une voix comme au fils muet de Crésus. Parlons.

D'abord je déclare que la pièce jouée dans un salon de Francheville l'a été merveilleusement, que les acteurs et actrices ont rivalisé d'esprit, de goût et de science musicale. Voilà mon compte liquidé.

Voyons le nôtre à présent, mon cher confrère. Trouvez-vous que le drame dans lequel nous figurons, simples comparses, marche comme une féerie vers un dénouement selon votre goût?

Quel âge avons-nous? — La génération actuelle a soixante ans environ. Nous sommes nés avec le dix-neuvième siècle. Son histoire est la nôtre. Le jour de notre

naissance, la scène représentait l'Europe aux prises avec
la Révolution. La France, transformée en alambic, dis-
tillait des substances inconnues. L'alambic avait la forme
d'un volcan. De loin en loin il éclatait et couvrait le
monde de laves et de cendres.

Nous étions jeunes, un bruit de trompettes et de fan-
fares nous enivra. Nous nous battîmes vingt-cinq ans. La
fortune finit par nous abandonner. Nous accrochâmes
fusils et sabres à la muraille, et nous achetâmes pour
nous consoler un portrait à un marchand d'images
d'Épinal.

C'était le nôtre, cela représentait un grognard. Décom-
posons cet acteur stupide, mais sublime. Le théâtre de
Guignol fait mouvoir tout un monde de petits êtres en
bois et en carton. Voilà le prototype. Une ficelle le faisait marcher avec la docilité d'un pantin, il accomplis-
sait des enjambées invraisemblables et prenait des pos-
tures inouïes. Un pied sur le Rhin, et l'autre tantôt sur
le Niemen et tantôt sur le Guadalquivir.

Que diable pouvions-nous bien penser, sentinelles per-
dues sous le soleil dévorant de l'Espagne ou dans les
glaces de la Russie ? J'aperçois le grognard comme
dans un miroir, poudreux, déguenillé, le regard fier, la
démarche conquérante. Admirable ! Mais dans ce crâne
à l'épreuve de la balle, quelle pensée s'agitait donc ? Il
y avait une âme dans cette poitrine transformée en
cuirasse ; à quoi rêvait-elle ? — problème. La gloire ?
— Mais la gloire fût-elle un soleil, si vous en distribuez
les rayons à la Grande-Armée, il n'en reste pas assez
pour illuminer le fond d'une lanterne. La gloire infini-

tésimale, la gloire réduite au millionième, c'est la splendeur du ver luisant. Encore un coup il n'y a pas là de quoi se faire égorger avec enthousiasme. Est-ce la gloire collective, la gloire en faisceau, qui le jetait tête baissée sur les batteries foudroyantes ? — il le faut bien. Inutile d'introduire l'arithmétique dans une question de sentiment. Je suis un grain de poussière ; je suis las de languir dans l'ombre ; je trouve l'occasion de m'agiter dans un rayon de soleil : voilà la gloire. Une autre comparaison : Voici une pyramide. On nous dira (à nous autres grognards) : Vous allez lui servir de moellons. On vous empilera les uns sur les autres d'une manière symétrique. Une première assise d'abord, une seconde après, ainsi de suite. Le monument se rétrécit à mesure qu'il monte. Il a quelques pierres saillantes et porte une statue au sommet. Nous nous prêtons à l'opération. Nous allons même au-devant de la truelle et du ciseau. Nous sommes des pierres vivantes, je n'ose pas dire intelligentes. Nous nous accommodons nous-mêmes en cariatides, en arcs-boutants; il semble que ce soit là notre position naturelle. Nous sommes faits pour porter quelqu'un ou quelque chose, comme les chevaux et les colonnes.

On l'a dit avec enthousiasme : La France est un soldat. Amen!

Après avoir été des soldats pendant vingt-cinq ans, nous sommes devenus, comment dirai-je? des politiques. La politique! Ah ! voici une bosse qui nous manque. J'ai beau palper notre crâne ; je n'y trouve pas la protubérence voulue. Nous avons eu trente-cinq ans pour tenter l'expérience la plus complète, faisant et défaisant, comme

Pénélope. Par exemple. nous sommes des artistes en révolutions; nous avons inventé un nouveau professorat, celui des barricades. De toutes nos créations politiques, c'est la seule dans laquelle nous nous soyons montrés vraiment supérieurs.

Or, il est arrivé ceci, c'est que ne pouvant nous tenir en équilibre, c'est-à-dire à distance de l'excès, après avoir fait l'école buissonnière, il a fallu implorer le maître et sa férule. Éternelles grenouilles gauloises, l'avons-nous conspué ce pauvre soliveau! Ses épaules portent encore la trace de nos bavures. Et pour que rien ne manquât à notre châtiment, ce n'est pas Jupiter qui nous a imposé la grue, nous l'avons choisie de notre plein consentement. Mieux vaut être mangé par le lion que par d'ignobles reptiles.

— Mais que diable nous contez-vous là? Nous ne vous demandons pas une tartine politique. C'est votre histoire à vous, monsieur le feuilletoniste, que nous voulons savoir. Confessez-vous.

— Vous ne voulez pas me soumettre à la question, je suppose? Vous ne voulez pas une confession dans le genre de celle de Rousseau? Je vous déclare que je ne mets pas mes enfants à l'hospice, et que je ne diffamerai pas madame de Warens. Ce que je puis essayer pour vous être agréable, c'est une communication à la manière de Montaigne.

Montaigne avait la gravelle, un page, et il fut maire de Bordeaux. J'ai peut-être la gravelle, je n'ai pas le moindre page et je n'ai jamais été même conseiller municipal. Je suis un homme entre deux âges, entre deux humeurs, entre les deux extrèmes, absolument comme Montaigne. Je fais consister la sagesse dans le goût, dans la mesure, dans la modération et dans l'indépendance. J'aime les esprits libres ; j'admire les caractères fermes. Un acte héroïque me transporte ; une bassesse me révolte. Je mets les pieds sur les choses gluantes et rampantes. J'élève mon cœur et mon intelligence vers le beau et le juste..... toujours comme Montaigne.

Francheville, 30 mars 186...

Je n'ai jamais pu penser sans une certaine mélancolie à la situation de ce malheureux qui vient tous les soirs s'enfermer dans une boîte pour notre plaisir. Le souffleur est un de ces êtres utiles, indispensables, que le public regarde avec la plus parfaite indifférence. Je veux réparer cette injustice. On joue *Lazare le Pâtre*, si je fabriquais pour me distraire une petite comédie ? si je créais un rôle à ce personnage muet, si je le faisais parler ! J'y suis.

PERSONNAGES

LE SOUFFLEUR, 60 ans, ancien professeur de rhétorique. (J'en ai connu un qui avait obtenu plusieurs grades universitaires.)
MADEMOISELLE X. Ingénue, 25 ans. Joli visage, peu de mémoire.
M. Y. Jeune premier, 30 ans. Un peu sourd.
L'action se passe partie avant, partie après le lever du rideau.

Avant le lever du rideau.

SCÈNE PREMIÈRE

LE SOUFFLEUR (monologue.)

Encore ! toujours ! quel supplice ! un lettré ! un ancien professeur ! épeler ces platitudes ! mâcher du Pixérécourt, du Bouchardy, du Scribe, du *** *Proh pudor*! Si c'était de la littérature même romantique, du Victor Hugo !... Ce patois barbare m'écorche la bouche ! qu'on me ramène aux carrières !

Et puis quelle situation ! Tourner constamment le dos au public, moi qui étais habitué à le regarder en face, moi qui ai récité le discours latin à la distribution des prix du collége de *** ! On parle du lit de Procuste et des supplices inventés par des tyrans idiots ! Comparez-les au mien qui recommence tous les soirs et qui dure autant que ce soleil de gaz dont la réverbération me crève les yeux. La tête prise dans un capuchon de bois, je ressemble à ces malheureux que l'inquisition couvrait de ses chappes goudronnées. On m'a fait un cercueil dans lequel je suis condamné à mourir pendant cinq heures tous les jours.

Derrière moi les rires, la joie, la gaieté, la vie enfin ; le père de famille avec sa femme et ses enfants ; l'amoureux qui sourit à son amoureuse ; l'ami qui serre la main de son ami ; les indifférents eux-mêmes qui peuvent échanger des paroles !

Devant moi, un monde de carton ! des visages fardés et grimaçants ! Point d'illusions ! Cette créature qui fait palpiter tous les cœurs, qui fait battre toutes les mains, n'a pas de secret pour moi malgré son rouge et malgré ses maillots. Je suis dans la position d'un homme qui regarderait le soleil à l'envers et qui pourrait en mesurer les taches. Qu'on pardonne cette métaphore à un ancien professeur de rhétorique !

On frappe les trois coups ; l'orchestre prélude. Quelle

abominable cacophonie ? Les spectateurs supportent pa-
tiemment ce vacarme, eux qui ne laissent pas passer
une note douteuse ! Si je pouvais sortir au moins pendant ce temps-là. Que voulez-vous ? mon collègue de la
classe de philosophie au collége de ``` (il a fait, entre
parenthèses, un assez bon chemin) enseignait que l'appa-
rence est sœur de la réalité et que dans le monde sublu-
naire tout aussi bien que dans le monde ontologique on
prend souvent des vessies pour des lanternes... Quelle
soirée ! un opéra, un drame et un vaudeville égrillard. Je
comprends que le public trouve du plaisir à l'opéra. Mais
s'il était obligé de lire cette poésie de mirliton. C'est
pour moi seul que le supplice est réservé : les specta-
teurs ne l'entendent pas ; les chanteurs ne s'en préoccu-
pent pas.

Après le lever du rideau.

SCÉNE II

LE SOUFFLEUR, MADEMOISELLE X., M. Y., LE PARTERRE

Le lecteur supposera qu'il feuillette un palimpseste et
qu'il lit l'écriture primitive. Notre scène est une canto-
nade continuelle. La pièce principale marche à la diable.

MADEMOISELLE X. au souffleur — Bonjour, mon vieux, je me
recommande à votre bienveillance. Tiens, Arthur a mis
un gilet de piqué blanc. Irait-il dans le monde, ce soir ? Il
ne m'en a rien dit, le traître ! Je n'aperçois pas la grande
veuve dans sa loge. En voilà une à qui j'arracherais les

yeux avec plaisir ! Ces femmes du monde, comme si elles avaient besoin de nous faire concurrence.

LE SOUFFLEUR à mademoiselle X. — Je vous ferai observer, mademoiselle, qu'il est dangereux d'avoir des distractions. Vous ne savez pas un mot de votre rôle. Vous m'écoutez à peine et je suis obligé de répéter deux fois chaque syllabe.

M. Y. au souffleur. — Cher monsieur, vous soufflez trop fort. Je ne suis pas sourd. Ménagez votre gosier pour cette poupée peinte et sans cervelle.

LE PARTERRE. — Silence au souffleur ! nous invitons monsieur Y. et mademoiselle X à apprendre leurs rôles.

LE SOUFFLEUR. — C'est toujours comme cela ! J'ai tous les soirs le spectacle de ces vanités et de ces faiblesses. L'esclave romain qui tournait la meule me semble un patricien oisif, si je compare son existence à la mienne. Je ne suis pas cruel ; mais le jour où le feu du ciel descendra sur cette boîte à surprises et consumera ses poupées et ses trucs, ce jour-là, dis-je, je serai satisfait, je serai vengé.

— Pardon, cher monsieur (C'est moi qui parle et je m'adresse au souffleur), vous êtes rhétoricien, mais vous n'êtes pas philosophe. La société tout entière, à regarder les choses attentivement, qu'est-ce autre chose qu'une vaste association basée sur la mutualité et dans laquelle nous jouons tour à tour le rôle de prêteurs et d'emprunteurs, de souffleurs et de soufflés. Une loi admirable relie tous les êtres par une chaîne invisible au vulgaire, mais parfaitement perceptible pour les yeux exercés.

La Fontaine, Molière, Shakspeare ont emprunté à leurs
devanciers connus et inconnus, le canevas de leurs plus
remarquables créations. C'est, avec des matériaux étrangers qu'ils ont élevé leurs monuments impérissables.
Virgile demande des perles à Ennius, Homère est le fils
des rhapsodes.

Mais le type le plus élevé dans ce genre, c'est Socrate;
Socrate tour à tour inspiré et inspirateur, prêtant l'oreille
à son génie familier et versant dans l'âme de Platon ses
doctrines immortelles.

Si jamais doctrines ont mérité le nom de révélation, à
coup sûr ce sont celles-ci. Étudiez le monde grec à cette
époque. La religion consiste en un grossier polythéisme.
Tout avait été divinisé, les vertus et les vices, les héros et
les brigands. Sous ce ciel transparent, dans cette atmosphère lumineuse, se mouvait un peuple de dieux faits à
l'image de l'homme.

Il faut être impartial : il y a d'admirables créations,
des conceptions sublimes dans l'Olympe. Le cerveau des
poëtes s'est épuisé à les chanter; la peinture et la sculpture, en les reproduisant, ont atteint l'idéal ; les architectes leur ont bâti des temples qui posent les limites
de l'art. Reconstruisez le Parthénon sur l'Acropole. Péné-
trons dans ce temple à la suite des Panathénées. Voici
Minerve sur son piédestal. Les mots sont impuissants.

C'est au milieu de ce Panthéon de toutes les grandeurs
et de toutes les grâces que Socrate s'exprima de la manière suivante :

« Vous êtes des enfants que l'on amuse avec des ho-
chets. Fermez les yeux au monde extérieur, au monde des

16

sens. Regardez au-dedans de vous-mêmes avec l'œil de la pensée. Vous n'êtes pas des automates ; vous agissez par l'énergie d'un principe intérieur qui est le véritable vous-même. Voulez-vous savoir le nom de l'hôte mystérieux qui a élu domicile au plus intime de votre être ? Il s'appelle l'âme.

» Sous quelle forme vous apparaît-elle, cette substance qui souffre, qui pense, qui veut ? — Sous aucune. Elle n'a pas de dimensions. Vous ne la voyez pas, vous ne la touchez pas et cependant elle existe et votre existence lui est subordonnée comme un effet à sa cause. C'est un principe immortel : vous ne pouvez concevoir en lui ni division, ni séparation. »

Et de l'âme il remontait à Dieu, sans efforts.

Vous vous plaigniez, monsieur le souffleur ! vous avez donc oublié Jeanne Darc et ses *voix ?* Ces voix lui inspirèrent l'étrange idée de sauver la France, et cette pauvre fille insuffla sa foi et son courage à tout un pays courbé sous le joug. C'est une merveilleuse histoire.

Une bergère surveillait un troupeau sur les bords de la Meuse. Son père et sa mère étaient de simples paysans. Son instruction se bornait aux préceptes que le prêtre donnait le dimanche à l'église aux enfants du village. Jeanne ne savait pas lire ; Jeanne avait appris le catéchisme par cœur. Merveilleuse légende que celle de ces voix entendues dans la solitude ! Ces voix parlaient-elles à son oreille ou simplement dans son cœur ? Sacrilége serait l'audacieux qui porterait la main sur ce prodige pour le discuter ! Miracle plus extraordinaire encore, cette notion philosophique de la patrie qui surgissait dans son esprit, à elle, modeste villageoise, pauvre habitante de la Lorraine, une province à peine française !

L'histoire cependant est authentique. En proie à la plus affreuse anarchie, accablée par la guerre étrangère, la France se mourait, la France était morte. Une paysanne se leva, toucha le cadavre et le mort se leva de son tombeau.

Jeanne devait être une fille grande et robuste. Ça ne pouvait pas être une créature mièvre, délicate. Intelligente et cependant naïve, ses yeux petillent ou se voilent tour à tour. Elle est dans le bois. Elle marche comme la Vierge avant l'Annonciation, rêveuse, regardant avec l'œil de la pensée. Un instinct vague, un pressentiment confus agite son esprit et soulève sa poitrine. Des larmes coulent de ses yeux, des larmes qui accusent la plénitude de la coupe. Son cœur déborde.

Cher monsieur, si vous ne m'arrêtez pas, je vais entreprendre une cantate en l'honneur de Jeanne Darc, comme si Schiller n'avait pas fait la chose d'une manière supérieure. Vous aimeriez mieux réciter son drame et moi l'entendre? Vous avez bien raison, cela nous reposerait des pitoyables élucubrations du théâtre moderne. Nous ne le pouvons pas; résignons-nous. Pour ne pas entendre les hurlements de *Lazare le Pâtre*, je vais rêver au problème philosophique de la patrie posé par Jeanne Darc.

La patrie ! Non, ce n'est pas un rêve, une abstraction. C'est une réalité vivante et sainte. C'est le village où je suis né. S'il est un pauvre site sur la terre, nu, sans arbres, c'est bien celui-ci, et cependant mon cœur est là.

J'éprouve une émotion délicieuse à revoir ces lieux vulgaires et vides pour les autres. Mon père et ma mère
y sont morts ; ils y sont enterrés. L'homme peut dire :
Là fut mon berceau ; malheureusement il ne peut pas
ajouter : Là sera ma tombe. Heureux celui qui meurt où
il est né.

Francheville, le 5 avril 186... ∅

Erudimini qui judicatis terram...

Le théâtre est illuminé *a giorno*. La salle présente un
coup d'œil féerique. Les femmes sont en toilette de bal.
Toutes les épaules sont sorties du fourreau : à la lumière elles resplendissent comme des épées nues. Je ne
croyais pas que Francheville possédât tant de richesses.
Toutes les chevelures portent des couronnes. Toutes les
poitrines frissonnent dans la gaze. Les éventails s'agitent
en cadence : on dirait des papillons battant de l'aile
sur des fleurs animées. Que de beaux yeux ! que de
bouches charmantes ! quelle grâce ! quelle élégance !

Pourquoi ce déploiement de beauté? le Souverain ho-
nore-t-il notre théâtre de sa présence? on le croirait.
Si ce n'est lui, c'est donc son frère?

A défaut d'Alexandre, il nous est donné de contempler
Éphestion.

Il vient d'entrer dans la loge d'honneur. Un frémissement de curiosité agite toutes les têtes. Des acclama-
tions chaleureuses jaillissent de toutes les poitrines. Le
satellite de l'astre impérial salue. L'enthousiasme est à
son comble.

Après avoir acclamé mon illustre compatriote, je me recueille et je médite. Je médite sur les vicissitudes humaines. Il y a des esprits chagrins que le triomphe d'autrui rend mélancoliques et jaloux. Je n'aime pas cette besogne d'esclaves prodiguant l'insulte aux triomphateurs. J'admire sincèrement cet homme dont la fortune a eu pour base un sentiment, la foi !

La foi, à mon humble avis, est supérieure au génie ; elle tient lieu de tout ; elle accomplit des miracles.

Il est allé, lui inconnu, comme les mages sur la foi d'une étoile, non pas à un berceau, mais à une tombe. Sur cette tombe, sorte de piédestal, était assis un homme. Cet homme disait : Je ferai jaillir de ce tombeau l'ombre du grand mort qu'il recouvre. J'entrerai dans cette ombre ; je la ferai revivre, j'en serai l'incarnation.

Les sages, les prudents n'eurent pas assez de sarcasmes pour ces voyants dont les regards plongeaient dans l'avenir. On les vit par deux fois, lorsqu'ils déployèrent leur drapeau, devenir l'objet de la risée publique. Le ridicule les enveloppa comme d'un suaire. On les crut morts. Illusion d'une vue basse !

Je voudrais pouvoir mettre Bossuet en présence de ces destinées étranges. Docteur du droit divin, que dites-vous de cette force nouvelle qui fait et qui défait les empires ? Vous l'avez oubliée dans votre plan historique ; ou plutôt elle n'a jamais existé pour vous. Je vous mets face à face avec le sphinx. Vous êtes tenu de l'interroger, vous nous devez le sens de ses formules énigmatiques. Celui qui règne dans les cieux élève et abaisse les empires : c'est vrai ; mais il n'est plus le seul. Il est éclos

16.

sous nos pieds, un siècle après vous, une puissance nouvelle qui travaille à la manière divine et dont on invoque
la sanction après celle de Dieu. Qu'en dites-vous, vous
le plus éloquent et le dernier des Pères de l'Église? Les
événements contemporains ne peuvent plus entrer dans
votre conception théocratique. Le droit divin est devenu
une curiosité archéologique au même titre que la législa-
lation de Minos, de Lycurgue et de Numa.

Eh bien! nous saluons ce soir un des ouvriers de l'œuvre nouvelle.

Qu'importe l'homme en lui-même? Le voyageur qui
rencontre dans le désert la pyramide de Chéops s'en-
quiert-il du maçon?

Il y a des plongeurs qui voient la perle au fond des
mers. Certains astronomes découvrent les astres nouveaux à travers les chiffres. Pourquoi certaines organisations ne devineraient-elles pas la fortune voilée par
l'avenir?

Je tiens cette clairvoyance pour du génie.

Francheville, 25 avril 186 ..

On vient de jouer *la Muette de Portici*. Le « *Plutôt
mourir que rester misérable*, » a obtenu un succès formidable. Mazaniello a électrisé le parterre.

Or, le parterre, c'est le peuple. — En 1848, des impru-
dents ont ouvert les digues à cette mer' humaine mille
fois plus terrible que l'Océan qui gronde autour de la
Hollande et menace sans cesse de l'engloutir; mer mystérieuse qui semble rouler ses vagues sous l'attraction d'une

puissance inconnue. La science explique le flux et le reflux. On a pu pénétrer dans les profondeurs de l'abîme
liquide et en décrire les courants souterrains. Qui nous
fera connaître les lois du flot populaire? La France sub-
mergée n'a pas trouvé d'autre refuge que les bras d'un
homme. L'homme a dit à ce nouveau déluge : Tu n'iras
pas plus loin. L'Océan respecte le commandement de
Dieu ; la marée populaire s'arrêtera-t-elle toujours au
point précis que lui marque la main impériale?

Faisons ce que le commandant Maury a fait pour
l'Océan ; faisons l'histoire et la géographie de cet autre
élément qui doit engloutir l'humanité ou la porter jusques
au ciel.

Je suis pour les solutions simples : Un couple primitif
a peuplé le monde. L'urne d'où s'échappe le flot toujours
grandissant des générations fut le flanc d'une Ève unique.
Il me répugne d'admettre autant d'Èves que de couleurs
humaines. La pluralité des races choque mon sens
esthétique : pour l'admettre, il faudrait que je recon-
nusse, avec les polygénistes, qu'au lieu d'avoir été créé
tout d'une pièce, l'homme est le prolongement d'un
reptile, lequel serait lui-même la transformation d'une
huître, précédemment un polype et plus antérieurement
un minéral ou tout au moins un végétal. Il y a des
esprits bizarres qui se représentent le monde comme
une sorte d'alambic et qui remplacent le Créateur par
des sorcières qu'ils appellent des forces. Jusqu'à plus
ample informé, je préfère le Dieu de Descartes et de
Newton.

L'homme s'agite sur la terre. Ses enfants se multiplient. Adam passe vite à l'état d'ancêtre. Ses filles sont fécondes et leur postérité pullule.

— On pourrait faire une histoire bien intéressante. Ce serait celle d'une famille dont on suivrait la trace depuis la porte du Paradis terrestre. Cette famille anonyme ne se serait jamais transformée en peuple. Il serait admis pour les besoins du récit qu'elle s'est constamment maintenue dans l'unité de rejeton. Ce rejeton, toujours un mâle, par des mariages successifs, aurait mêlé son sang à toutes les races et reçu le contre-coup de tous les événements. Voilà une légende digne de prendre place à côté de celle du Juif errant. Ce serait la légende de l'humanité elle-même. Je demande grâce pour cette parenthèse un peu longue.

La terre vierge ne donne ses prémices qu'à ceux qui sont assez forts pour la dompter. Son hymen est un viol. Ce n'est pas tout, l'homme entre en lutte avec l'homme lui-même. Les arrière-cousins se liguent les uns contre les autres. La Bible va plus vite : la première guerre fut un fratricide. Dans ces nombreuses familles transformées en clans, dans ces embryons de peuples, on voit immédiatement surgir des chefs. Ce sont les plus forts, quelquefois les plus sages. Fatalité terrible ! A côté de l'exaltation des plus robustes et des plus intelligents, se produit, par un phénomène parallèle, la dégradation et l'assujettissement des plus faibles de corps et d'esprit. L'esclavage paraît avoir été un fait universel, à peu près contemporain de l'apparition de l'homme sur le globe. Lorsqu'il étudie cette institution monstrueuse, l'observateur est au plus haut point surpris de l'adhésion

générale qu'elle a rencontrée. C'est à tel point que la
loi romaine proclame l'esclavage conforme au droit
naturel.

Et cependant l'homme porte au cœur la notion de justice. L'idée du droit, lorsqu'il s'agit du faible ; du devoir,
lorsqu'il s'agit du fort, n'a pas besoin d'être proclamée
sur un Sinaï, il la trouve écrite dans sa conscience.
Contradiction effroyable! Le monde antique, malgré
ses religions et ses philosophies, devient, par la guerre,
un cirque de gladiateurs, et par l'esclavage, une plantation où travailleurs et commandeurs ont la même peau.
Le seul progrès, amené par le temps, c'est que l'esclave
a changé de couleur.

Le peuple dans le sens moderne du mot n'existe pas
encore. Il est purement et simplement l'esclave, avec un
privilége néanmoins, celui de ne se battre que par exception. Dans les républiques grecques, l'honneur d'égorger
son semblable était réservé à l'homme libre. Dans les
vastes monarchies asiatiques, le guerrier appartenait aux
castes supérieures. — Le paria indien et l'ilote spartiate
remuaient la terre et tournaient la meule, supplément de
la bête de somme. A Rome, le gladiateur esclave remplaçait la bête fauve dans les arènes.

Une des époques les plus sombres pour l'humanité,
c'est le moment de l'invasion des Barbares. Le Nord
descend comme une avalanche sur le Midi.

Les légions romaines, lorsqu'elles parvinrent aux
contrées hyperboréennes, aperçurent des hommes presque
nus, blonds, sveltes. Il y eut un choc terrible. Les sauvages furent vaincus dans la première rencontre. Leurs

os étaient à peine blanchis que des vengeurs surgirent. La Chine avait élevé une muraille contre la barbarie montante ; l'empire romain dut établir un rempart de soldats à tous les passages de montagnes, aux gués de tous les fleuves. Un jour, jour épouvantable ! la brèche fut ouverte dans cette muraille vivante, les barbares saccagèrent le vieux monde, ils le démolirent pierre à pierre : leurs cavales s'abreuvèrent dans le Tibre, le Colysée devint un parc d'animaux.

Ces dévastateurs apportaient au monde un germe fécond. Ce germe était celui de la liberté moderne.

Le point de départ, c'est l'indépendance de l'individu. Chez les barbares organisés pour la conquête, il n'y a pas d'esclaves. La bande est une association libre. Le guerrier fait ses conditions en y entrant. Les chefs sont élus. Le butin est proportionnel au courage. La personnalité humaine se manifeste dans une libre et sauvage énergie.

La féodalité pousse comme un arbre immense. Ces rudes compagnons s'accommodent pour la chasse dans les royaumes dévastés. Ils repoussent dédaigneusement dans les villes, comme des êtres inférieurs, les vaincus qui parlent une langue harmonieuse et qui portent des vêtements aux couleurs éclatantes, une parure de femme.

Nous sommes en présence d'un enchevêtrement inextricable. La société romaine déjà assise sur l'esclavage devient à son tour le piédestal d'une domination plus dure encore.

Le moyen âge représente une période de gestation. Le peuple se forme peu à peu, le christianisme exerce une influence bienfaisante sur les esprits et sur les mœurs. On voit à côté des hommes bardés de fer, d'autres hommes couverts de bure prêchant avec hardiesse je ne sais quelle doctrine étrange et nouvelle, à savoir que les hommes sont frères, qu'ils ont tous été pétris dans le même limon; que le Fils de Dieu est descendu sur la terre pour les racheter, que pour cela il est mort sur une croix du supplice des esclaves... Tandis que les premiers bâtissaient sur les hauteurs des espèces de citadelles, véritables repaires de brigands, les derniers construisaient des églises qu'ils transforment en refuges pour les malheureux. Un mot dans leurs discours paraissait surtout extraordinaire : ils parlaient de la Charité. Non-seulement ils recommandaient de respecter l'homme comme un égal, mais encore de l'aimer et de le soulager comme un frère. Peu à peu ces hommes de la parole dominèrent les hommes de l'épée et conquirent un ascendant supérieur dans le monde.

L'esclave, d'abord transformé en serf, fut ensuite complétement émancipé par l'influence des doctrines chrétiennes.

Je saute par-dessus la réformation. J'arrive à 1789. Le peuple est constitué.

Première explosion en 1793.

Deuxième explosion en 1848.

Voilà le passé du peuple à grands traits.

Quel sera son avenir?

Il y a trois hypothèses.

L'hypothèse réactionnaire. — Les évolutions de la démocratie française peuvent être représentées par une figure, le cercle. Elle ressemble à ces chevaux qui tournent, vieux et aveugles, autour d'un manége et travaillent à puiser de l'eau ou à monter du charbon. L'animal prend à droite pour descendre le seau, il tourne à gauche pour le monter, et ainsi de suite jusqu'à l'abattoir. Le peuple français va, vient, tourne : on le croirait libre. Erreur. Si vous examinez ses mouvements avec attention, vous verrez bien vite qu'il obéit à une impulsion irrésistible et fatale. Comme le cheval de manége, il faut qu'il gagne sa provende. Il a bien de temps en temps des accès de jeunesse, des regains d'insubordination. C'est l'affaire d'un jour. La faim le ramène au collier. La souveraineté du peuple, belle phrase! c'est comme qui dirait la souveraineté de la vapeur. Ce formidable élément signale sa toute-puissance par des explosions. Tout cela est bel et bien. Le lendemain elle courbe de nouveau la tête, grondant mais soumise sous la main du machiniste. Les explosions populaires ont un résultat identique. Nous avons tous vu cette pauvre démocratie, livrée à elle-même, se promenant comme une force aveugle, chercher qui l'utiliserait et surtout qui la dirigerait.

L'hypothèse socialiste. — L'avenir de la démocratie française débouche par un chemin de fer en construction sur le pays de Cocagne. La nature va se transformer. Les mers deviennent des océans de limonade, les glaciers fournissent d'inépuisables sorbets. L'homme est un demi-dieu. L'harmonie règle les mouvements de l'humanité comme ceux d'une horloge. Les choses ont des roulettes. Le dévouement est à l'ordre du jour : le sacrifice s'appelle plaisir, le travail a des attraits. Le paradis de Mahomet descend dans un nuage. On se demande par où l'ennui, la douleur et la mort pourraient pénétrer dans ce *décaméron*. Seulement, il y a des sceptiques qui disent en contemplant ces merveilleuses pastorales : c'est comme dans les bergeries de Florian : on n'y voit pas assez souvent le loup. — Il est difficile de contenter tout le monde.

La troisième hypothèse. — *In medio stat virtus*. Je pencherais volontiers vers celle-ci. Elle consiste à dire que le peuple, débarrassé des entraves qui gênaient ses mouvements, fera épanouir au grand jour les germes qui mouraient en lui, faute de lumière. Il y aura de la sorte de magnifiques efflorescences. Mais s'il veut être ménager de l'avenir et de la liberté, il déléguera à d'autres, à l'élite de ses enfants, le soin et la peine du gouvernement. Il stipulera en retour une instruction et une éducation aussi larges que possible, afin qu'aucune richesse ne reste enfouie dans ses entrailles, afin que la science et la moralité le pénètrent de part en part. La société tendra tous les jours, par l'invention et la perfection des machines, à rendre son labeur moins rude et surtout moins long. Autant d'heures conquises sur les nécessités de la vie, autant d'heures consacrées à l'amélioration morale et matérielle des individus. On peut entrevoir, sans tomber dans l'utopie, une époque où la mécanique, devenue l'esclave banal, remplacera le travailleur, en ce sens que celui-ci, devenu simple surveillant, n'aura plus qu'à diriger le travail. Alors le paysan pourra relever sa tête penchée vers la terre. Le travail n'aura pas

17

disparu de ce monde; il n'y aura de supprimé que la fatigue dégradante, celle qui fait de l'homme une brute. Les choses livrées à leur pente et à leur tendance naturelles s'équilibreront de telle, sorte que les premiers seront légitimement les premiers, et les derniers au même titre les derniers, et tout cela grâce à la raison et à la liberté devenues des puissances irrésistibles. —

En attendant, le peuple français est réduit au théâtre à se tenir debout, dans le fond. Il faut en convenir, c'est là un souverain débonnaire. Sa liste civile lui impose une certaine modération dans les goûts qui va bien à la toute-puissance. Il ressemble à ces véritables gentilshommes dont le costume simple tranche par la sobriété des couleurs avec les étoffes éclatantes de leurs laquais, et qui mettent sur le devant de leurs voitures des suisses dorés sur toutes les coutures avec des tricornes et des épaulettes de général. Vous autres, messieurs ses serviteurs, messieurs les fonctionnaires, nous tous qui travaillons pour lui ou qui vivons par lui, il nous place sur des coussins, sur des banquettes, tandis que lui, grand seigneur et rude compagnon, se tient debout dans l'attitude calme du commandement. Nous sommes pour lui des acteurs, au même titre que ceux qui arpentent les planches. C'est pour mieux voir, et pour tout voir, qu'il se tient en arrière.

Un spectacle d'un sérieux intérêt, c'est celui d'un drame se traduisant par ses péripéties en émotions au sein du parterre. Je me suis donné bien souvent ce plaisir délicat. C'est bien facile. Tournez le dos aux comédiens et regardez le public, vous verrez devant vous un millier

de têtes. Ah! par exemple, il ne faut pas être ici fanatique
de l'art grec ; la statuaire n'a rien à voir dans les profils
populaires. C'est le triomphe du grotesque. Ces masques
au repos désopileraient le spleen en personne. Il y en a de
ronds, d'ovales, de triangulaires. Je me charge d'y photo-
graphier toutes les figures de la géométrie. On voit des
bouches lippues, tordues, des rictus extravagants. Certains yeux ont des formes impossibles. Il y a des muffles,
de vrais museaux. Callot, le grand Callot trouverait là tous
les éléments d'une Tentation de saint Antoine. Tout cela
donne une résultante hideuse. Attendez. Tout à coup une
situation émouvante dans le drame fait battre les cœurs.
Un grand sentiment, un acte héroïque provoque l'en-
thousiame. De tous ces yeux atones jaillissent des éclairs,
ces bouches ridicules frémissent d'émotion. Il se fait un
changement à vue. Les masques difformes, sous l'ardente
pression de la pensée, se transfigurent; ils projettent des
lueurs. Il se dégage du fond de cette masse inerte un
foyer d'étincelles éblouissantes. On dirait la lentille d'un
réflecteur. C'est un écho vibrant, un clavier qui parle,
un orgue qui exprime avec une basse puissante la joie et
la douleur, l'amour et la haine, l'enthousiasme et le désespoir. Vous parcourez ainsi toute la gamme de la passion humaine.

Pendant les entr'actes, *le roi s'amuse*. Ses passe-temps
sont bien souvent spirituels. Il a des mots, voire même
des saillies. Le vieil esprit gaulois pousse ses fusées
égrillardes. La chasteté du langage n'est pas un produit
naturel de notre terroir. Des conversations s'établissent,
des hérauts parlent au nom d'un groupe. Le dialogue se

régularise. Des incidents comiques se produisent comme
des intermèdes. Des clameurs soudaines dessinent leurs
arabesques éclatantes et courent comme des serpents sonores à travers la foule. Un orateur vient de conquérir
l'attention générale. Il représente la conscience esthétique : il signale une attitude bizarre, il dénonce un
détail de toilette grotesque. Le roi s'amuse tout à
fait.

La bonace et la tempête se succèdent avec la rapidité
de l'éclair dans cette mer houleuse et clapotante. De loin
en loin, semblables à des promontoires qui régularisent
l'agitation des vagues, apparaissent les sergents de ville,
coiffés de leurs tricornes majestueux. Le souverain, mineur, n'est pas tout à fait sorti de page. Il a besoin d'un
gouverneur paternel, mais énergique, qui lui rappelle quelquefois qu'il n'y a pas de puissance entièrement absolue en
ce monde et qu'il y a des limites à tout, même au caprice
d'un souverain.

Le grand jour du parterre, c'est celui des débuts. Le
régisseur paraît ; il fait les trois saluts. Il parle. La lutte
s'établit entre les verts et les bleus, comme à Constantinople. Les éléments déchaînés, le vent, la pluie, les
cataractes se sont donné rendez-vous dans ce bâtiment
qui tremble sur sa base. Vous croiriez assister à un concert de locomotives. D'autres fois cela ressemble à une
basse-cour et à une ménagerie fusionnées. Les cris de
coq forment la haute-contre et les rugissements de bêtes
fauves la basse.

Le régisseur pétrifié contemple le commissaire de police ahuri. L'aurore aux doigts de rose viendrait éteindre

elle-même le gaz, si le magistrat municipal ne trouvait pas moyen de jeter une décision entre deux silences.

Francheville, 15 avril 186...

J'ai passé hier ma soirée au théâtre de Guignol. Je n'avais pas revu ce pantin depuis mon enfance. Il était resté dans mes souvenirs à l'état légendaire, confondu avec les contes de ma nourrice et les récits de mon aïeule. J'ai été très-agréablement surpris de trouver dans ce personnage de bois un être vivant, plein de verve et d'humour, un type.

Guignol est le polichinelle de nos pays.

Les marionnettes sont aussi anciennes que le monde, contemporaines de l'homme. Le premier hochet mis à la disposition du premier enfant, est devenu dans ses mains un instrument scénique, un moyen d'exprimer ses impressions et ses fantaisies. Façonné en soldat ou en poupée, peu importe, il révélait naïvement les instincts de l'homme et de la femme. C'est le germe du théâtre.

On a écrit un livre charmant sur le théâtre des marionnettes. M. Ch. Magnin a tracé l'histoire universelle de ces charmants acteurs. Il les a retrouvés dans tous les temps et dans tous les pays. Il y en a de tous les tempéraments et de tous les calibres. Depuis les grandes marionnettes hiératiques, gigantesques idoles dont les fils moteurs aboutissaient aux mains des prêtres, jusqu'à ces délicats *fantoccini* qui répondent aux noms harmonieux de Pulcinella, d'Arlechino, de Scaramuccio et de Gian-

duia. C'est l'humanité vue en raccourci, par le gros bout
de la lunette. Il y a une marionnette française, cela va
sans dire; il y en a une anglaise, master Punch ; une allemande, le docteur Faust, prototype de l'immortelle création de Goethe, etc., etc. Les marionnettes n'ont pas eu
cette seule bonne fortune. La plus célèbre d'entre elles a
rencontré dans Charles Nodier un monographe incomparable. Parler de Polichinelle après Nodier serait aussi in-
sensé que de refaire l'Iliade sous prétexte d'écrire la bio-
graphie d'Achille. Je dois cependant adresser un reproche
à M. Ch. Magnin et signaler une lacune regrettable dans
son beau livre : il consacre à peine deux ou trois lignes
rapides à Guignol. C'est une injustice.

Guignol est une marionnette gallo-romaine. Il est né sur
cette partie du territoire français comprise entre le Rhône
et la Loire, alors que ces deux fleuves coulent pour ainsi
dire parallèlement, celle-ci vers l'Océan et celui-là vers la
Méditerranée.

Si la patrie de Guignol est facile à déterminer, il n'en
est pas ainsi de son origine. Il existe des personnages
privilégiés, dont les parchemins irréprochables ne coûtent
aucune fatigue aux chercheurs. Leurs généalogies procèdent comme des formules algébriques, sans solution de
continuité. Personne n'a tenu registre des faits et gestes
de notre héros, lui moins que personne. Essayons cependant de lui reconstruire un lignage, à la manière des
paléographes, avec des fragments, à l'aide de l'induc-
tion scientifique. Grâce à son installation au confluent
du Rhône et de la Saône, il devient possible de lui resti-
tuer *a posteriori* une famille. Son père, c'est le Polichi-

nelle romain. Or, ce masque, je me le représente grave, sententieux, disant avec sang-froid les bouffonneries les plus étranges. Je démêle dans sa figure les lignes principales du visage de la marionnette gauloise, une commère loquace, encline à parler légèrement et à rire des choses les plus sérieuses. Les traits de sa physionomie primitive se dessinent peu à peu. Le temps les a fort peu modifiés. Au contraire, il n'a fait que les accentuer et les rendre plus caractéristiques.

En dernière analyse, la philosophie tout entière est réductible à deux grands systèmes, le système d'Héraclite et le système de Démocrite, Jean qui pleure et Jean qui rit. Prêtez l'oreille, qu'entendez-vous du soir au matin ? — Rire et pleurer. Que signifient ces rires et ces larmes ? Ils expriment le sens énigmatique de la vie.

Les marionnettes, Guignol tout spécialement, reconnaissent Démocrite pour leur maître. Comme lui, elles procèdent par le rire. Or, le rire est sain, hygiénique : est le viatique des opprimés, des pauvres diables, des malheureux de toute espèce.

Guignol est une manière de Jacques Bonhomme. Lorsqu'il s'exprimait dans la langue de Térence, je suis convaincu qu'il manœuvrait sous une main servile et qu'il désopilait la rate d'un parterre d'esclaves. Peu à peu son impressario et son public se sont modifiés avec le temps et les circonstances. Guignol se modifie avec son entourage. Son jargon se détériore ; mais ses sentiments s'élèvent. Il n'emprisonne plus sa verve satirique dans l'étroite enceinte de la maison de son maître où il n'osait

relever d'autres ridicules que ceux de ses compagnons
de servitude. Les révolutions municipales font sentir
leurs contre-coups jusques sur ses petits tréteaux. Il devient aristophanesque. Il traduit à sa barre M. le Bailli
et madame la Baillive, MM. les Échevins et mesdames
les Échevines. Il ose critiquer les édiles; il monte quelquefois dans son audace jusqu'à monseigneur l'Intendant. Mais il se permet rarement des escapades de ce
genre. Maître Guignol, devenu citoyen, reste ordinairement respectueux vis-à-vis des puissances de la terre
sujet soumis et contribuable discret. Que voulez-vous?
le souffle de 89 n'a pas encore passé sur sa tête.

Mais je m'aperçois que le Guignol historique me fait
oublier le vrai Guignol, le Guignol de ma jeunesse,
celui dont la verve, l'autre jour, m'a fait rire jusqu'aux
larmes.

Maître Guignol est un spécimen des sept péchés capitaux. Il les pratique tous à la fois. Je vous défie de rencontrer un gaillard aussi complet. Il résume en lui toutes
les disparates, voluptueux comme don Juan, glouton
comme Falstaff, fourbe comme Sganarelle, rusé comme
Panurge. L'optimisme du docteur Pangloss fleurit sur ses
lèvres. Battu quelquefois, il est toujours content. Faisant
une guerre sournoise aux gabelous, aux gendarmes, il
marche dans la société à la manière d'un *outlaw*. Et
cependant il n'est pas odieux. On lui pardonne toutes
ses fredaines; elles excitent le rire, jamais l'indignation.
C'est qu'il n'est pas un pécheur endurci. Nous nous sentons en présence d'une nature sympathique, dont les
écarts accusent l'ignorance et non la perversité; bref,

nous avons devant nous l'homme minuscule avec ses qualités et ses défauts. Or, l'homme nous intéresse toujours. Le dernier de nos semblables, pour peu qu'il montre de l'esprit et de l'originalité, offre un sujet d'étude plein de charmes. Guignol n'est rien qu'un bonhomme de bois, mais nous sentons battre un cœur dans sa poitrine. Cela suffit pour nous rendre sympathiques. Les scélérats tout d'une pièce ne réussissent pas mieux au théâtre que les grands saints. Les premiers nous révoltent et les seconds nous ennuient. Les uns et les autres sont monotones. Maître Guignol perche à cette hauteur moyenne où nous nous tenons tous, qui plus haut, qui plus bas. Il n'est pas du bois dont on fait les héros et les sages. Il nous intéresse et ne nous offusque pas.

Dans sa jeunesse, maître Guignol a été quelque peu enfant prodigue. Grâce à ses nombreuses escapades, il a mangé de la vache enragée. Bien des fois il a tiré le diable par la queue. Il a cela de commun avec tant d'autres. Qui, peu ou prou, n'a pas fait l'école buissonnière ? Notre joyeux compagnon, après avoir parcouru la France, a beaucoup vu et partant beaucoup retenu. Aussi faut-il l'entendre déployer devant son public émerveillé les axiomes de sa sagesse cosmopolite. Quelle science de la vie ! quelle profondeur d'observation !

Après bien des escapades, il fait, comme on dit vulgairement, une fin : il se marie. Pauvre Guignol ! Vous croyez peut-être que le mariage clôture le roman de sa vie ? Que vous le connaissez mal !

« Femme, dit-il à son intéressante moitié (je résume des discours d'une éloquence incomparable, mais un peu prolixe), tu as eu le bonheur d'épouser un joyeux compère. Je t'ai fait la cour tant que tu étais jeune fille ; j'ai été galant tant que tu n'as pas eu franchi le seuil du domicile conjugal. A présent les rôles sont intervertis. Tu vas me prodiguer les soins les plus empressés et les attentions les plus délicates. Pendant la lune de miel, j'ai été ton esclave ; aujourd'hui tu as un maître. »

Madame Guignol, occupée de sa nombreuse marmaille, courbe la tête et obéit. Patience ! L'heure des représailles sonnera bientôt pour elle. Avec le temps, son caractère s'aigrit ; elle devient acariâtre. Maître Guignol se trouve en présence d'un lutteur digne de lui. Quelles discussions homériques ! Faut-il le dire aussi ? quels coups !

Avant de quitter notre petit acteur, je voudrais discuter avec lui la théorie du bâton. Ce perpétuel recours à l'argument du plus fort me choque, et je lui soumets humblement les motifs de ma répulsion. Je n'ignore pas qu'il est grand clerc et que, même sur le terrain du syllogisme, il est invincible. Il sait tout ; il s'est frotté à tout. Il discute maladie avec les médecins et procès avec les avocats. Je le supplie cependant de remarquer une chose : c'est que s'il donne un grand nombre de coups de bâton, il en reçoit une quantité à peu près égale. Je n'aperçois pas le profit de ce commerce. Il me répondra peut-être : les bastonnades provoquent des rires inextinguibles. C'est vrai, je me tiens les côtes lorsqu'il rosse le guet. — Cependant raisonnons, maître Guignol : aujourd'hui vous êtes devenu une manière de personnage politique ; vous êtes électeur et éligible. Il ne convient pas que vous vous gourmiez comme un manant. N'oubliez pas le dicton : Jeux de mains, jeux de vilains.

En supprimant votre batte, vous serez peut-être moins facétieux : mais cela vous forcera à devenir plus spirituel. Croyez-moi, le champ de la farce est d'une fécondité inépuisable. Cherchez une nouvelle veine et nous viendrons tous, enfants, hommes mûrs et vieillards, applaudir à votre triomphante transformation.

Francheville, 10 mai 186...

« Messieurs de Bordeaux m'esleürent maire de leur
» ville, estant esloingné de France et encore plus esloingné
» d'un tel pensement. Je m'en excusay, mais on m'ap-
» print que j'avais tort, le commandement du roy s'y
» interposant aussi. C'est une charge qui doit sembler
» d'autant plus belle, qu'elle n'a ni loyer ni gaing aül-
» tre que l'honneur de son exécution. Elle dure deux
» ans ; mais elle peut être continuée par seconde élec-
» tion, ce qui advient très-rarement : elle le fut à
» moi. »

(*Essais de Montaigne* t. IV. liv. III.
chap. X, p. 148, éd. Charpentier.)

Les Saltimbanques ! cette incomparable farce vient de nous faire rire pendant deux heures.

« Monsieur et madame le maire sont-ils contents ? » — Monsieur et madame le maire se déclarent hautement satisfaits.

M. le maire n'appartient pas à cette forte race de bourgeois des quatorzième, quinzième et seizième siècles

qui tentèrent inutilement, hélas ! d'implanter parmi nous
la liberté municipale ; il est de l'école de Montaigne :
ses maximes et sa pratique de gouvernement se résu-
ment dans un laisser-faire commode et quelque peu
sceptique.

M. le maire est un parvenu ; il a la main calleuse.
Notre société démocratique aime les anachronismes de
toilette et de langage. Le mouvement de bas en haut qui
pousse les classes inférieures fait émerger à la surface
de l'océan populaire des individualités puissantes, à la
façon de ces îles volcaniques qui n'ont pas eu le temps
de se couvrir de fleurs et de verdure. M. le maire con-
serve dans l'accent et dans le jargon un goût de terroir
excessivement prononcé. C'est une saveur à mon sens.
J'aime ces natures incultes dans lesquelles la serpe n'a
pas émondé toute frondaison. Il y a chez elles du charme
et de l'imprévu. Walter Scott déclare ne s'être jamais
ennuyé en voyage, eût-il pour voisin un cordonnier. Le
constructeur de chaussures l'intéressait et l'instruisait
tout à la fois. Que m'importe si M. le maire est un cha-
pelier ou un chaudronnier. Je saurai bien découvrir
l'homme sous la peau de l'industriel. Le fonctionnaire
joue un rôle : c'est un acteur. Mais M. X. est derrière
toutes ces exhibitions. A travers les fissures de son masque, j'aperçois les mouvements de son visage ; je devine l'impulsion qui fait épanouir sur ses lèvres un
sourire stéréotypé.

M. le maire sourit. M. le maire est optimiste. Il
estime que tout est pour le mieux dans le meilleur des
mondes possibles. Nous sommes en l'an de grâce 186...

et il est maire. Évidemment la terre tourne sur un axe très-bien graissé, le monde n'éprouve pas le moindre cahot. La bonne cité de Francheville est le chef-lieu du département de Cocagne. Voilà tout ce que signifie ce sourire olympien.

L'olympe municipal est au grand complet dans une loge d'avant-scène. Madame le maire ressemble à Junon. Chacun sait que le maître des dieux et des hommes gouvernait plus facilement le ciel et la terre que son propre ménage ; Jupiter, après tout, appartient à la classe des maris. Après avoir amassé les nuages, après avoir lancé la foudre, il rentre au logis et dépouille sa majesté en présence de son impérieuse moitié : dieu pour tous, excepté pour sa femme. Madame le maire est une puissance au même titre que Junon, et monsieur le maire, en dernière analyse, subit l'ascendant conjugal comme le premier des dieux et le dernier des mortels.

Tournons à gauche. Voici M. le préfet et madame la préfette. Autres types. Nous marchons sur un terrain plus difficile. M. le préfet est une émanation de cette puissance métaphysique et tyrannique qui s'appelle l'État. Il représente la force centripète.

On pourrait comparer la France avec ses 89 départements au système solaire dont chacun connaît le mécanisme correct. Au ciel, le soleil, immobile comme il convient à l'omnipotence, dirige par des fils invisibles les planètes subalternes. On dirait d'un berger et d'un troupeau. Les astres disciplinés évoluent avec la précision d'un soldat : c'est l'idéal de la mécanique. jamais de chocs, ni de heurts. Ils se croisent dans leurs ellipses avec le coup d'œil infaillible de deux cochers anglais.

Sur la terre, en France, les départements, soumis au régime de l'attraction, sont devenus des satellites exemplaires.

On les a organisés sur le plan de ces belles horloges de cathédrale qui présentent en raccourci le spectacle attendrissant de l'ordre immuable et de la régularité infaillible. Pourvu que, tous les ans, le bedeau remonte le mécanisme, le spectateur ébahi éprouve une surprise stéréotypée. — M. le préfet est un horloger départemental. On a remplacé l'âme de nos vieilles provinces par un ressort dont il tient la clef. Nous marquons l'heure qui lui convient. Il n'y a pas jusqu'à notre timbre dont il ne règle l'accent. — Le diapason est devenu national, lui aussi. — Les pays bien organisés, la Chine et la Turquie, par exemple, ont des fonctionnaires dont la mission consiste à débarrasser les Chinois et les Turcs de l'embarras de penser et de se décider. — La pensée ne va pas sans un certain effort ; prendre un parti demande une légère contention d'esprit. Le mandarin, providence visible sous une robe de soie, présente à l'heureux Chinois un règlement délibéré en conseil impérial qui règle tous les actes de son existence, — le vivre et le dormir. Le muezzin, penché sur un minaret, pousse encore plus loin, au profit des vrais croyants, la sollicitude gouvernementale : il indique à haute voix les heures favorables à l'accomplissement des rites conjugaux.

M. le préfet serait-il un mandarin ? Dieu me garde de proférer un pareil blasphème! M. le préfet est un fonc-

tionnaire muni de pouvoirs très-étendus, voilà tout. Mais
je perds mon temps à discuter le personnage au lieu
d'épiloguer la personne.

La personne de M. le préfet est un modèle de dignité
et de tenue. Il est de ceux dont on dit qu'ils portent
leur tête comme un saint-sacrement. M. le préfet est un
bourgeois comme vous, comme moi. Admirez cependant
les grâces d'état. Il a contracté de certaines attitudes ;
il a adopté de certaines poses qui rappellent d'une manière frappante les attitudes et les poses des cariatides. Cet homme-là porte un monde sur ses épaules. Il a
au moins trois cents maires sous ses ordres, autant de
gardes champêtres, toute la gendarmerie, la voirie, etc.
Il est la pensée, ces gens-là sont les bras. On serait
soucieux à beaucoup moins.

La loge préfectorale fait vis-à-vis et contraste avec
la loge municipale. La préfecture représente le peu
d'urbanité et d'élégance qui nous restent. Lorsque le
préfet est un homme intelligent, et c'est le cas le plus
ordinaire, il donne à toutes choses une impulsion
heureuse.

M. le préfet est le chef de la *colonie*, un mot qui dit
tout. — La colonie se compose de tous les fonctionnaires
étrangers au département. Ces colons vivent entre eux.
Ils n'ont aucune racine dans le pays ; ils sont cosmopo-
lites : aujourd'hui à Bordeaux, demain à Strasbourg.
Les salons de la préfecture, les grands jours, présentent
le spectacle de deux sociétés distinctes, mêlées sans être
confondues. Madame la préfette est le trait d'union entre
l'une et l'autre.

Madame la préfette n'est pas un type accentué comme madame le maire.

Voici M. le général. *Cedant arma togœ* : il n'a que la troisième place au théâtre.

Le guerrier français est un chef-d'œuvre. Voulez-vous savoir ce que l'on peut obtenir de la nature humaine? prenez un soldat. Voici un jeune paysan, quelque chose comme un sauvage. On le déshabille de ses vêtements de campagnard ; on l'affuble d'un costume éclatant; on lui met un fusil dans les mains ; on le fait aller et venir pendant six mois ; cela suffit. Le rustre est devenu l'étoffe et la monnaie d'un héros. Vous pouvez le lancer sur toutes les grandes routes de l'Europe, il les arpentera sans fatigue, le sourire sur les lèvres, l'éclair dans les yeux. Ses étapes seront des victoires. Lorsque le conscrit aura reçu le baptême de l'eau et du feu, vous aurez un personnage de bronze, le troupier, le type immortel de la république et de l'empire, dont les guêtres blanches et les loques poudreuses hantent encore les imaginations naïves.

M. le général est un troupier. Je parle de M. le général commandant la subdivision militaire. Il a évidemment porté les épaulettes de laine. Il y a dans toute sa tournure une empreinte indélébile de la caserne. Le moine et le soldat se moulent dans leurs vêtements et ne s'en distinguent pas, quoi qu'on en dise. La caserne et le couvent sont contigus, moralement. La règle et la discipline font plus que se ressembler, elles se confondent : la consigne est identique. Le général d'ordre et le général d'armée parlent le même langage et emploient les mêmes moyens. La différence la plus essentielle, si l'on en croit la chanson, ne serait qu'une ressemblance de plus.

M. le général est un ancien sous-officier. Je ne veux pas médire des militaires dans une contrée qui les regarde avec des yeux de femme; je voudrais simplement analyser la passion qu'ils inspirent. Le mouton et le bœuf motivent l'existence des bouchers. Je tremble en présence du bourreau, bien qu'il n'ait affaire qu'à des scélérats authentiques. Et voilà que, par une étrange contradiction, un autre homme dont le métier est d'égorger son semblable, celui-ci innocent, se relève dans mon esprit et que je lui dresse au besoin des statues!

M. le général, MM. les officiers et MM. les soldats de la garnison émaillent de leur couleur garance le fond sombre de notre théâtre. Ils ont beaucoup applaudi Zéphyrine, M. le général surtout. Je soupçonne un chef d'escadron, porteur de deux moustaches formidables, d'avoir une inclination secrète pour Atala. Tous les goûts sont dans la nature. L'Atala des Variétés, en 1845, s'appelait Flore, l'immortelle Flore. Pourquoi le commandant R... ne serait-il pas Zéphyrin, lui?

Francheville, 15 mai 186...

Je viens de faire une trouvaille sur un fauteuil d'orchestre. J'ai mis la main sur une correspondance amoureuse. Quand je dis une correspondance, je m'exprime d'une manière inexacte. L'antistrophe manque à la col-

lection de lettres que j'ai découverte. En termes plus
clairs, c'est une série de demandes restées sans réponses.
L'objectif de mon épistolier est une actrice. Il s'agit là
d'un amoureux vraiment original. Il porte un loup comme
au bal masqué. Il intrigue l'ingénue; il irrite sa curiosité.
C'est bizarre et charmant. Vous allez en juger.

PREMIÈRE LETTRE

Francheville, 186...

« Madame,

» Je suis un fauteuil d'orchestre. Ne vous récriez pas !
ce signalement en vaut bien un autre. Cela veut dire : Je
suis un habitué du théâtre, en d'autres termes, un des
plus exacts et des plus chaleureux admirateurs de votre
charmante personne et de votre gracieux talent. Je vous
aime. Eh! mon dieu, oui! je vous aime. Je suis convaincu
que vous trouvez cela tout naturel. Admirer et aimer,
n'est-ce pas la vocation véritable de l'homme ? être aimée
et admirée, n'est-ce pas le sort de toutes les jolies femmes, n'est-ce pas le vôtre, madame? Reste le pont à jeter
entre les deux coefficients (pardon du terme barbare) de
l'amour et de l'admiration, entre vous et moi. Je cherche
le trait d'union, le voici : mon fauteuil d'orchestre. Il
est le terrain sur lequel a grandi mon amour, sur lequel
vos doux yeux et vos adorables sourires le fécondent
chaque soir en l'arrosant d'une rosée céleste. Pourquoi
ne le chargerais-je pas d'exprimer les sentiments de mon

cœur, lui, le témoin discret de mes transports ? C'est entendu.

» Recevez, madame, l'assurance de mon admiration enthousiaste.

» UN FAUTEUIL D'ORCHESTRE (*à gauche*) »

DEUXIÈME LETTRE

Francheville, 186...

« Madame,

» Vous avez reçu ma lettre. Vous savez que, parmi les fauteuils d'orchestre, il en est un qui brûle pour vous d'une flamme spéciale ; tous ressemblent plus ou moins à des cassolettes lorsque vous paraissez sur le théâtre. — Quel est, dites-vous en promenant un regard circulaire de vos beaux yeux, l'original qui m'aime, et qui me le dit d'une manière aussi... grotesque ? Je vous passe le mot, je l'ai deviné aux plis de vos lèvres de corail : il est parti de là comme une flèche. Vous pouvez être tranquille : il est arrivé à son adresse. Je vous ai épargné une partie de la besogne : c'est à gauche que se trouve cet outrecuidant fauteuil qui se permet d'être amoureux de la plus jolie femme de Francheville quand elle y est, et de tous les pays où elle séjourne... Je vois que je ne vous apprends rien de neuf... Un peu de patience ! Vous savez que vous êtes jolie ; mais je suis convaincu que vous ne savez pas comment vous êtes jolie. Je vais vous le dire : Vous êtes jolie surtout intérieurement. — J'ai affaire à un fou. — Laissez-moi m'expliquer. Ne prenez pas cela pour une impertinence. Il me semble, à en juger par votre voix si musicale, si sympathique, qu'il y a dans votre poitrine une âme. Savez-vous la cause de la grande supériorité de certains instruments de musique sur les autres? Ceux-là en ont une, ceux-ci n'en ont pas. Il en est des artistes comme des instruments. Vous appartenez à la catégorie des premiers. Voilà ce qui fait, à mon sens, que votre beauté est principalement intérieure, morale, si vous voulez. Il y a de votre cœur à votre figure un va-et-vient perpétuel qui répand sur celle-ci un charme extraordinaire. Tiens, dit-on, voici une charmante femme qui n'est pas une statue : elle sent et palpite. Je ne dédaigne pas votre magnifique chevelure, vos grands yeux, votre bouche microscopique, vos trente-deux perles; j'apprécie, comme ils le méritent, votre taille admirable, vos bras et vos épaules dignes de la statuaire; vos deux pieds me trottent dans l'imagination. Eh bien! là n'est pas le secret du charme souverain qui vous conquiert tous les cœurs. Le mien, je vous le jure, ne s'est pas rendu à cela, il a échoué sur un grain de sable, il a fait naufrage dans un rayon de votre âme.

» Donc, je suis à gauche comme le cœur dans la poitrine de l'homme.

» Recevez l'assurance de mon admiration raisonnée. »

TROISIÈME LETTRE

Francheville, 186...

« Madame,

» Vous avez interrogé l'ouvreuse? C'est audacieux. Au-

tant valait interpeller le sphinx. L'énigme de la vie est
sur les lèvres de cette femme. Voulez-vous que je vous
en dise le mot? — C'est l'amour... L'amour est la seule
réalité qu'il nous soit donné d'étreindre ici-bas. Si je
n'étais pas si amoureux, je déraisonnerais un peu avec
vous sur ce sujet, et je vous démontrerais comment, en dehors de ce sentiment, tout est mensonge, illusion. Aimons
donc, chère madame. Aimez-moi comme je vous aime...
Vous rappelez-vous le mythe gracieux et terrible tout à
la fois de Psyché. Un dieu l'aimait, un dieu voilé. La
charmante enfant succomba à la tentation de contempler
les traits de son mystérieux époux. Curiosité fatale! car
elle laissa tomber une goutte d'huile sur le front de l'immortel endormi : il s'envola pour ne plus revenir..... Je
ne suis pas un dieu... mais vous êtes en ce moment une
véritable Psyché. Vous marchez à tâtons; vous ne savez
pas sur qui arrêter votre pensée. — C'est moi. — Comment vous ne devinez pas? Le véritable amour n'allume
pas un phare dans mes yeux? Il me semble que ma passion pour vous rayonne, qu'elle est phosphorescente.
Je dois ressembler à un ver luisant avec une étoile au
front. Vous ne pouvez pas hésiter, mon attitude parle,
toute ma personne parle. Mon enthousiasme est indiscret.
Mesdames X et Z ont été plus clairvoyantes que vous;
elles ont deviné mes sentiments. Voyez-les rire derrière
leurs éventails.

» Recevez, etc. »

Francheville, 186...

« Pourquoi se cache-t-il ? Mon indiscrétion timide commence à vous agacer. Chère madame, respectons les sentiments mystérieux. J'éprouve un plaisir raffiné à savourer ma passion pour vous en secret. Je vous aime comme le Parsis adore le soleil, en tremblant. Il n'ose pas l'approcher, il craint d'être consumé.

» Je suis un vieux routier (vieux par l'expérience). C'est une chose grave que d'engager son cœur, même provisoirement. Bien que vous soyez jeune, je ne vous suppose pas absolument inexpérimentée. Je vous ferais injure, si je vous croyais naïve : il n'y a que la science de la vie qui puisse vous avoir enseigné certains élans de la passion que vous rendez d'une manière si remarquable. Vous prenant à ce point précis, à ce carrefour de l'existence que j'ai déjà traversé et où vous arrivez à peine, je vous étudie, je vous analyse. Vous me trouvez sans doute bien épilogueur pour un amoureux. Je suis un amoureux crépusculaire, c'est-à-dire un amoureux pourvu d'expérience. Voilà pourquoi je vous fais endurer le supplice de l'inconnu... Il me semble que mes lettres ne sont pas sans influence sur votre attitude générale au théâtre : vous êtes plus grave ; votre jeu s'empreint de je ne sais quelle dignité sérieuse qui vous va admirablement. Vous vous sentez sous le coup d'un regard scrutateur : bravo ! Il se fait en vous une véritable explosion de sensibilité et de tendresse. J'entends vibrer dans votre voix des cordes nouvelles. Je suis très-heureux de cette révolution à laquelle mon indiscrète correspondance n'est pas tout à fait étrangère. Ah! je vous aime comme cela. *Deus, ecce deus!* Ce latin de Virgile veut dire que le dieu s'empare insensiblement de la pythonisse, qu'il la secoue sur son trépied, qu'il parle enfin par sa bouche. Vous jouez d'une façon supérieure, vous grandissez chaque jour. Si j'étais bien sûr que ce fût mon influence occulte!

» Recevez, etc. »

CINQUIÈME LETTRE

Francheville, 186...

« Madame,

» Je fais aujourd'hui un pas décisif. Je vous envoie un bouquet par l'ouvreuse, au commencement du spectacle. Si ma recherche vous agrée, vous le tiendrez à la main en entrant sur la scène. Cela ne vous engagera à rien. Cela voudra simplement dire : Mon correspondant n'est point un malotru; il a sinon de l'esprit, au moins du savoir-vivre; son amour ne me déplaît pas. Je me réserve néanmoins le droit de trouver sa personne antipathique. Je vous propose un contrat qui n'est pas trop léonin.

» Aimer une actrice est une aventure qui séduit tous les hommes. Malheureusement, ils oublient presque toujours que derrière la comédienne il y a une femme. Or, la femme est une chose sainte; on doit l'aborder avec respect. Je ne suis pas de ces joyeux compagnons qui considèrent les comédiennes comme des hôtelleries où le voyageur fait une halte de quelques jours ou de quelques

heures. Je prends au sérieux même l'amour de passage.
Non pas que je veuille faire des femmes de théâtre des
parangons de vertu. Je prends les choses telles quelles.
Je ne suis pas un prêcheur. Tout ce que je demande aux
hommes de plaisir, c'est de rester d'honnêtes gens, et je
ne vois pas pourquoi la loyauté serait bannie des transactions qui interviennent entre une actrice et un Alcibiade
de sous-préfecture.

» Donc, chère madame, l'acceptation de mon bouquet
ne vous engage à rien. Elle me prouvera simplement que
ce commerce épistolaire ne vous déplaît pas.

» Recevez, etc. »

SIXIÈME LETTRE

Francheville, 186...

« Vous l'avez tenu à la main, ce bienheureux bouquet;
vous l'avez exhibé plusieurs fois, aussi souvent que vous
avez pu le faire sans affectation. Merci du fond du cœur!
Entre nous dorénavant, il y a un lien. Permettez-moi de
souligner quelques-unes des paroles que vous ont dites
mes fleurs. Elles vous ont dit : Il y a dans la salle, épris
de l'art et de la beauté, un homme qui t'aime, parce que
tu en es l'incarnation vivante. Tu réalises pour lui le
type le plus élevé de la femme, tu es une prêtresse de
l'idéal. L'idéal, il le recherche depuis vingt ans. Sa
poursuite a été ardente, passionnée. Il l'a demandé à
tout; il a ouvert sa poitrine à toutes les aspirations et
toujours la chimère mobile s'est tenue au delà de son
étreinte. Il a fait bien des haltes dans le plaisir et, dans

l'ambition : il croyait s'arrêter, c'est qu'il avait trébuché. Infatigable, il reprenait son élan vers l'idéal fugitif. L'oiseau moqueur volait de branche en branche; un coup d'aile le transportait à la distance que rien n'abrége. Sa main l'a presque effleuré; il a cru le saisir : c'était une ombre. Il glissait à travers ses doigts, impalpable.

» Cet homme-là est fatigué d'une pareille course. Il a trouvé en vous quelque chose comme une souriante oasis, un peu d'ombrage réparateur et une source rafraîchissante. Il vous demande l'hospitalité de la tente. Le jour où il vous plaira d'en arracher les piquets et de la reployer, il vous laissera libre, bien certain de conserver dans le sanctuaire de son âme le souvenir éternel d'un bienfait même accidentel.

» Voulez-vous de cet amour?

» Recevez, etc. »

SEPTIÈME LETTRE

Francheville, 186...

« Madame,

» Je suis un être bizarre, n'est-ce pas? Vous m'avez répondu un mot charmant, plein de promesse. Vous m'avez ouvert un coin du ciel. Eh bien! j'hésite à y monter. Je voudrais en rester là, c'est-à-dire aux prolégomènes de l'amour : grâce pour ce mot pédantesque. L'adolescent hésite par timidité, par excès d'ardeur. Moi, amoureux crépusculaire, je tremble de porter la main à ce beau fruit que me présente votre main divine

18

Ah! Titania, vous êtes bien hardie! Vous ne me connaissez pas, je suis peut-être un Bottom. Le prince Charmant que vous avez entrevu à travers mes lettres porte
peut-être une tête d'âne sur ses épaules? Il a peut-être
les allures d'un clown? — Vous vous risquez, dites-vous?
Le flacon vous importe peu, quand la liqueur est généreuse. — Ah! fille d'Ève, bien plus tentatrice que tentée,
vous bravez l'inconnu, vous aimez le mystérieux. Savez-
vous qui je suis? Si j'avais vingt ans de moins, je vous
ferais de votre amoureux un portrait fantaisiste. Aujour-
d'hui mon imagination n'enfourche plus l'hippogriffe; au
lieu de chanter, elle parle. — Vous me dites : Faites-moi
votre portrait. — Le voici :

» Je ne suis ni beau ni laid, ni jeune ni vieux, ni grand
ni petit, ni gras ni maigre, Au point de vue sculptural,
j'appartiens plutôt à la catégorie des Bacchus qu'à celle
des Apollons. J'ai le front vaste, le nez droit, la bouche
plutôt grande que petite, les mains et les pieds plutôt
petits que grands. — Pour sortir de cette phraséologie de
passe-port, je vais vous peindre le personnage intérieur —
l'essentiel dans l'homme. — J'aime tout ce qui est beau et
tout ce qui est bien. Je vous aime, j'aime la poésie, la
musique, les arts; j'aime mes amis; ceci vous paraît un
pléonasme. Attendez : je les aime autant que moi-même,
plus que ma bourse. Je n'aime pas le banal et le convenu.
Je hais la médisance et les pratiques sournoises. Je suis
un enthousiaste sans être un Don Quichotte. La ligne
droite m'a toujours paru le plus court chemin d'un point
à un autre, et, si j'ai pris une route de traverse pour
arriver à votre cœur, c'est pour y arriver le plus tard

possible. — Évidemment vous me donnez-là le profil d'un parfait original, dites-vous dans un sourire. — Vous avez cent fois raison et je ne vous vends pas chat en poche.

» En voulez-vous encore?

» Recevez, etc. »

Francheville, 186...

« Quelle charmante lettre! un seul mot : Oui!!! Laissez-moi respirer. J'y suis. Demain je me présenterai chez vous. Je sortirai de mon nuage.

» Savez-vous que je tremble comme un enfant? Le bonheur est un hôte dont la présence effraye autant qu'elle charme. Je lui ai rarement ouvert ma porte. Aujourd'hui qu'il me vient sous les traits d'une ravissante jeune femme, j'hésite à le reconnaître et mon cœur tremble de l'héberger. Grâce pour mon émotion, je n'hésite plus; mais ma joie est si haute qu'elle me donne le vertige.

» Un souvenir! J'allais un jour de Chamouni à Martigny par le col de la Tête-Noire. Nous côtoyions un abîme. A droite, un rocher fait comme une muraille; à gauche, un précipice à pic : un spectacle sublime. Je fus pris d'un éblouissement invincible. Il ne me restait qu'un moyen de salut, me coucher à terre et ramper jusqu'au fond de la gorge.

» La perspective du bonheur que j'ai là sous la main me fait éprouver des sensations du même genre. Je devrais y voler; je m'y traîne péniblement.

» Ah ! chère enfant, permettez-moi ce doux nom : il y a dans l'homme qui aime une femme quelque chose du père, un double amour; je me sens si sincèrement épris, enivré, que je chancelle...

Mon cœur est plein de vous; vous occupez ma pensée tout entière. Je veux rire et les larmes me viennent aux yeux.

» Je vous embrasse les pieds. »

NEUVIÈME LETTRE

Franchevill', 186...

« Chère enfant,

» J'ai la fièvre. Je viens de faire une course de quatre heures à cheval, à fond de train. Je suis brisé, mais je ne suis pas abattu. Impossible de dormir. Laissez-moi causer avec vous. Ce demain ne viendra donc pas? Les secondes me paraissent des éternités. Moi qui me croyais rassis ! La jeunesse me monte au cœur avec l'impétuosité d'un torrent. Elle me submerge. Je vous aime comme un fou.

.   .   .   .

.   .   .   .

» Ah ! croyez-moi, aimer, c'est là tout. Je voudrais pouvoir ramasser sur cette minute céleste, la minute de l'amour, ma vie tout entière, et puis mourir !

» Mon âme dans un baiser ! »

.   .   .   .   —

Depuis le commencement du monde jusqu'à la consom-

mation des siècles, ce sera ainsi. L'amour s'est fourré
et se fourrera partout. Je suis bien convaincu que l'on se
comporte de la même manière dans ces mondes lumineux
à qui nous paraissons si ternes. Ils font peut-être l'amour
d'une manière différente ; mais à coup sûr, ils le font.
Beaumarchais l'affirme : notre grande supériorité sur les
animaux, c'est que nous le faisons en tout temps.

J'ai une manie, c'est la formule ; je voudrais déduire la
formule philosophique de l'amour. Ni ange ni bête, dit
Pascal en parlant de l'homme : donc ange et bête. Qui
aime en nous, de l'ange ou de la bête ? Xavier de Maistre
prétend que c'est la bête ; moi je soutiens que c'est l'ange ;
je pourrais apporter mille preuves à l'appui de ma proposition. Une seule me suffira. Je la tire de la très-originale
correspondance de l'amoureux anonyme dont je viens
de transcrire les lettres. Évidemment, au début, c'est sa
bête, une bête pleine de ruse, qui cherche à s'amuser :
elle est en présence d'une jolie femme. Ça n'est pas de
l'amour, c'est simplement de l'appétit. Peu à peu l'instinct fait place au sentiment. La bête se transfigure ; l'ange
commence à poindre ; c'est l'histoire de toutes les grandes
passions : chenilles d'abord, papillons ensuite. **Nous
avons beau faire et beau dire, tous nous avons soif de
l'idéal.**

Mais quel est donc, disent certains goguenards, cet
être dont on nous parle si souvent et que nous n'avons jamais vu ? Vous ne pourriez pas nous en donner le signalement.—Non, messieurs les rieurs, pas plus que nous ne pouvons faire entrer dans vos cerveaux étroits l'idée du beau,
du bien et du vrai. L'idéal ! vous ne l'avez jamais senti,

18.

jamais palpé ? cela ne me surprend pas. Vous n'avez pas les organes qui le perçoivent et le saisissent. L'harmonie n'existe pas pour les sourds, pas plus que les couleurs pour les aveugles.

Francheville, 25 mai 186...

Si vous pénétrez dans les cuisines où s'élabore l'art de flatter le palais et de faire manger au delà du nécessaire, si vous examinez les apprêts des viandes, les mains par lesquelles elles passent, les formes variées qu'elles prennent avant d'arriver à cette élégance qui charme les yeux, fait hésiter sur le choix et prendre le parti de les goûter toutes, la répugnance sera plus forte que l'attraction : vous vous retirerez le cœur sur les lèvres.

Le théâtre ressemble à la cuisine : il ne faut pas l'étudier de trop près ; j'ai cependant cédé une fois à cette tentation. Je suis entré dans les coulisses : monde mystérieux et charmant pour les jeunes imaginations, hanté par des fées et défendu par des dragons. Les actrices, les danseuses habitent ces régions interdites aux simples mortels. Quelques élus peuvent leur parler ; ils entendent leurs voix. Pour eux, les déesses dépouillent leur divinité ; les sylphides n'ont plus d'ailes. La rampe est une frontière flamboyante posée entre deux mondes : en deçà la terre, au delà le ciel.

C'était à Rouen. Le théâtre regorgeait de monde, impossible d'y trouver une place. Le contrôleur, prenant en pitié le sort de deux voyageurs désœuvrés (nous étions deux), nous octroya, pour la somme de trois francs par tête, la permission d'ouïr la représentation, confondus

avec MM. les comédiens. Nous acceptâmes avec reconnaissance. Nous eussions pris place dans les girandoles
du lustre. Mon compagnon et moi nous n'étions plus
très-jeunes ; nos illusions ne foisonnaient pas. Néanmoins
la perspective de passer une longue soirée en contact
immédiat avec la gent théâtrale nous chatouillait agréablement l'épiderme. Nous pénétrâmes par une série de souterrains compliqués et obscurs comme des caves, sur un
vaste emplacement, une véritable esplanade où s'accom-
plissait toute la manœuvre des personnes et des choses,
des comédiens et des trucs. Nous étions parvenus au cœur
de la place, sur la scène. Notre première préoccupation
fut d'étudier les lieux. C'était sale et horrible à faire peur.
Des quinquets rares et fumeux projetaient une lumière douteuse. Le spectacle était sur le point de commencer. Nous
nous orientâmes à grand'peine au milieu d'une population
nombreuse et bigarrée, vêtue des costumes les plus hété-
roclites. Nous étions obligés de coudoyer de nobles
Vénitiens qui empestaient le tabac. Côté des hommes. La
toile allait se lever sur *la Reine de Chypre*. Du côté des
dames, les odeurs étaient différemment, mais également
désagréables. Il faisait une chaleur tropicale. L'entasse-
ment de ce peuple vénitien était tel, qu'on aurait pu se
croire dans un de ses palais, sous les plombs. La toile se
lève ; le jour se lève avec la toile.

Une grande femme se présente escortée d'un tout petit
jeune homme porteur entre autres choses d'un énorme
flacon. La foule des Vénitiens s'écarte avec respect. C'é-
tait la reine de Chypre. Je reconnais mademoiselle M., que
les dilettanti de tous les grands théâtres de province ont

tour à tour applaudie avec passion. Magnifique contralto
dans sa jeunesse, elle a malheureusement vieilli. Elle ne
chante plus, elle déclame. Elle paraît sur la scène. Elle
est saluée par une triple salve d'applaudissements automa-
tiques. Elle chante. Je vois obliquement des bras qui
s'agitent, une main qui se pose sur un cœur, des yeux qui
regardent le ciel : aucun son n'arrive à mon oreille. La
pantomime est vive et animée. La chaleur devient suffo-
cante. Si nous étions des œufs, nous serions transformés
d'un seul coup en poulets. Nous ressemblons à des fon-
taines. Mademoiselle M., son grand air débité, quitte la
scène et se précipite sur un biberon que lui tend le petit
jeune homme. Ce petit jeune homme aux proportions mi-
croscopiques me représentait, à côté de la majestueuse mademoiselle M., un de ces nains noirs vêtus d'étoffes éclatantes, qui conduisent, dans les tableaux vénitiens, ces
grands animaux du désert au long col, aux longues jambes.
Mais il n'avait du cornac que la taille : c'est lui qui portait le licou. Cette exhibition m'amusait beaucoup plus
que le spectacle. Ce malheureux petit jeune homme (je dis
malheureux, sans savoir pourquoi) ressemblait à une pa-
noplie, à un écrin, à un cabaret, à un nécessaire. Il avait
dans les poches, sur les bras, dans les mains, un nombre
indéfini de mouchoirs, d'éventails, de flacons, de verres, de
boîtes, d'épingles, d'ustensiles et d'engins indispensables. Il allait, il venait, il trottait suivant les entrées et les
sorties. Un geste impérieux lui imprimait la direction
voulue; un regard olympien, tempéré par un sourire d'immortelle, le remettait de ses fatigues.

Le ténor était conjugalement servi par sa femme. Le

ténor, un ancien serrurier, avait bien .la moitié la plus
étrange et la plus grotesque qu'il fût possible de rêver. —
L'harmonie qui régnait dans son gosier n'avait pas pénétré dans le ménage. Ce couple bizarre se livrait aux
plus étranges scènes dans un coin. La femme faisait une
scène de jalousie. Il paraît que, dans la salle, se trouvait
précisément ce jour-là certaine gourgandine à laquelle le
volage époux adressait des œillades trop tendres. De là des
explications brèves, saccadées, de là l'intervention du régisseur.

Pendant les entr'actes, les changements de décors me-
nacent nos bras et nos jambes ; nous ne savons sous quel
abri nous réfugier. Voici un palais qui passe en détail ;
une forêt se met en marche, absolument comme dans
Macbeth. Les trucs grincent, les poulies crient, les cordages sifflent. Le machiniste, semblable à un capitaine
sur le pont d'un navire, commande la manœuvre. MM. les
pompiers surveillent les quinquets.

Voici le bataillon des danseuses. On achève de les
badigeonner. Elles s'élancent sur un pied au milieu de la
scène. Vous diriez des points d'interrogation mobiles. Le
bataillon des mères penche des têtes impossibles entre
deux décors ; ces matrones peu respectables ressemblent
à des poules qui ont couvé des canards : elle s'agitent
autour de l'étang interdit.

La première danseuse paraît. Elle marche sur ses orteils
comme sur des rails. Grande et belle personne, pas trop
maigre, ma foi ! elle bondit comme un volant entre deux
danseurs posés comme des raquettes, elle file comme
une flèche. Les serpents qui s'enroulent autour du Laocoon

ne sont pas plus savants dans leurs replis. Elle se con-
tourne en volutes, en spirales. Admirable! Les applaudissements éclatent; la pauvre fille revient mouillée,
brisée, déteinte. Je n'ai pas le courage de la trouver grotesque.

La soirée se termine par un vaudeville. Ah! nous avons
affaire à des gaillardes qui ont bon bec! Comment s'appelait la pièce? peu importe. Il y avait là cinq ou six
commères dont les propos interrompus par les entrées
et les sorties nous ont franchement divertis. Leur conversation nous en a plus appris sur la chronique rouen-
naise qu'un séjour de dix ans dans la patrie du grand
Corneille. C'est une chose admirable que la philosophie
et la gaieté de ces charmantes créatures, car il y en
a de vraiment gentilles, dans ce monde malpropre et
grossier des coulisses. J'ai constaté là, pour la millième
fois, que, passé un certain niveau, les femmes sont bien
supérieures aux hommes. Or, dans le monde des cabo-
tins — j'exclus toutes les exceptions honorables — la
femelle domine entièrement le mâle... A quoi cela tient-
il? je l'ignore. Prenez une grisette intelligente : en deux
fois vingt-quatre heures vous en faites une grande dame.
Il n'y a pas d'ébauchoir assez puissant pour transformer
un rustre en gentleman : il faudrait le repétrir.

J'ai rapporté de mon unique excursion dans les coulisses cette expérience aussi ancienne que peu consolante,
à savoir, qu'il faut toujours voir les choses dans leur véritable jour et qu'il faut se contenter d'en prendre la
fleur.

Lorsque le théâtre me fatigue, je fais une excursion

dans les montagnes. Je ne connais pas de stalle plus admirablement placée que les cimes du Pila. C'est ma mon-
tagne. Il ressemble à un amphithéâtre, à un fragment du
Colisée. Enfant, je bâtissais mes rêves et mes châteaux en
Espagne sur ses pentes herbeuses. Les noires forêts qui
couvrent sa tête à demi chauve, ont vu glisser, comme
une flèche d'or, sous leurs ramures, la fée enchanteresse,
hôte de ma jeune imagination. Lorsque ma capricieuse
compagne se lassait de rêver dans ma tête, elle s'envolait
à tire-d'ailes vers le grand bois. Ah! qui n'a rêvé, adolescent, d'une retraite cachée sous les arbres, d'un tapis de
mousse, d'une cascatelle tombant du haut d'une roche,
et, tout au milieu, d'une ondine, moitié rêve, moitié réalité,
chaste et pure création d'une pensée, pensée vierge, et d'un
cœur qui s'ignore; délicieuses émotions qui précèdent le
réveil des sens? Pygmalions naïfs, nous avons tous plus ou
moins taillé, dans le marbre de l'idéal, une Galathée souriante qui dénouait, dans un vague lointain, les plis de sa
robe changeante. L'éloignement rendait les formes indécises, mais nos regards chercheurs devinaient les contours
mal accusés et les sillonnaient en traits de feu.

Émotions enchanteresses de l'adolescence, c'est en face
du Pila que j'ai tressailli à votre contact. Aujourd'hui je
l'aborde dans des dispositions bien différentes. Je viens
lui demander un peu de repos.

Quel splendide panorama! La plaine du Dauphiné
s'étend à perte de vue comme un tapis de verdure traversé par trois lames d'argent : le Drac, l'Isère et la
Drôme; le Rhône la borde de sa frange de métal. A
l'horizon, les Alpes que le mont Blanc domine avec sa

coupole de neige. Cette muraille de granit nous sépare
des régions du soleil. Par delà ce sont les terres de l'aurore. Voici les portes de l'orient. Il est nuit. Des bruits
montent de la profondeur. Les cascades chantent, les
sources ont une voix. On entend des respirations, on sent
des palpitations. Les artères de la vie universelle battent
autour de nous. Collez votre oreille contre terre : ne
sentez-vous pas les mouvements d'un cœur, ne sentez-vous
pas les pulsations d'un pouls ? L'âme du monde monte à
la surface et se répand en mille harmonies qui bercent et
enivrent. Des lueurs illuminent l'obscurité. La terre dort.
Des rêves semblent agiter son sommeil. Un cri strident
se fait entendre. Cybèle aurait-elle le cauchemar ? Pendant qu'elle dort sur son flanc occidental, la moitié du
corps dans l'ombre, elle veille, s'agite dans sa partie
orientale, en plein soleil. Il y a peut-être un courant souterrain qui relie son sommeil et sa veille. Pendant que
la végétation élabore ses substances mystérieuses dans
le laboratoire souterrain, le sang végétal lui monte peu à
peu vers le cœur. C'est peut-être la cause de ces agita-
tions et de ces mouvements sans causes, de ces mille
bruits qui se répandent en ondulations sonores. La terre
respire ; elle se soulève et s'abaisse comme un sein qui
palpite.

Le ciel est d'un bleu intense qui se laisse pénétrer à
des profondeurs vertigineuses. On dirait un océan dia-
phane, translucide. Les étoiles nagent comme des poissons
d'or, dans les vagues de l'éther lumineux. La voie lactée
ressemble à une tache de lait étudiée au microscope ;
ses molécules se transforment en soleils. L'infiniment

petit sous nos pieds, l'infiniment grand sur nos têtes.

Une goutte de la rosée nocturne tremble sur une feuille à la portée de ma main. Un rayon de lumière vient de la frapper obliquement. Des millions de soleils se sont allumés en elle comme par enchantement. Il y a là toute une constellation, une seconde voie lactée. Les grandes lois qui régissent le système céleste règnent également dans le système moléculaire. Que ma pensée plonge dans le firmament sans limites ou dans la gouttelette tremblottante sur mon ongle, elle trouve partout l'insondables l'incompréhensible, mais toujours le rationnel. A mesure qu'elle s'avance aux deux extrêmes, elle rencontre le même ordre, la même symétrie.

Un philosophe moderne a peuplé les mondes qui roulent sur nos têtes. Là dessus il a édifié tout un système religieux. Je confesse mon penchant pour cette hypothèse hardie, mais pleine de vraisemblance. Comment supposer, en effet, que ces mondes naviguent comme des vaisseaux vides dans l'éther silencieux? Pourquoi ne pas admettre qu'ils transportent des passagers au même titre que cette énorme caravelle qui s'appelle la terre? Dieu n'a pas créé simplement pour le plaisir de nos yeux ces milliards de systèmes solaires. Dieu crée dans un but utile. Donc tout nous porte à croire que les autres planètes sont peuplées comme la nôtre. Si le principe est admis, on peut en tirer une conséquence lointaine, il est vrai, mais raisonnable, à savoir que les différentes humanités répandue sur les différents globes se rattachent les unes aux autre. Ce sont des peuples séparés par des océans d'air un peu

plus vastes que celui qui sépare l'Europe de l'Amérique ;
voilà tout. Les Européens et les Américains communi-
quent entre eux au moyen de la navigation. Les habitants
des mondes ne se visitent qu'après leur mort. Dans le
système de Jean Reynaud, la création est comprise comme
une sorte d'échelle de Jacob dont le pied repose sur le
néant et dont le sommet s'élève jusqu'à Dieu. Chaque
monde représente un gradin d'un escalier colossal suspendu dans l'immensité. L'humanité se déroule en théories depuis la base jusqu'à la cime. L'homme débute par
un monde rudimentaire situé au bas de l'échelle. Il meurt.
Son âme immortelle s'incarne en un nouveau corps destiné à vivre dans une nouvelle planète supérieure à la
précédente, et ainsi de suite, à l'infini. L'homme, par une
série non interrompue de migrations, de métempsycoses,
va toujours s'élevant dans l'échelle de l'être, grandissant
en science et en justice, et se rapprochant de plus en
plus de Dieu qu'il est dans sa destinée de toujours chercher et de ne jamais atteindre. — Hypothèse grandiose
qui satisfait l'esprit et le cœur!!!

Le soleil se lève. Je ne sais plus quel gentilhomme
du dix-septième siècle comparait le lever du soleil à celui
de Louis XIV. Il y a quelque chose d'exact dans cette
comparaison si l'on se place à Versailles pour contempler
l'astre et le roi. Mais sur les hauteurs où je me trouve,
il faut se défaire de l'idiome de la cour et de la mythologie.

Le soleil monte comme une meule de fer rougie. Il
s'élance avec l'agilité d'un plongeur. Il fait une pause sur
l'horizon. Sa fiancée, la terre, frissonne au contact de

l'époux. L'allégresse se répand comme une pluie lumineuse, tout s'illumine, tout flambe : c'est le jour.

Il fut un temps où la terre, elle aussi, était une masse
de feu et parcourait l'espace à la façon des météores. Je
suis bien en place pour écrire une page d'histoire géolo-
gique.

Des nuages se rassemblent et forment une nébuleuse,
quelque chose comme une comète inédite, avant la lettre.
Peu à peu cet amas chaotique prend une forme sphéroï-
dale. Que se passe-t-il au sein de cette masse voyageuse autour du soleil ? elle s'allume comme un incendie. Un alchimiste invisible a établi son laboratoire au centre de ce
monde embryonnaire. Il prépare les matériaux qui ser-
viront de base aux créations successives. Il fond, mêle,
tord, amalgame; rude tâche ! il a tout à créer. Il faut
qu'avec du gaz, de l'air, une ombre, l'impalpable, l'invisible, il fabrique le *substratum* des choses. Il procède du
simple au composé. Au fur et à mesure, les combinaisons
deviennent plus complexes. Les atomes fondamentaux
disparaissent et se transforment sous l'action d'une chimie
synthétique qui va toujours élargissant le cercle de son
action. L'alchimiste s'absente quelquefois ; il a d'autres
occupations ; mais il laisse pour agir à sa place un serviteur doué d'une force herculéenne, auquel il fait endosser
tantôt une livrée, tantôt une autre, véritable maître Jacques, moitié cuisinier, moitié mécanicien, et qui, suivant la
nature de ses occupations, s'appelle tour à tour la chaleur, l'électricité, la lumière ou le magnétisme.

La terre est aux trois quarts faite. Une croûte la recouvre, légère comme la pelure d'une pêche. Elle res-

semble à ces fruits des rivages de la mer Morte dont l'intérieur est plein de cendre : elle porte en guise de noyau un océan de flammes.

Le grand agent, après avoir terminé son travail intérieur, transporte son industrie à la surface. Il s'agit de préparer, sur ce sol volcanique et aride, un logement aux futurs locataires. Il travaille, il travaille. Par des combinaisons mystérieuses, il fait pousser des herbes, des plantes et des arbres sur un terrain nu comme la tête d'un enfant de vingt-quatre heures. La terre était chauve; il lui pose une chevelure, une perruque, avec la prestesse d'un coiffeur. Qui dira la puissance de la chaleur, de la lumière, de l'électricité et du magnétisme; quatre têtes pensant et agissant sous le même bonnet? Je me les représente disposées en quadrille, accomplissant, à la façon de quatre navettes, des évolutions entrecroisées sur la trame des choses et y produisant l'étoffe de la vie : merveilleuse opération qui se livre bien plus à la pensée qu'au regard.

Puis viennent les grands animaux, et derrière eux, comme un pasteur qui les chasse devant lui, l'homme.

Entre nous, admettrez-vous, avec les docteurs de l'athéisme, que cela s'est fait tout seul, parce que deux atomes se sont accrochés et ont fait la pelote ensuite? C'est par trop bête. Admettrons-nous avec les théologiens du panthéisme que la force divine qui préside aux grandes manifestations de la vie est une puissance aveugle, laquelle procède d'une manière fatale et n'arrive à la conscience d'elle-même que dans l'intelligence de

l'homme, fleur et fruit de la création ? C'est tout auss
stupide. Le Dieu du bon sens explique d'une manière
simple et naïve les choses et la formation des choses.
L'enfant, d'instinct, affirme que l'œuvre implique l'ouvrier,
celui-ci proportionnel à celle-là. Parce que Raphaël n'a
pas signé la *Vierge à la chaise*, il ne lui viendra jamais
à l'esprit que cette admirable peinture s'est faite acciden-
tellement ou bien encore qu'elle s'est faite elle-
même.

Il y a un mot cher aux philosophes allemands qui me
procure toujours, lorsque je le rencontre, l'occasion de
rire, mais de ce rire sain et bienveillant qui prenait les
habitants de l'olympe à la gorge et qui leur faisait monter les larmes aux yeux, lorsqu'ils contemplaient les sottises des mortels. Ce mot mirifique et allemand, c'est
l'immanence divine. Dieu est immanent dans le monde
et dans l'humanité, le Dieu panthéiste bien entendu ! et
il va se développant dans un perpétuel *devenir*. — Mais
je sens que quelqu'un me tire par les basques de mon
habit et me supplie de lui expliquer le *devenir*. — Le
devenir est la progression arithmétique et géométrique,
suivant les cas, de la divinité en nous et autour de nous.
— Mon interrupteur s'enfuit épouvanté.

En vérité, ces gens-là sont fous. Plutarque parle de je
ne sais plus quel philosophe de l'antiquité, lequel banda
tellement son esprit pour comprendre la folie, qu'il en
devint fou lui-même. La philosophie allemande est folle,
et l'on risque sa judiciaire à la suivre dans son vol à
travers l'incompréhensible.

Je préfère me plonger dans la lumière. Ce jeune solei

m'enveloppe dans un fluide vivant ; tout mon être se di-
late ; je me sens des ailes. La force entre en moi par tous
les pores. J'éprouve les joies de l'extase. Oui, la lumière
est divine : la lumière qui fait le jour sur la terre et la
clarté dans les intelligences.

FIN

TABLE

Clichy. — Impr. Maurice Loignon et Cie, rue du Bac-d'Asnières, 12.

www.ingramcontent.com/pod-product-compliance
Lightning Source LLC
Chambersburg PA
CBHW050152030726
47505CB00005B/1343